［新訳・評注］歴史の概念について

Über den Begriff der Geschichte

ヴァルター・ベンヤミン＝著
Walter Benjamin
鹿島 徹＝訳・評注

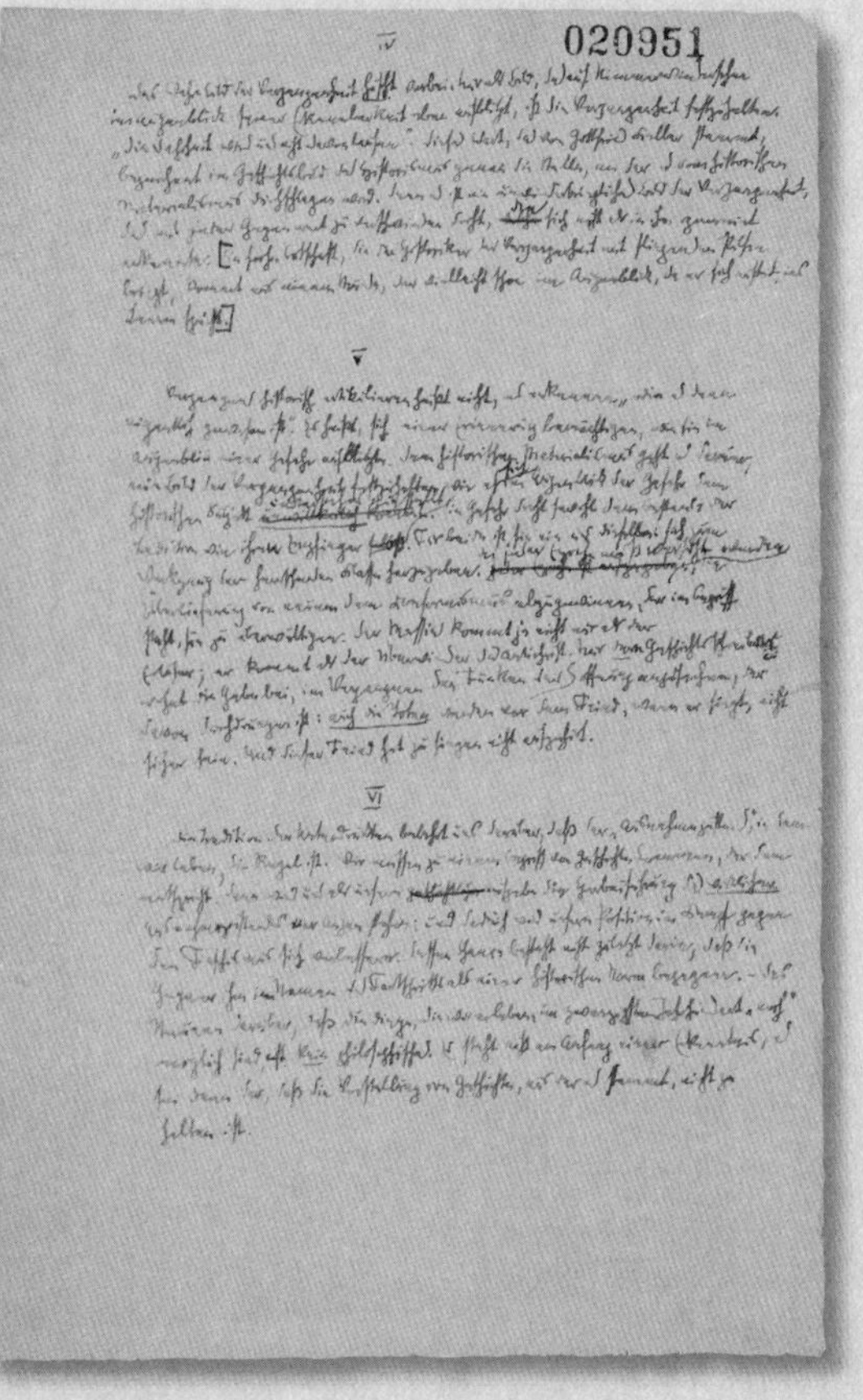

未來社

Walter Benjamin, Über den Begriff der Geschichte
from "Werke und Nachlaß. Kritische Gesamtausgabe" vol. 19, pp.30-44
herausgegeben von Christoph Gödde und Henri Lonitz

はじめに

ひとがいままでとは異なった「歴史」のとらえかたを必要とするとき——それは、自分たちをとりまく「歴史状況」が、そしてこれまでの「歴史の見方」が、深刻な危機を迎えているときにちがいない。

ヴァルター・ベンヤミン（一八九二〜一九四〇年）がナチズムに追われピレネー山中で自死する数か月前に執筆し、最後まで手を入れていた「歴史の概念について」（「歴史哲学テーゼ」）は、かれ個人の人生とヨーロッパの情勢とが、ふたつながらに危機の度合いを深めてゆく状況において成立した論考である。

内容・表現の両面にわたってきわめて特異なこのテクストを読むことによって、わたしたちはあらためて自分たちの時代が危機状況にいたっていることを知るかもしれない。さらには従来の歴史の見方がこの状況に対応しえないこと、まさにこれまでとは異なる「歴史の概念」の探究が求められていることを、あらためて知るようになるかもしれない。

このテクストには、すでにいくつかの英訳・フランス語訳があり、さらにいずれもすぐれた三つの日本語訳がある。ただ、それらが底本としているドイツ語刊本には、読解に困難をきたす校訂上の不備がわずかながらもあった。一九八一年に新しい原稿が発見されていながらも、一九七四年に校訂・出版されたその刊本が、そのまま定本と見なされつづけてきた。さらには、従来ベンヤミン自身による「フランス語訳」とされてきた手書きのフランス語版原稿の重要性も、ほとんど顧みられてこなかった。新しいベンヤミン全集第十九巻『歴史の概念について』が二〇一〇年に刊行されることによって、しかし事態は一変する。「歴史の概念について」の現存する原稿が、すべてそのまま活字になることによって、各原稿を同等に比較しながら、多角的な視点からこのテクストに接近できるようになったのだ。

本書は、この新全集版の編集成果を参照しながら、「手択本」とベンヤミンがみずから銘打った一九八一年発見原稿を底本に、他の原稿も参照しながら訳文を作成したものである。もっともベンヤミンの書きぶりは晦渋で、ときに韜晦《とうかい》に満ちている。一読してただちに理解できるテクストというにはほど遠い。そのことから、読者の参考のために、冒頭には「イントロダクション」としてかれの生きた時代、その生涯および現存テクストについての解説を、後半部にはテーゼごとの「評注」をつけて、訳者みずからが理解するところを示すことにしよう。訳語・訳文についての解説や、別原稿とのおもな異同などについては、各テーゼへの評注の末尾にまとめて置こう。

「歴史の概念について」の本文にくらべて、「評注」がいちじるしく長いものになっていることを、読者はいぶかしく思うかもしれない。だがベンヤミンの、ときに特異な文章スタイル、ときに簡潔にすぎる言い回しに直面して、そのつど論述の歴史的・政治的背景を確認し、遺された関連断章などを手がかりにしながら、テクストをその奥行きにいたるまで読み解くためには、避けることのできない道であると了解されたい。

もっとも、個々の用語の思想史的な系譜関係などについては、他にすぐれた研究もあり、そこに重点をおくことはしない。おびただしい数の研究文献もごく一部を参照するだけにとどめ、これらを網羅的に検討することは別の課題としたい。それらに代えて、しばしばこのテクストに特有と見られる「神秘的」なものを、可能なかぎり理解可能なものに解きほぐしつつ、「歴史」という現実的にして具体的な事柄をベンヤミンとともに考えることを目指そう。最終的に本書が目指すのは、二〇一〇年代に「歴史の概念について」を新全集版刊本によってあらためて読みなおしたこのわたしが、そこで出会った斬新にして衝撃的ともいえる思想内容を、読者に伝え、そのアクチュアリティについて語り合う広範な場を、切り拓くよう試みることにある。

鹿島　徹

目次

凡例

・本書はヴァルター・ベンヤミンの遺稿「歴史の概念について（Über den Begriff der Geschichte）」（一九三九年末〜四〇年執筆）を、一九八一年に発見されたタイプ原稿を底本にし、他原稿にあってそこには収められていないテーゼ一篇を参考用に加えて全訳したものに、訳者による解題とテーゼごとの評注、さらに他原稿との異同などについての注記を付したものである。

・底本は、二〇〇八年に刊行が開始された全集（Walter Benjamin, *Werke und Nachlaß. Kritische Gesamtausgabe*, hrsg. von Christoph Gödde und Henri Lonitz, Frankfurt a. M./Berlin: Suhrkamp 2008ff.——以下「新全集」と呼ぶ）の第十九巻（*Über den Begriff der Geschichte*, hrsg. von Gérald Raulet, 2010）において「タイプ稿1（T^1）」と呼ばれているものである。これまで多くの翻訳で底本とされてきた原稿（新全集では「タイプ稿2（T^2）」とされる）をはじめとした現存する他の原稿も、新全集版所収のテクストにもとづいて適宜参照する。

・訳文中の「 」は底本原文内の二重引用符（„ “）に、〈 〉は二重の二重引用符（„„ ““）に対応する。（ ）と［ ］は原文に付されたものを再現するが、原文内で文章を赤鉛筆により［ ］で括っている部分は【 】で表現する。〔 〕は訳者による補足を表わす。原文の隔字体《ゲシュペルト》は傍点によって再現するが、傍点なしに訳文そのものによって強調を表現した箇所、ドイツ語と日本語の文法上の相違からとくに強調の必要がない箇所がいくつかあり、一対一対応しているわけではない。なお「イントロダクション」「評注」において引用する場合には、原則として強調は再現しない。

・理解の助けとして、底本にはない段落分けを適宜おこなう。底本にはタイプミスの訂正や手書きによる加筆修正が多く見られ、重要なものは「評注」で指摘するが、訳文において再現することはしない。

・従来の翻訳と異なっている箇所を中心とした訳語・訳文についての説明、原稿間の異同の指摘などは各テーゼへの「評注」の末尾に置く。なお原稿間の異同については網羅的にではなく、各テーゼおよび「歴史の概念について」全体の理解にかかわると思われるものにかぎって挙げる。その意味で本書は、文献学的な十全性を期するものではない。

・「イントロダクション」および「評注」の執筆にあたっては、右の新全集版編者の注・解説に多くを負っている。頁数をそのまま括弧に入れて本文に挿入しているのは、この新全集版の該当箇所にあたる。

・「歴史の概念について」の関連断章（メモや草案、各テーゼへの直接の草稿など）については、新全集版に収録されたものを参照し、適宜訳出する。浅井健二郎編訳『ベンヤミン・コレクション7』（ちくま学芸文庫、二〇一四年）所収「「歴史の概念について」〔一九四〇年成立〕の異稿断片集〔抄〕」に対応箇所があるものは、「（新全集版頁〔アラビア数字〕／浅井編訳書頁〔漢数字〕）」の要領で本文中にその箇所を示す（たとえば「（151／五七八）」など）。

・通称『パサージュ論』（*Das Passagen-Werk*）をはじめとしたベンヤミンの他のテクスト（一九三〇年代後半のものを中心とする）については、「複製技術時代の芸術作品」を新全集第十六巻（*Das Kunstwerk im Zeitalter seiner technischen Reproduzierbarkeit*, hrsg. von Burkhardt Lindner, 2012――WuN 16と略す）から引用したほかは、すべて以前の全集（Walter Benjamin, *Gesammelte Schriften*, hrsg. von Rolf Tiedemann und Hermann Schweppenhäuser, Frankfurt a. M.: Suhrkamp 1972-99――以下「旧全集」と呼ぶ）所収のテクストにより、そこからの引用にあたってはGSと略記して巻数と頁数を本文に挿入する（「GS II・2, 580」など）。『パサージュ論』は今村仁司ほか訳『パサージュ論』全五巻（岩波書店、一九九三～五年、岩波現代文庫、二〇〇三年）でも採用されている原文の符号を、同じく本文に挿入する。そのほかのベンヤミンのテクストは、必要に応じて『ベンヤミン・コレクション』全七巻（ちくま学芸文庫、一九九四〜二〇一四年）に訳文が収録されている巻を注記する。ただしベンヤミンのテクストからの引用訳文は、いずれも本書訳者自身の手によるものであり、引用語句が既存訳書中に存在しないことも多い。

・ベンヤミンの書簡は Walter Benjamin, *Gesammelte Briefe*, hrsg. von Christoph Gödde und Henri Lonitz (Frankfurt a. M.: Suhrkamp 1995-2000) により、引用にあたっては GB と略記して巻数と頁数を括弧に入れ本文に挿入する。

・翻訳評注書としての性格から、イントロダクション・評注への注は最小限にとどめるよう努め、伝記・一般的事項について参照した文献などは、巻末の一覧表に書誌データを示すにとどめる。それ以外の参考文献を本文注に示すさいに、日本語既訳を参照した場合にはその訳書名と頁数を記すが、訳文は適宜新たに訳出するか、前後の文脈との関係で変更を加えることがある。

［新訳・評注］歴史の概念について

装幀——岸顯樹郎＋ＦＬＥＸ

イントロダクション——時代・生涯・テクスト

一九三九年八月二十三日。

ナチズムに追われ、パリに亡命していたヴァルター・ベンヤミンが、四十七歳の誕生日を迎えて一月ほど経ったころである。

この日の深夜に突如として、ドイツとソビエト連邦のあいだに不可侵条約が調印された。別名「スターリン＝ヒトラー協約」ともいう。反共国家ナチスドイツと社会主義ソ連とが相互の不戦・中立を取り決めるという、当時だれもが予想しえなかった出来事である。

ただちに世界中に打電され、日本でも欧州の政情は「複雑怪奇」として平沼騏一郎内閣が総辞職にいたるという事態を引き起こしたこのニュースに接して、ベンヤミンはたいへんな衝撃を受けた。その政治的・思想的打撃は、さらにコミュニズムへの失望にいたったといわれる。当時の友人が後年、次のように回想している。

《独ソ不可侵条約調印の報道はベンヤミンにとって、たいへんな衝撃となった。一週間ほどしてかれが訪ねてきたときには、おそらく毎晩眠れず睡眠薬なしにはいられなかったのだろう、かなり憔悴して見えた。

当時はおおかたのコミュニストがこの条約の締結を肯定しており、スターリンの行為を積極的に評価しさえしていたのだが、ベンヤミンはといえば、これでもうコミュニズムの理念は潰《つい》えさってしまったのであり、自分もそうすぐに立ち直ることはできないと考えていた。さらに会話を進めるなかで、ナチズムと結託するという今回のスターリンの所業により、史的唯物論へのベンヤミンの信頼が失われてしまったことがわかった。

そうしたある日の会食の席上、かれが読んで聞かせてくれたのが「史的唯物論の改訂のための十二のテーゼ」である。その第一テーゼは明らかに、のちに「歴史の概念について」として知られることになるテクストの冒頭と同じ内容であった。[1]》

先だつ一九三三年のナチズムによる権力掌握は、ユダヤ人・ベンヤミンから文芸批評家としての活動の場を奪い、パリへの亡命を強いるものであった。それ以前のナチスの主張と政治スタイルから、ユダヤ人やコミュニストにたいする迫害が権力掌握とともに激化することは、当時のベンヤミンにも明らかなことだったろう。だが右の一九三九年という時点において、ソ連は少なくとも建前上は、国際的な反戦・反ファシズム運動の中心に位置していたはずである。そのソ連がなんの前触れもなく、こともあろうにナチズムと有効期間十年の不可侵条約を締結するにいたった。これでドイツのポーランド侵攻はもはや必至のものとなり、フランスとイギリスによる対ドイツ宣戦布告、つまりは第二次

(1) ゾーマ・モルゲンシュテルン (Soma Morgenstern 一八九〇～一九七六——オーストリア出身の小説家) のゲルショム・ショーレム宛一九七〇年十一月二日付および一九七二年十二月十二日付書簡 (GS VII・2, 770-3) を要約したものである。この二通の書簡は内容的に相矛盾するところがあり、旧全集版編者は信頼に足りないものとしていたが (cf. ibid.)、新全集版編者解説では「歴史の概念について」執筆開始当時の状況を理解するための重要な資料として扱われている (cf. 181-3, 191)。

世界大戦の勃発は、避けられないものとなった。ベンヤミンの驚愕は想像にかたくない。

翌一九四〇年五月五日、別の友人シュテファン・ラックナーにあてた手紙のなかで、ひとまず書き終えた「歴史の概念について」に触れ、これは「現下の戦争によってだけでなく、わたしの世代の全経験によって触発された仕事」であると述べている。しかもその「わたしの世代」とは、歴史上これまでにない、もっともつらい試練を受けた世代ということになるだろう、とも (cf. GB VI, 441)。ここでいう「わたしの世代の全経験」には、いうまでもなく第一次世界大戦、ファシズムの台頭、ユダヤ人迫害、フランス政府による敵性外国人としての収容所送りなどが含まれているだろう。だがそれに加えて、独ソ不可侵条約締結によるコミュニズムへの幻滅もまた、一九二〇年代なかばからコミュニズムに大きく接近し、一九三〇年代なかばにはマルクス／エンゲルスの著作に理論的に依拠してさまざまな論考を執筆し公表していたベンヤミンにとっては、まことに「つらい試練」だったにちがいない。

かくして、一九三〇年代の後半、さらにはそれ以前からすでに準備されていた、通称『パサージュ論』やボードレール論のための「認識批判的序説」は、これを機に大きく変貌して「独立の政治的マニフェスト」として書き進められることになった (cf. 182)。歴史の転換点における政治的にして思想的な危機に直面して、それまでの歴史の見方を無効なものと見きわめ、それとは別の「歴史の概念」、先の言葉を使えば「史的唯物論の改訂」を構想しようという文章が、表現と内容の両面にわたってきわめて突出した独自性をもって成立してゆくことになったのである。

今日「歴史の概念について」と呼ばれるこのテクストがベンヤミンの早すぎた死（一九四〇年九月）とともに未定稿のまま遺されてから、すでに多くの時が流れた。ナチズムもスターリニズムも天皇制ファシズムも、少なくともむきだしのしかたでは歴史の表舞台からすがたを消し、いわゆる西側先進国のあいだにおいてはとりあえず「平和」と見なしうる状態がつづいてきた。だがこのテクストをそのつどの「いま」において読む者が、じつはベンヤミンと同じく歴史の危機にいやおうなく直面させられているのだと気づくとき、そして従来の歴史の見方の根本的な再検討を迫られていると自覚するとき、そこから学びうるものは意想外に大きいにちがいない。

1　執筆当時の歴史状況――コミンテルン人民戦線戦術と独ソ不可侵条約

歴史を語るテクストは、他にもましてその書き手の置かれた歴史的な状況に動機づけられ、かつ条件づけられている。その状況についての知識を、ひととおりにせよもつことが、読む者には求められている。そこで「歴史の概念について」が起草される歴史的背景となった、一九三〇年代なかごろから一九四〇年にいたる、ドイツとソ連を中心とする政治状況を概観しておこう。

（a）ベンヤミン四十歳の年、一九三二年七月三十一日のドイツ帝国議会選挙は、ナチ党（国家社会主義ドイツ労働者党）が社会民主党をおさえて第一党に躍進した選挙として知られる。同年十一月六日の帝国議会選挙では議席を減らすなどしたが、さまざまな勢力の政治的思惑が交錯するなか、ついに翌三三年の一月三十日にいたって、ヒトラーがフォン・ヒンデンブルク大統領により首相に任命されるにいたった。つづく二月二十七日に生じた国会議事堂放火事件を口実としてコミュニストへの全面弾圧が開始され、三月五日の帝国議会選挙では、ナチ党が議席の四十三パーセント強を獲得。ドイツ国家人民党との連立により、過半数を占めることとなった。早くも翌々日の閣議では、立法権を政府に移譲するという憲法空洞化の「全権委任法」が議題とされ、二十日には正式に閣議決定。二十三日には共産党議員全員および社会民主党議員の多くが保安拘禁などにより欠席を余儀なくされるなか、帝国議会で中間政党の賛成をも得て圧倒的多数により可決され、ナチスによる権力掌握はひとまずの完了を見る。

のちのアドルノ夫人グレーテルの再三の勧めに従い、ベンヤミンがベルリンを逃れてパリに亡命したのは、この全権委任法が閣議で議題となっていた三月十七日から十九日にかけてのことであった。

その後、一九三五年にいたってドイツは三月に再軍備を宣言し、徴兵制を導入する。翌年三月にはヴェルサイユ条約により非武装化されていたラインラントに進駐し、一九三八年四月にはオーストリアを併合。同年九月には英仏の譲歩を引き出して、チェコスロバキアのズデーテン地方を併合した。その間の一九三六年十一月には日本と、翌三七年十一月にはイタリアをも加えて防共協定を結び、三八年二月にはヒトラーが軍の最高指揮権を掌握している。そして十一月九日、ドイツ全土でユダヤ人商店・シナゴーグなどが大量破壊され（「水晶の夜《クリスタルナハト》」）、ユダヤ人の収容所送りが本格的に開始されるにいたった。

（b）他方、ソ連およびコミンテルンの動向はどうだっただろうか。

第三インターナショナルとも呼ばれるコミンテルン（共産主義インターナショナル）は、一九一九年にレーニンの主導のもと、世界革命のために各国のコミュニズム勢力を結集して創立された。一九二〇年代にドイツ革命の試みがつぎつぎと挫折するなか、永続革命論を唱えるトロツキーが失脚し（一九二七年）、スターリンの提唱した一国社会主義論が一九二八年の第六回大会で採択されて以降は、次第にソ連の防衛およびその外交政策の遂行を実質的任務とする組織になっていった。

ちなみに一九二六年から二七年にかけて、ベンヤミンはモスクワを訪問しているが、失望の念を抱いて帰国したようである。

一九三五年七月から八月にかけてコミンテルンは、世界五十七か国から五一三名の参加者をモスクワに集めて、第七回大会を開催する。新書記長ディミトロフの主導のもと、社会民主主義勢力をファシズムと同一視する「社会ファシズム論」を主軸としたそれまでの方針を、この大会で一転させることになる。蜂起による政権奪取とプロレタリア独裁の樹立という目標は依然として保持しながらも、すでに前年から一部の国で行なわれていた社会党・社会民主党をはじめとした反ファシズム勢力との連携、「広範な人民の反ファシズム戦線」の構築を、当面の戦術（「人民戦線戦術」）として採用したのである。これを受け、翌一九三六年の二月にスペインで、六月にはフランスで、人民戦線政府が樹立されたが、しかしいずれも短命に終わった。

この一九三六年から三八年にかけては、時あたかもスターリンによる、古参のボルシェヴィキをはじめとしたソ連共産党中央委員の大半や、コミンテルン執行委員会のメンバーでもある各国の在モスクワ指導者などを含む無数の人びとにたいする「大粛清」が頂点に達した時期にあたる。政敵をスターリンがつぎつぎと葬り去る一連のモスクワ裁判は、共産党にたいする穏健左派・リベラル派の強い不信を生み出し、反ファシズム連合の大きな障害になったといわれている。

だが、最終的に人民戦線戦術に終止符を打ったのは、あの独ソ不可侵条約であった。一九三九年八月の条約締結以降、ソ連は一九四一年六月に一方的に条約を破棄したナチスドイツに侵攻されるまで、英米政府などにたいしドイツを擁護する側に立つことになる。コミンテルン自体もまた、第七回大会以降は一度も大会を開くことなく、一九四三年五月に執行委員会の決議によって解散にいたった。スターリンが対ドイツ戦遂行のために協力の必要な英米両国に譲歩したためだとも、スターリン主義の正統性と規律とが各国共産党指導部ですでに確立されており、もはやコミンテルンは不要になっていたためだともいわれている。

（c）独ソ不可侵条約調印の直後、一九三九年九月一日に、ドイツはポーランドに侵攻し、これを受けたイギリスとフランスが宣戦布告を同三日に行なって、第二次世界大戦の火ぶたが切られた。反戦のスローガンを掲げていたはずのソ連も、同条約の秘密議定書にしたがって十七日に東ポーランドに攻め入り、さらに十一月三十日にはフィンランドに侵攻する。翌一九四〇年八月には、バルト三国を併合するにいたった。

他方、同一九四〇年にドイツは、デンマーク、ノルウェーに侵攻し、オランダ、ベルギーを支配下に置き、ついに六月にはパリを占領した。それとほぼ同時にイタリアが対英仏戦に参戦し、九月二十七日には日独伊による三国同盟が締結される。相前後して七月には、フランス中部の都市ヴィシーで、ペタン元帥を国家主席とし南フランスを管轄地域とする対独協力政府が樹立された。十月三日にはユダヤ人排斥法が、この政府により施行される。

もっともベンヤミンはこの排斥法施行に先だつ九月二十六日に、フランスとスペインの国境でみずから命を絶っていたわけなのだが。

2　自死にいたるまでのベンヤミンの軌跡——未定稿として遺されたテクスト

自死に終わるその道を、ベンヤミンはどのように歩んだのだろうか。

ここでの関心は「歴史の概念について」が執筆された前後の時期にあるため、それに先だつ期間の足取りについてまず、簡略な年譜の形式で確認することにしよう。

一八九二年　七月十五日、ベルリンのユダヤ系富豪の家庭に生まれる
一九一二年　フライブルク大学で哲学を主専攻とする学生生活を開始し、翌々年にかけベルリン大学でも学ぶ　ユーラ・コーンと知り合う
一九一四年　ベルリンの自由学生連合の議長となる　ドーラ・ゾフィー・ポラクと知り合う　大戦勃発とともに親友クリストフ・フリードリヒ・ハインレが恋人とともに自死し衝撃を受ける
一九一五年　数年来影響下にあったグスタフ・ヴィネケンと大戦への態度をめぐり訣別　ゲアハルト（のちゲルショム）・ショーレムと知り合う　ミュンヘン大学に学ぶ
一九一六年　「言語一般および人間の言語について」執筆
一九一七年　ドーラと結婚（翌年、長男シュテファン誕生）　スイスに脱出してベルン大学に学ぶ
一九一九年　「ドイツ・ロマン主義における芸術批評の概念」でベルン大学博士学位取得　エルンスト・ブロッホと知り合う
一九二〇年　ベルリンに戻って学位論文を出版
一九二一年　「暴力批判論」発表　クレーの絵「新しい天使（Angelus Novus）」を購入　ユーラ・コーンに接近し、ドーラとの結婚生活が破綻する　雑誌創刊を計画するが失敗
一九二三年　「翻訳者の使命」発表　教授資格取得を目指してフランクフルトに移る　このころテオドア・W・アドルノ、ジークフリート・クラカウアーと知り合う
一九二四年　翌年にかけて「ゲーテの親和力」を発表　ラトヴィア出身のコミュニスト、アーシャ・ラツィスとカプリ島で知り合い強く惹かれる
一九二五年　教授資格請求論文「ドイツ哀悼劇の根源」をフランクフルト大学に提出するが、申請取り下

げの勧告に従うことになり、これによって大学における教職の道を断念　さまざまな雑誌・新聞への寄稿を始める

一九二六年　パリに数か月滞在　年末から翌年はじめにかけてモスクワに滞在　共産党入党を考えるが取りやめる

一九二八年　『ドイツ哀悼劇の根源』『一方通行路』出版　「パサージュ〔パリのアーケード街〕」研究を構想する　十一月から翌年一月末までベルリンでアーシャと同棲

一九二九年　翌年にかけ行なわれた離婚訴訟で財産をほとんど失う　アーシャを介してベルトルト・ブレヒトと知り合う

一九三〇年　ふたたびパリに滞在　離婚成立

一九三一年　「カール・クラウス」「写真小史」などを発表　前年からのうつ状態のなかで自死を考える

一九三二年　ニースで自殺を決意し遺書もしたためるが、決行におよばず

一九三三年　一月、フランクフルトからジュネーヴに亡命中の社会研究所（Institut für Sozialforschung）からはじめて原稿依頼を受ける　三月十七日、ベルリンからパリに亡命　四月から十月までイビサ島に滞在し、オランダ人の画家アンナ・マリア・ブラウポット・テン・カテと恋仲になる　マックス・ホルクハイマーとしばしば会う

一九三四年　「フランツ・カフカ――没後十年によせて」を発表　パリの国立図書館で「パサージュ」研究を進め、暫定的な章区分が成立する　夏、スヴェンボル（デンマーク）のブレヒトのもとに滞在　十一月から翌年二月末までサン・レモ在住の前妻ドーラのもとに滞在

一九三五年　五月「パリ――十九世紀の首都」を執筆し、ニューヨークに移った社会研究所のプロジェクトとして「パサージュ」研究が採択され、定期的に研究資金を受けることになる　「複製技術時代の芸術作品」を執筆し、社会研究所の『社会研究誌』（*Zeitschrift für Sozialforschung*）にフランス語版（P・クロソウスキー訳）が掲載の運びとなるが、政治的配慮から編集部により大幅

に表現が修正されて翌年公刊される

一九三六年　デートレフ・ホルツの変名で『ドイツの人びと』をスイスから出版　「物語作者――ニコライ・レスコフの作品についての考察」を発表　ふたたびスヴェンボルのブレヒトのもとに滞在

一九三七年　「エドゥアルト・フックス――収集家と歴史家」を『社会研究誌』に発表するが、またしても多くの修正を余儀なくされる

一九三八年　ジョルジュ・バタイユ、ピエール・クロソウスキーらと親しく交際　『一九〇〇年頃のベルリンの幼年時代』最終稿をまとめる　全三部からなるボードレール論の第二部にあたる「ボードレールにおける第二帝政期のパリ」を九月に社会研究所に送るが、アドルノの批判を受けて発表を断念

この略年譜では多くの人びととの出会いや各地への頻繁な旅行については省略しているが、それでも次のようなことが、わずかにもうかがえるかもしれない。（1）ベルリン屈指の資産家の家に生まれながら、第一次世界大戦後のインフレとそれに続く大恐慌、離婚訴訟で財産を失い、亡命先ではパリの安ホテル、アパートを転々とせざるをえない困窮生活にいたったこと、（2）第一次世界大戦勃発時の親友の自死が、大きな心の痛手になり、それは生涯変わらなかったと思われること、（3）第二次世界大戦後に著名となる多くの思想家を友人や対話相手としてもったものの、何人かの女性に強く惹かれながらいずれも持続的・安定的な関係には結実しなかったこと、（4）教授資格取得に失敗して大学教職の道はあきらめ、文芸批評をはじめとした売文で身を立てなければならなかったこと、（5）徐々にコミュニズムに接近し、文学・文化論の才を認められてフランクフルト社会研究所の研

究協力者となり、資金と発表の場所とを得ながらも、それが逆にかれの自由な思想表現を束縛するものになったこと、などである。

これらを念頭に、ベンヤミンの生涯最後の二年について、少し詳しくたどってみよう。

先だつ一九三八年一月にパリのドンバール通り一〇番のアパートに移り、翌々年のパリ脱出までの落ち着き先を得ていたが、一年後の一九三九年二月四日、ドイツ国籍を剝奪される。ベンヤミンは無国籍者となったのである。その後、ポール・ヴァレリーやアンドレ・ジッドの助力を得てフランスへの帰化を申請するが、これは最期のときまでかなわなかった。ショーレムにパレスチナ入国ビザの手配を打診したり(三月)、米国への移住を思い立って旅費調達のためクレーの絵を売ることを考えたり(六月)、友人のつてでスイスへの逃亡を企てたり(翌年七月)などしたが、いずれも実現することはなく、結局ベンヤミンがフランス国境を越えたのは、同時にかれが生死の境を越えるときとなった。

同じ一九三九年の二月ごろには、すでに一九三四〜五年頃から交流を深めていたハンナ・アーレントとハインリヒ・ブリュッヒャーを中心とする討論の夕べに、定期的に参加している。アーレントとの友情は、のちに「歴史の概念について」の遺稿を彼女がニューヨークに亡命中の社会研究所に届けるというしかたで、実を結んだ。彼女の生涯の伴侶となったブリュッヒャーは、古参のドイツ共産党員でありながら反スターリン派として一九三六年に除名された人物であり、かれを通じて共産党および国際コミュニズム運動についてベンヤミンが知りえたことは多かったにちがいない。

七月末、アドルノの修正指示に基づいて書き直したボードレール論の一節(「ボードレールにおけるいくつかのモティーフについて」)をニューヨークの社会研究所に送付したが、その翌月二十三日の独ソ不可侵条約締結と引きつづく第二次世界大戦の勃発は、思想面のみならず生活面でも、ベンヤミンの境涯を大きく変えた。対ドイツ宣戦布告をしたフランス政府によってドイツ人・オーストリア人は敵性外国人とされ、収容所に送られることになったのである。ベンヤミンもまた、九月十五日にパリ中心部に近いスタジアムに召喚されて困難な十日間をすごしたのち、フランス中部のニエーヴル県ヌヴェールにある「志願労働者キャンプ（Camp des travailleurs volontaires）」という、いささか皮肉な名前をもつ城跡の施設に移され、そこでこれまた食料の欠乏と寒さを耐え忍びながら二か月の収容生活を送ることになる。

十一月十六日、パリの友人アドリエンヌ・モニエが外交官のアンリ・オプノに働きかけ、その助力によって出所許可がおりる。このオプノは翌年五月ごろにベンヤミンがまた収容所に送られそうになったとき、それを阻むことに尽力し成功したという。ということは、少なくともその時期までベンヤミンは、収容所への再送還につねに脅えずにはいられなかったことになる。

「歴史の概念について」執筆の住居があったドンバール通り

十一月の二十五日前後にパリに戻った投宿先は、ドンバール通りのもとのアパートであった。年末年始の時期に、すでにイタリアをへてロンドンに亡命していた前妻のドーラが訪問して、いっしょにロンドンに来るよう説得したが、ベンヤミンはこれを拒否する。「パサージュ」研究のためにはパリの国立図書館なしに仕事ができないとの理由によるとされている。しかし心臓のぐあいが思わしくないこともあってか、二月十二日には、ボルドーの米国領事館に入国ビザを正式申請している。この段階でようやく米国亡命の決断を最終的に下したのであろうか。もっともアドルノの奔走によって米国入国許可がおりたのは、七月中旬のことであった。

「歴史の概念について」のための準備断章・原稿が執筆された月日は不明だが、親しく交際のあったアーレントの証言では、収容所からパリに戻って数か月のうちに書かれたという[2] (cf. 324)。すでに一九四〇年二月二十二日付書簡でベンヤミンは、ホルクハイマーに「歴史の概念についての諸テーゼ (les thèses sur le concept d'Histoire) のいくつかを書き終えたところ」だと伝えている (cf. GB VI, 400)。一九三七年発表の論考「エドゥアルト・フックス——収集家と歴史家」第I節との関係が深いと同書簡で述べており、じっさい「歴史の概念について」のいくつかのテーゼがこの論考から文章を引き継いでいることもあって、この段階でそれなりの数のテーゼ原稿が成立していたと推測される。当時ベンヤミンの作業を手伝っていた妹ドーラ・ベンヤミンの一九四三年の回想によれば、完成は「一九四〇年の二月か三月」であるが (cf. 196)、先に引用したラックナー宛書簡では「歴史の概念についての小エッセイ (un petit essai sur le concept d'histoire)」が、書簡日付の五月五日までに完成したことになっている。これらは複数あった原稿のそれぞれを指すものと考えれば、矛盾はない。さらに五月七日にはアドルノに宛てた手紙で、「テーゼ」のうちの「いくつかの断章」が別便でそちらに届くことになっていると述べている (cf. GB VI, 447)。もっとも直前にグレーテル・アドルノ宛に出した書簡では公刊の意思はないとことわっており (cf. GB VI, 436)、「歴史の概念について」刊行の問題に深くかかわったアーレントによれば、当の別便自体がなんらかの事情でアドルノのもとに届かなかったとのことだが (cf. 319)、いずれにせよこれは社会研究所の検閲を危惧して表現を緩和した「タイプ稿3」(後述) である可能性が高い。そうであるならこの段階ですでに、「タイプ稿1」および「タイプ稿2」が完成していたことに

なる (cf. 197)。ただしこれらタイプ原稿にもさらに手が加えられてゆくことになるのであり、最終稿と呼ぶべきものはついに遺されなかった。

そうしているうちにも、ドイツ軍はパリへと進攻してゆく。パリ陥落の六月十四日の直前にベンヤミンは、収容所から戻ったばかりの妹ドーラをともなってパリを脱出し、スペイン国境にほどちかいルルドに到着する。パリ発最後の列車で十五日に到着したとされるので、まさに間一髪でナチスの手を逃れたことになる。それに先だってバタイユに手元の原稿の重要なものを預け、バタイユは司書をしていた国立図書館にこれを秘匿した。ベンヤミンの仕事の大部分を今日読むことができるのは、このバタイユの助力によるところが大きい。

高地のため心臓への負担に苦しんでいたルルドでの滞在中に、ベンヤミンはアドルノから米国入国許可の報をえる。そこで、病身で動けずしかも米国入国ビザを取得する可能性のないドーラをおいて、ひとりマルセイユの米国領事館へと八月におもむく。当時のマルセイユは、米国への出国を求める人びとが多く集まっており、クラカウアーやゾーマ・モルゲンシュテルン、アーレント／ブリュッヒャー夫妻などの知人・友人と再会することができた。「歴史の概念について」の原稿のいくつかをアー

(2) ただしすでに一九三九年一月二十四日付ホルクハイマー宛書簡で、「歴史の概念の問題」が重要であり、そのさいには「進歩」概念が問題になると述べている (cf. GB VI, 198)。さらにさかのぼっては、一九三七年パリでのアドルノらとの会話で「歴史の概念について」につながる着想を語っていたともいわれるが (cf. GB VI, 435)、新全集版編者解説によれば一九三〇年代なかばにさかのぼるであろうこのテクストの成立史について、はっきりしたことは語れないようだ (cf. 189)。本書では、独ソ不可侵条約締結のインパクトを大きな転回点とみなし、それ以前に成立していた文章や着想をも新たな思考枠組みに含み入れていったと見る。

レントに渡したのも、このときである。アーレントはその後、リスボンに渡って米国行きの船を待つあいだに、このテクストをブリュッヒャーらと論じ合い、他の亡命客にも読んで聞かせたという。ベンヤミンの望みは、夫妻と三人で出国することであったが、このときにスペインとポルトガルの一時滞在ビザを手に入れていたのは、かれだけであった。だがそのかれも致命的なことに、亡命に欠かせないフランスの出国ビザを入手することができなかった。そこでスペインのビザが失効する期限が迫るなか、すでに多くの亡命者が試みていたように、フランスとスペインの国境を徒歩で越える決心をする。

まずおそらくは列車でポール・ヴァンドルへ行き、知人の妻で亡命協力活動をしていたリーザ・フィトコという女性に接触する。彼女を案内人に他の二人の同行者とともにバニュルス゠シュール゠メールという国境の村をへて、峻険なピレネー山脈の間道を暑熱に耐えながら登り、稜線を警備するフランス国境監視員の目をくぐって、スペインの国境の町ポルトボウに到着する。国境越えが何日のことであったのかは、同伴者らの証言が錯綜しているため明らかではない。九月二十六日説が根づよいが、翌十月末のホルクハイマーの問い合わせにたいするスペイン国境警察の返信によれば、九月二十五日の午後八時と記録されていたという (cf. GS V・2, 1197f.)。いずれにせよさっそく地元警察に入国の申請をしたかれらは、スペインの国境監視員から、数日前の通達に従って、フランス出国ビザをもたない人間はフランスに送還すると言い渡されてしまう。ひとまずホテルに投宿することは許されたため、そのホテルの一室でベンヤミンは携えていたモルヒネを過剰摂取する。医師による胃洗浄に最後の力を振り絞って抵抗したともいわれ、絶命は九月二十七日との証言もあるが、これまたスペイン側の記録では二十六日の二十二時ごろとされている。ベンヤミンのこの自死が衝撃となったからか、ポルトボウの当局は翌日にはふたたび、出国ビザをもたない亡命者にも国境を開いたという。

この自死は、ときとして「絶望」あるいは「失意」によるものとされてきた。しかしベンヤミンはヴィシー政権下のフランス側に送り返され、ナチスドイツに引き渡されることにより、さまざまな辱めをうけるのを拒絶したのではなかったか。友人を売るような強制を受けることを拒んだのではなかったか。一例だが、妻がユダヤ人であるために教授資格を剝奪されていたカール・ヤスパースは、ゲシュタポ（秘密国家警察）が踏み込んできた場合に備えて、青酸カリをつねに身辺においていたといわれる。ベンヤミンもモルヒネを携帯して国境越えを試みたのであるから、みずからの尊厳を守るための覚悟の自死ととらえるのが適当であるように思われる。とはいえアーレントによれば、ルルドのみならずマルセイユにおいても、ベンヤミンは自死について繰り返し口にしていたという（326f.）。ほとんどの場合がそうであるように、自死の〈理由〉をこれと確定することはできないのだろう。

フランス国境側から見たポルトボウ（1930 年）

なお、国境の近くまで同伴した案内人リーザ・フィトコの回想では、ベンヤミンは山越えにあたって、「自分自身より重要な」新しい原稿の入った重い黒い鞄を持参していたという。これは『パサージュ論』の原稿ではなかったかとのショーレムの推測がある。しかしスペイン当局の報告によれば、遺されていたのはビジネスマンが使うような書類鞄であり、それに加えて腕時計、パイプ、写真六葉、レントゲン写真一枚、メガネ、何通かの手紙、何冊かの雑誌、そして数枚の書類（内容不明）と若干の金銭だけが、遺品として記録されているにとどまっていたという（cf. GS V-2, 1198）。問題はこの書類であって、それは「歴史の概念について」の最後のヴァージョンではなかったかとの推測が、現在にいたるまでなされている。それが、政治的に危険な文書であると考えた同行者のヘニイ・グルラントによって破棄されたのではないか、と。だが、その書類が散逸してしまったことは確かであり、いまとなってはどの推測もあくまで想像の域を出ない。彼の死をめぐるあらゆる臆測もまたそうである。

3　現存する複数の原稿について

それでは未定稿として遺されるにとどまった「歴史の概念について」の、現段階で存在が確認されている原稿は、どのようなものだろうか。それにはおおまかにいって、自筆原稿が二点、タイプ原稿が四点ある。

新全集版が推測する成立順序にしたがい、その編者解説（210-6 et.al.）を参照して、六点の一つひとつについて見ておこう。（なお「評注」を読むさいの参考のために、別表として簡単な異同一覧を掲げておく。）

●アーレント手稿　アーレントがおそらくマルセイユでベンヤミンから受け取り所蔵していたもので、現存する最古の自筆原稿。二〇〇六年にはじめて全文が活字になった。[3] 用紙から見て一九三九年から四〇年にかけて成立し、執筆終了時期は一九四〇年二月九日以降と推定される。テーゼの順序が確定されておらず、テーゼ数も少ないなどのことがあって、他の原稿と比較すると暫定稿としての性格が強い。ただし以下に見るタイプ稿4の末尾に置かれた「A」「B」の内容にあたるものが含まれていることには注意したい。

●タイプ稿1　一九四〇年初夏にバタイユがベンヤミンから預かった草稿群のなかにあったもので、一九八一年にジョルジョ・アガンベンがバタイユの未亡人から入手したもの。テーゼの番号づけから見てアーレント手稿あるいはそれに準じた原稿（逸失？）が、タイプ原稿化の最初の叩き台になったと見られる。（末尾に位置の定まっていない第二の「XI」が赤字の括弧でくくられて置かれている。）「手択本（Handexemplar）」と冒頭に手書きで記入されているのが目を引くが、これはテーゼ配列の決定も含めた推敲のための自家本の意味と考えられる。タイプ稿としての成立は、すでにみたホルクハイマー宛書簡や妹ドーラ・ベンヤミンによる回想を参照するなら、一九四〇年三月頃の可能性が高い。

●フランス語手稿　一九四一年と四七年にニューヨークの社会研究所に届けられた大量の遺稿群のいずれかに含まれていたと思われる。ベンヤミン自筆のフランス語原稿で、他の原稿と比較すれば明らかなように、たんなる「翻訳」ではなく独自の表現を多く含む。削除修正箇所があるものの、草稿ではなくすでに浄書稿としての性格をもっていると見られている。テーゼの配列はタイプ稿1とほぼ同

(3) *Arendt und Benjamin. Texte, Briefe, Dokumente*, hrsg. von D. Schöttker und E. Wizisla, Frankfurt a. M.: Suhrkamp 2006.

じだが、欠けているテーゼが六つあり、それら欠番テーゼの一覧表が小見出しつきで冒頭におかれている。時として政治的に直截な表現が含まれているところが注目される。

●タイプ稿2　一九四一年に社会研究所に届けられた遺稿群に含まれていたと推測されている（タイプ稿3も同様）。タイプ原稿のカーボン複写としてのみ残っているが、かつては最初のタイプ稿と見なされ、「ベンヤミンの意図にもっとも正確に対応するもの」（GS I・3, 1254）として旧全集版の底本とされたもので、タイプ稿1が発見されてからもこの判断は正しかったと旧全集版編者は述べている（cf. GS VII・2, 781）。内容から見て、タイプ稿1の浄書稿であるとはかならずしも言えず、仮にそうであったとしてもタイプ稿1にはその後も独自に自筆で加筆修正がなされている。旧全集版の底本としてながらく影響力を保ってきた原稿である。

●タイプ稿3　妹ドーラ・ベンヤミンがタイプして成立したと推測され、彼女の戦後の回想によれば、外国に郵送するさいの検閲をおもんぱかって政治的表現を緩和したという。たしかに「史的唯物論」という語を避けて「史的弁証法」とし、タイプ稿1以降のテクストにあるテーゼⅫ（「スパルタクス団」に言及したもの）を欠くなどしている。ただし表現の緩和は、社会研究所によるチェック・修正要求を予想して行なわれたと推測されるふしがある。(4)

●タイプ稿4　ベンヤミン没後に米国でグレーテル・アドルノによりタイプ原稿化されたもので、旧全集版以前に公刊されたテクストの底本とされていた。旧全集版編者は、ベンヤミンが生前その成稿にかかわったと推測しているが（cf. GS I・3, 1253f.; GS VII・2, 782）、この推測は新全集版編者解説では疑問視されている（202）。もとになった底本（アーレントが貸与したものか）は紛失して所在不明とされているが、タイプ稿1および2と比較すると欠けている文章が見られることから、それら以前に成立した原稿だったと考証されている。ただしこの原稿独自の「A」および「B」という末尾のテーゼ配置がそこでもなされていたかどうかを含め、その底本との対応の詳細は不明である。(5)

いずれの原稿も、他の原稿にあるものが欠けていたり、逆に他にはないものを含んでいるなどして、

（4）ちなみに、ベンヤミンが社会研究所の意向に恐れを抱いていたことについては、アーレントの証言がある（cf. 324f.）。「ベンヤミンはアドルノを恐れており、そのことを、ハンナ・アーレントは深く憤っていた。彼女がニューヨークへ運んできた原稿のうちの一つを、ベンヤミンが恐怖から、「平穏と安全」を得るために改訂していたことを、彼女は知っていた」（エリザベス・ヤング＝ブルーエル『ハンナ・アーレント伝』荒川幾男ほか訳、晶文社、一九九九年、二四〇頁）。もっとも旧全集版編者は、こうしたヤング＝ブルーエルの叙述のおおかたを、根拠のないものとして退けているのだが（cf. GS VII・2, 781 Anm.）。

（5）旧全集版編者は、アーレントからアドルノに渡された原稿が、グレーテル・アドルノにより写しが取られたのちに「失われた」と推測している（cf. GS VII・2, 781）。前注に触れたヤング＝ブルーエルの伝記によれば、アーレントは「紛失」ではなく「意図的に隠された」のではないかと疑ったとのことであるが（前掲書二三八頁参照）、アーレントは一九六七年一月三十日付アドルノ宛書簡で、研究所での写しが終わったあとに返却されたとみずから語っており、返却されたことは確かなようなので（cf. 352）、アーレントのもとで紛失したのかもしれない。いずれにせよ、その原稿がタイプ稿4の底本であった可能性がある。ちなみに、アーレントは第二次大戦終了直後に、社会研究所とは独立に「歴史の概念について」を含むベンヤミンの著作集を出版するべく尽力した。その試みは最終段階で、出版社の方針変更により失敗に終わったのだが（cf. 339-344; *Arendt und Benjamin*, S. 38f.）。

原稿異同一覧　　　　　　＊新全集（第 19 巻、2010 年）はすべての原稿を並列収録。

／	成立時期と基本性格 （伝承の経緯）	テーゼ構成 （本書訳文底本のタイプ稿 1 との比較において）	新全集版以前の刊本 （底本として利用され た場合も含む）
アーレント手稿	1940 年 2 月 9 日以降に書き終えられた現存する最古の原稿。 暫定稿の性格が強い。 アーレントが 1940 年にベンヤミンから受け取り、1967 年まで未公開のまま手元に置いていた。	（タイプ稿 1 との配列・表現の相違が大きい。） タイプ稿 1 の第二の XI（以下 XI² と略す）を [XI] として含む。 タイプ稿 4 の A を XV 後半に含む。 二つある XVII の前者は XIV、後者は XVII に主に対応。	旧全集第 I･3 巻（1974 年）編者注に校異のみ掲載。 *Arendt und Benjamin* (2006) で全文が刊行。
タイプ稿 1	1940 年 3 月頃に成立し 5 ～ 6 月頃まで加筆修正？ 冒頭に「手択本」と自筆で記入。 1940 年初夏バタイユが預かった草稿群中にあり、アガンベンが 1981 年にバタイユ未亡人から入手。	／	旧全集第 VII･2 巻（1989 年）編者注にテーゼ XVIII のみ全文掲載し、残りは校異のみ掲載。
フランス語手稿	成立時期は不明。 旧全集版で「フランス語翻訳」とされたが、他稿との相違も大きく、新全集版では独立の原稿とされる。 1941 年か 47 年に社会研究所に届く？	VIII、XI、XIII、XIV、XVI、XVIII を欠番にし、冒頭に小見出し付き一覧を掲げている。 XI² は存在しない。	旧全集第 I･3 巻（1974 年）編者注に全文を掲載。
タイプ稿 2	成立時期は不明。 浄書稿だが、カーボン複写でのみ残っている。 わずかに手書きで修正。 1941 年に社会研究所に届けられたと見られる。	XVIII および XI² は存在しない。	旧全集第 I･2 巻の底本として用いられ（そのさいにはタイプ稿 4 末尾の A・B も「補遺」として収録される）、この旧全集版がその後の翻訳の底本となる。
タイプ稿 3	1940 年 5 月頃成立？ 妹ドーラ・ベンヤミンのタイプによると推測される。 「歴史の概念について」と冒頭にタイプされている。 ごくわずかに手書きで修正。 社会研究所への送付用で、政治的表現を緩和している。 1941 年に社会研究所に届けられたと見られる。	XII、XIV、XVIII を欠番とする。 XI² は存在しない。	旧全集第 I･3 巻編者注に校異のみ掲載。
タイプ稿 4	没後の 1941 年にニューヨークで成立（グレーテル・アドルノのタイプによる）。 底本になった原稿（初期原稿でアーレントが社会研究所に貸与したもの？）は紛失して所在不明。 アーレント手稿に含まれるが他稿にはない「A」がある。	XI² を「B」として収録。 A・B は破線で区切ってそれ以前と区別されている。 XVIII は存在しない。	『社会研究誌』（1942 年）、『ノイエ・ルントシャウ』（1950 年）、『著作集』（1955 年）掲載稿の底本として、その原本ないしタイプ複写が用いられる。

どれも完成稿というべきものではない。ただしこのうちタイプ稿1には、とくに注目に値する点がいくつかある。
（1）新全集版編者も指摘するように、二つの自筆原稿（アーレント手稿とフランス語手稿）とともにベンヤミン自身の手によるものとして、他のタイプ原稿よりも真正性が高い（cf. 160, 198f.）。（2）両自筆原稿とは異なって、欠けているテーゼがほとんどない。位置の定まらないまま末尾に置かれた第二のテーゼXIは、タイプ稿4の「B」と同内容である。（3）たしかに推敲用の手択本であることは明らかで、かなりの削除訂正箇所を含んでいる。だが一枚の用紙に一テーゼをタイプし、配列もふくめて綿密に推敲することにより、ひとまずのテクスト正文およびテーゼ配列を作り上げている。（この配列推敲の様子は、「歴史の概念について」があたかも冒頭から論理的に構成されたものと見る解釈と、脈絡に欠けた断章の集積で草稿ノートの類いと見る解釈と、そのいずれをも退けるものだろう。）（4）さらに、タイプ稿2では理解に苦しむ箇所が、手書きで修正されて、意味が通るようになっており、ベンヤミンが入念に推敲を行なったことを示している。（5）なによりも、他稿に欠けているテーゼXVIIIは、過去の認識と政治的行動との直接の結びつきについて明瞭に語り出しており、「歴史の概念について」全体の理解を変貌させる可能性を含んでいる。(6)
以上のような理由に加えて、従来定本とされたテクストからいったん自由になって、新たな解釈の

（6）このテーゼには、旧全集版に収録された「歴史の概念について」関連断章のうちに草稿があり（cf. 152; GS I・2, 1231）、すでに野村修が注目している（野村修『ベンヤミンの生涯』平凡社ライブラリー、一九九三年、二三六頁以下参照）。

可能性を読者と共有するために、本書ではこのタイプ稿1のテクストを底本とし、必要なかぎり他の原稿――とくに二つの手稿――も参照して訳文を作るよう試みることにしよう。この原稿に唯一欠けているタイプ稿4の「A」については、末尾に「参考テーゼ」として訳出することにする。

《原典刊本について》

次項のタイトルの問題との関係もあり、「歴史の概念について」の原文を収録した刊本（ペーパーバック版を除く）を挙げておきたい。アーレント、アドルノなどによって重要なテクストと認められたこともあり、遺稿のなかでも他にさきがけて単独で出版されている（最初の二点）ことに注意しよう。

『社会研究誌』(*Zeitschrift für Sozialforschung*) ベンヤミン追悼特別号（一九四二年、謄写版印刷）タイプ稿4が底本と推測される。編者ホルクハイマー／アドルノの政治的配慮からか、テーゼXIIの「スパルタクス団」への言及箇所が省略されている (cf. 237)。

『ノイエ・ルントシャウ』(*Neue Rundschau*) 誌一九五〇年第四号

同右。やはり「スパルタクス団」への言及箇所が省略されている。末尾に「一九四〇年春」と記され、つづいてアドルノの論考「ヴァルター・ベンヤミンの特性」が掲載されている。

二巻本『著作集』(Walter Benjamin, *Schriften*) 第1巻、テオドア・W・アドルノ／グレーテル・アドルノ編（ズーアカンプ社、一九五五年）

『ノイエ・ルントシャウ』誌が出典として第2巻末尾に挙げられているが、新全集版編者によればタイプ稿4のカーボンコピーのひとつが底本と推測される (cf. 239)。「スパルタクス団」への言及箇所は、ここでは省略されていない。

旧全集（Walter Benjamin, *Gesammelte Schriften*）第Ⅰ・2巻、ロルフ・ティーデマン／ヘルマン・シュヴェッペンホイザー編（ズーアカンプ社、一九七四年）

一九七二年に刊行が開始された全集に収録されている。タイプ稿2（新全集版の番号による）を底本とし、そこに収められていない末尾の二テーゼをタイプ稿4によって補っている。新全集版が刊行されるまで、ながく決定版と見なされてきた。同年刊行の第Ⅰ・3巻では四十四頁にわたり編者解説と関連断章、当時入手可能だった原稿の異文などを収めている。（一九八一年にペーパーバックの新版が刊行されている。）なお同じ編者により一九八九年に刊行された補巻第二巻（第Ⅶ・2巻）において、成立史にかかわる新史料についての報告と関連書簡、新たに発見されたタイプ稿1の異文を掲載し、そのテーゼXVIIIについては全文を活字化している。[7]

（7）旧全集出版前後の議論について、近年の研究を参照して瞥見しておきたい。①一九六〇年代に、アドルノ、ホルクハイマーを中心とするフランクフルト学派がベンヤミンの仕事を「横領」しているのではないかとの批判が高まった。一九五五年刊二巻本『著作集』には、たとえばベンヤミンのブレヒトについての数ある論考のうち一篇しか収録されないなどして、かれのマルクス主義的側面が十分に示されていないのではないかとも言われた。ただしそれは当初は、編者であるアドルノ夫妻のブレヒトにたいする個人的な嫌悪に基づくものと考えられた。②ところが一九六四年にエルンスト・ユンガーの著名な論考「総動員」を収録した『戦争と戦士』（*Krieg und Krieger*, 1930）へのベンヤミンの書評「ドイツファシズムの理論」（一九三〇年）を再刊したさいに、高度に政治的な最終文が削除されたこと、さらには一九六六年刊のショーレム／アドルノ編『書簡集』（*Briefe*）に、社会研究所にとり不都合な箇所の省略が多く見られたことによって、アドルノらが政治的な理由から検閲を行なっているとの疑惑が高まった。③批判の急先鋒となったのは、アドルノらにたいし「遺稿の不正操作」のかどで非難した『アルテルナティーヴェ』（*alternative*）誌の編集部であり、一九六八年に彼らはアドルノらにたいし、ブレヒト論を含むベンヤミンのマルクス主義的著作の重要新全集（Walter Benjamin, *Werke und Nachlaß. Kritische Gesamtausgabe*）第十九巻、ジェラール・ロレ編（ズーアカンプ社、二〇一〇年）

二〇〇八年刊行開始のクリストフ・ゲデ／ヘンリ・ローニッツ責任編集による新全集の一巻として刊行された。現存する手稿・タイプ稿のいずれも最終稿と見なすことはできないとの判断に立って、それらすべてを部分抹消・加筆箇所も含め可能なかぎり忠実に活字化し、手稿については写真版をも付している。関連断章は適宜省略はしているが、旧全集版のように配列に手を加えることなく、四つの束にまとめられていた順番どおりに収録している。近年の書誌学における「現存するテクスト諸段階の原理的同価値性」の立場に基づいて編集されていると見ることができるが、「歴史の概念について」の場合にはとくに有意義な方針といえよう。テクスト・関連断章に加えて各原稿の比較・考証と、それにもとづく編者解説および関連書簡を収めている。本書訳文はこの版のタイプ稿1を底本とする。

《タイトルについて》

ここまではこのテクストを「歴史の概念について」と呼んできた。だが同時に「歴史哲学テーゼ」という呼称があることも知られていよう。

ベンヤミンのこの遺稿が「歴史哲学テーゼ（Geschichtsphilosophische Thesen）」と呼び慣わされたのは、右の一九五五年刊二巻本『著作集』においてそのタイトルが採用されたからであった。日本でも晶文社版『ヴァルター・ベンヤミン著作集』で最初にこれを底本に訳出されたため、「歴史哲学テーゼ」という呼称が広く流布した。だがそれ以前には、初出となった一九四二年『社会研究誌』ベンヤミン追悼号でも、一九五〇年『ノイエ・ルントシャウ』誌でも、「歴史の概念について（Über den Begriff der Geschichte）」というタイトルが用いられていた。ベンヤミンのパリ時代の友人ピエール・ミサクが『社会研究誌』版を底本に仏訳して『レ・タン・モデルヌ』（*Les Temps Moderne*）誌一九四七年十月号に掲載したときも、「歴史の概念について（Sur le concept d'histoire）」とされていた（cf. 237-9）。最終的には「歴史哲学テーゼ」というタイトルはベンヤミンには見られないとした旧全集版以来（cf. GS I・3, 1254）、「歴史の

なものを編集して出版するよう督促した。他方、東ドイツではゲアハルト・ザイデルが一九七〇年にレクラム文庫の一冊として『栞』（*Lesezeichen*）と題するベンヤミン著作集を刊行して、ブレヒトのベンヤミンにたいする影響を高唱した。④ こうしたなか、ズーアカンプ社は論争を収束させるべく、当初の予定を早めて全集の刊行を一九六八年に予告し、最初の巻を一九七二年に出版した。だがその編者のひとりであるロルフ・ティーデマンは、アドルノのもとで学位取得を行なった人物であり、アドルノ（さらにはショーレム）の編集姿勢を受け継ぐ者にほかならなかった。そのためそれは批判的全集と謳われていてもなおアドルノのベンヤミン像を強く反映しており、さらには当時のレベルから見ても編集に最善を尽くした刊本とは言えないものであった。一九八九年にいちおうの完結を見ながら、なお「別巻」（Supplemente）全三巻の刊行が終わったのが一九九九年であることからも明らかなように、そもそも周到な準備に基づいたものではなかった。編者解説の多くにティーデマンの、たとえばベンヤミンとブレヒトの関係をごく限定的なものと見るといった「偏向」が見られもするとされている（cf. Erdmund Wizisla, *Benjamin und Brecht*, Frankfurt a. M.: Suhrkamp 2004, S. 40ff.; Momme Brodersen, *Walter Benjamin*, Suhrkamp BasisBiographie 4, Frankfurt a. M.: Suhrkamp 2005, S. 136ff.; *Arendt und Benjamin*, S. 15ff.）。原稿間の校異が示されているが、それをもとに各原稿の再現と比較を試みたクリスティーネ・シェーンラウの論考によれば、完璧なものは再現できないようである（cf. Christine Schönlau, "Text und Varianten. Editionskritische Anmerkungen zu Walter Benjamins Über den Begriff der Geschichte", in, *Praxisorientierte Literaturtheorie. Annährungen an Texte der Moderne*, hrsg. von T. Bleitner, J. Gerdes und N. Selmer, Bielefeld: Aisthesis 1999）。旧全集完結のわずか九年後に新全集が刊行されはじめた理由もこれで明らかだろう。なお新全集編集責任者のゲデとローニッツは一九九五〜二〇〇〇年刊の『ベンヤミン全書簡』（Walter Benjamin, *Gesammelte Briefe*, Suhrkamp）の編者として知られるが、旧全集版「補巻」の編集協力者でもあり、編集上の人的関係が切れているわけではない。

概念について」で定着しており、新全集版でも同様である。

それでは、ベンヤミン自身による呼称として確認できるものはどうか。まずは、すでに見たホルクハイマー宛書簡におけるフランス語の「歴史の概念についての諸テーゼ」がそれであり、さらに生前最後の原稿と推測されるタイプ稿3で「歴史の概念について（Ueber den Begriff der Geschichte）」とタイプで表記されている。そのためこれをそのまま正式名称と考えていいようにも見える。もっともこのタイプ稿3は右にも触れたように、ラディカルな表現を緩和するなり削除するなりしており、他の原稿との異同が大きく、問題含みのものである。

そこで注目されるのは、新全集版編者も指摘していることだが（cf. 166）、アーレントが一九四一年にアドルノに手渡した原稿について、当のアーレントがショーレム宛一九四六年九月二十五日付書簡、およびブレヒト宛同年十月十五日付書簡で「歴史哲学テーゼ（die Geschichtsphilosophischen Thesen）」と呼んでいることである（cf. 342f.）。その原稿を受け取ったアドルノもまた、直後にそれについてホルクハイマーに報告した一九四一年六月十二日付書簡で「ベンヤミンの歴史哲学テーゼの写し（eine Kopie der geschichtsphilosophischen Thesen von Benjamin）」と呼ぶなどしている（cf. 313, 317）。さらにいえば、『社会研究誌』追悼号のホルクハイマー／アドルノ連名の献辞でも、本文と異なり「歴史哲学テーゼ（Die geschichtsphilosophischen Thesen）」の呼称が用いられている[8]（106）。アーレントがアドルノに渡した原稿が所在不明であるために、確認のしようもないが、しかしこれら複数の発言・記録を無視するわけにもいかない。

というわけで、「歴史哲学テーゼ」という標題は、控えめに言っても恣意的なものではおそらくなく、積極的に言えば失われた原稿のタイトルであった可能性がある。現存史料にもとづく現段階での判断としては、「歴史の概念について」とするのが適当だが、しかし「歴史哲学テーゼ」という呼称を根拠なきものとして退ける理由もまたない。煩を避けるのでなければ、「歴史の概念について」（「歴史哲学テーゼ」）とするのが適切な呼称といえよう。

なおこのテクストでは、「歴史の概念」がこれと定義して示されているわけではない。そのことから、「歴史の理解（とらえかた）について」とタイトルを訳す可能性もあることを付け加えておきたい。

4　参考資料——断章と先行翻訳

A　ベンヤミンの断章

この晦渋なテクストを読み解くにあたって、翻訳と「評注」で参考にしてゆくのは、底本以外の原稿、なによりもフランス語手稿であるが、それ以外にも新旧両全集版に収録されている「歴史の概念について」関連のメモ・草案類と、旧全集第V巻『パサージュ論』に収められた断章群がある。前者の「歴史の概念について」関連断章（新全集版であらたにいくつかが加えられている）は、各テーゼの直接の草稿と見られるものを含んでいるが、最終的に原稿に取り入れられなかったモティー

（8）追悼号の編集にかかわったレオ・レーヴェンタールのアドルノ宛一九四二年四月十七日付書簡は、「歴史の概念について」にいったん決まったタイトルを「ベンヤミンに由来する別タイトル」（おそらく「歴史哲学テーゼ」）に取り換えるようアドルノが提案したと述べている（cf. 333）。

フや表現もまた多い。編者が取捨選択した部分もあり、成立時期はいずれも不明であるため (cf. 203ff.)、そこから直接「歴史の概念について」の思想内容を取り出そうとすることは危うさをはらんでいる。とはいえ、テーゼとして原稿化された部分に関連する箇所は、そのつどのテーゼの理解に不可欠ともいえる文章・断片を含んでおり、本書でも「評注」においてその多くを参照することにしよう。ただしあくまで底本テクストをより明瞭に理解するためであり、逆にどのような表現・モティーフが最終的に採用されなかったのかにも注意を払ってゆきたい（たとえば「物語ること」「静止状態にある弁証法」など）[9]。

他方『パサージュ論』、とりわけその草稿群Nは、右の断章群に転記や参照がなされており、「歴史の概念について」との密接な関係をもつことが指摘されているが (cf. 282 u.a.)、これまた同時にそれから逸脱した思想内容をもつ断章をも含んでいる。個々の草稿の成立時期がさらに不明であることもあり、取り扱いがむずかしいため、右の関連断章にたいしてはより間接的な参考資料と位置づけて参照することにしたい。

なお、これ以外にベンヤミンの公刊著作も「評注」において参考にするが、ここで企てているのはあくまで「歴史の概念について」の読解であることから、初期の著作にはさかのぼらず、一九三五年以降のものに限定することにしよう。

B　先行翻訳

最後に、各テーゼの訳出にあたって参照した翻訳を、評注でも用いる呼称とともに挙げておく。いずれの翻訳からも示唆をえたが、本書の訳文はとくに野村訳と浅井訳に強く影響を受けている。

●一九四二年『社会研究誌』追悼号掲載のテクストを底本とするもの

ミサク訳——"Sur le concept d'histoire", trad. par Pierre Missac, in, *Les Temps Modernes*, n° 25, Octobre 1947.

●一九五五年『著作集』掲載のテクストを底本とするもの

ゾーン旧訳——"Theses on the Philosophy of History", tr. by Harry Zohn, in, Walter Benjamin, *Illuminations*, edited and with an introduction by Hannah Arendt, New York: Schocken Books 1968.

野村旧訳——「歴史哲学テーゼ」『ヴァルター・ベンヤミン著作集 1』（晶文社、一九六九年）所収

●旧全集版を底本とするもの（底本が明記されていないものも含む）

野村訳——「歴史の概念について」ヴァルター・ベンヤミン『ボードレール　他五篇』（野村修訳、岩波文庫、一九九四年）所収（ゾーンの新訳とはことなりこの野村訳は、底本に新しく加わった箇所をのぞいては基本的に訳文に相違がないため、「野村新訳」とはせず「野村訳」と呼ぶ。）

浅井訳——「歴史の概念について」『ベンヤミン・コレクション 1』（浅井健二郎編訳・久保哲司訳、ちくま学芸文庫、一九九五年）所収

ガンディヤック訳——"Sur le concept d'histoire", trad. par Maurice de Gandillac, revue par Pierre Rusch, in, Walter Benjamin, *Œuvres*, tome III, Paris: Gallimard 2000.

ゾーン新訳——"On the Concept of History", tr. by Harry Zohn, in, Walter Benjamin, *Selected Writings*, vol. 4, edited by Howard Eiland and Michael W. Jennings, Cambridge/London: The Belknap Press of Harvard University Press 2003.

（9）なお関連断章のなかに、大きく斜線を引いてある箇所がしばしば見られるが、それらはほとんどの場合、抹消を意味するのではなく、他のテクストに取り入れ済みであることを示すものと思われる（cf. 279）。

レッドモンド訳——“On the Concept of History”, tr. by Dennis Redmond, 2005. http://members.efn.org/~dredmond/ThesesonHistory.html（二〇一四年七月二二日最終閲覧）

山口訳——「歴史の概念について」『ベンヤミン・アンソロジー』（山口裕之訳、河出文庫、二〇一一年）所収

●「歴史の概念について」関連断章の抄訳としては、凡例で挙げた『ベンヤミン・コレクション7』のほかに次のものがある。

“Paralipomena to ‘On the Concept of History’”, tr. by Edmund Jephcott and Howard Eiland, in, Walter Benjamin, *Selected Writings*, vol. 4, *op. cit.*

ヴァルター・ベンヤミン

「歴史の概念について」(「歴史哲学テーゼ」)

〔以下では訳者の判断で適宜改行をほどこしている。原文の各テーゼにはいずれも改行はない〕

I

よく知られている話だが、チェスで対戦相手のどのような指し手にも巧みな手で応え、かならず勝利をものにするよう造られているという、そういうふれこみの自動人形が存在したといわれる。それはトルコ風の衣装をまとい、水パイプを口にした人形で、大きな机のうえに置かれたチェス盤の前に座っていた。うまく組み合わされた鏡の作用によって、この机はどこから見ても透明であるという錯覚を生み出していたが、じつはチェスの名手である背の曲がった小男がなかに座っていて、人形の手を紐であやつっていたのだった。

哲学においてこの装置に対応するものを思い描くことができる。〈史的唯物論〉と呼ばれるその人形は、いつでも勝利を収めることになっている。神学の助けを借りていれば、この人形はどのような相手とも楽々とわたりあうことができるのだ。もっとも周知のようにその神学とは、今日では小さく不恰好で、そうでなくとも人目についてはならないものなのだが。

II

ロッツェ〔ドイツの哲学者　一八一七〜八一〕が次のように語っている。〈人間の気質に特有な点のうち、とくに注目に値する点のひとつは、個々人はじつに多くの我欲に満ちていながらも、一般に現在がみずからの将来にたいして羨望の念をおぼえることはない、ということだ〉、と。

この省察にもとづいて、次のように考え進めることができる。わたしたちはみずから生を営んでゆくにあたり、否応なしに時間のうちに置かれており、そのわたしたちが抱いているしあわせ〔めぐりあわせのよさ〕のイメージは、徹底して時間に色づけられているのだ、と。わたしたちのうちに羨望の念〔自分がもしそうだったらよかったのにとの思い〕を喚起するかもしれないしあわせとは、わたしたちが語りあっていたかもしれない人びとともに、わたしたちに身をゆだねていたかもしれない女性たちとともにわたしたちが呼吸した、その空気のなかにこそある。言いかえるなら、しあわせのイメージには、〔現にあった出来事の因果連鎖からの〕解き放ちというイメージが、分かちがたくゆらめいているのだ。

歴史が問題にする過去のイメージについても、事情はまったく同じである。過去にはひそやかな索引《インデックス》が付され、解き放たれるようにと指示されているのである。過去の人びとを包んでいた空気のそよぎが、わたしたち自身にそっと触れているのではないだろうか。わたしたちが耳を傾けるさまざまな声のうちに、いまや黙して語らない人びとの声がこだましているのではないだろうか。わたしたちが言い寄っている女性たちには、もはや彼女らすらも知ることのない姉たちがいるのではないだろうか。もしそうだとするなら、かつて存在した世代とわたしたちの世代とのあいだには、秘められた出会いの約束が取り交わされていることになる。そうであるならわたしたちはこの地上において、ずっと待ち望まれてきたことになる。

そうだとするなら、以前の世代がいずれもそうであったのと同じく、わたしたちにはか
ヽ
す
ヽ
か
ヽ
な
ヽ
メシア的な力が付与されていることになる。過去はこの力が発揮されることを要求しているのだ。この要求を無下にあしらうことはできない。そのことを史的唯物論者はよく心得ている。

III

年代記作者は、出来事に大小の区別をつけることなく、そのまま列挙してゆく。そうすることによって、かつて生じたことは歴史にとりなにひとつとして失われたものと諦められることはない、という真理をおのずと考慮に入れている。もっとも、みずからの過去を十全なすがたで手中におさめるのは、解き放たれた人類にしてはじめて可能なことだ。つまり、解き放たれた人類にとってはじめて、みずからの過去がそのどの瞬間においても呼び戻されうるようになっている。人類の生きたどの瞬間も、呼び戻され顕彰されるようになるのだ。終末の日とは、まさにそのような日のことである。

IV

「食べ物と着るものをまず求めよ。そうすれば神の国はおのずと汝らに与えられるであろう。」
ヘーゲル　一八〇七年

マルクスに学んだ歴史家が階級闘争として思い浮かべるのは、つねに生《なま》の物質的な事物をめぐる闘争である。こうした事物なしに洗練された精神的な事物は存在しない。とはいえ、洗練された精神的なものは階級闘争において、勝利者の手中に帰する戦利品とイメージされるようなものとしてあるのではない。それらは自信、勇気、ユーモア、狡知、不屈として、階級闘争のなかで生き生きと働いており、しかもさかのぼって遠い過去のうちにまで作用しているのである。それらはすでに支配者に与えられてしまった勝利のいずれをも、つねに新たに疑問に付してゆくことだろう。花が〔ひまわりのように〕こうべを太陽のほうへ向けるのと同じように、かつてあったものはひそかな向日性によって、いま歴史の天空に昇ろうとしている太陽のほうへ向かうよう努めている。あらゆる変化のうちもっとも目立たないこの変化を、史的唯物論者は感知できるのでなければならない。

V

過去の真のイメージは、さっとかすめて過ぎ去ってゆく。過去はそれが認識可能となる瞬間にだけひらめいて、もう二度とすがたを現わすことがない、そのようなイメージとしてしか、確保できないのだ。

「真理がわたしたちから逃げ去ることはないだろう」――この言葉はゴットフリート・ケラー〔正しくはドストエフスキーの『罪と罰』〕に由来するものだが、歴史主義の歴史像が史的唯物論によって撃ち抜かれる地点を、これはぴたりと指し示している。じっさい、過去のイメージは一度逃したらもう取り戻しようのないものであり、現在がそこにおいて〔それを確保するよう〕求められていることを自覚しないかぎり、いつでもその現在とともに消失しかねないのである。

【歴史家はたいそう興奮しながら過去に〔「たしかに認識した」という〕福音をもたらすが、しかしその福音を語ろうとして口を開けた瞬間に語り出される言葉は、ひょっとするともう空語でしかないのかもしれないのだ。】

VI

過ぎ去ったものを史的探究によってこれとはっきり捉えるとは、〈それがじっさいにあったとおりに〉認識することではない。危機の瞬間にひらめく想起をわがものにすることである。史的唯物論にとって重要なのは、危機の瞬間に史的探究の主体に思いがけず立ち現われる、そのような過去のイメージを確保することなのだ。

その危機は伝統の内実をなす物事とその受け取り手とを、ともにおびやかしている。この両者にとって、危機とは同じひとつのもの、すなわち支配階級に身をゆだねてその道具になりかねないということだ。伝承を支配下におこうとしている体制追随主義《コンフォーミズム》の手から、伝承をあらためて奪いかえすことを、いつの時代においても試みなければならない。

じっさいメシアとは、たんに解き放つ者としてやってくるのではない。アンチキリスト〔偽メシア〕を打ち負かす者としてやってくるのだ。過ぎ去ったもののうちに希望の火花をかきたてる才能を宿しているのは、敵が勝利を収めるときには死者もまた無事ではいられないということを知りぬいている、そうした歴史叙述者だけである。しかるにこの敵は、いまにいたるまで勝利するのをやめてはいないのだ。

VII

「嘆きの声がこだまするこの谷の
暗さと厳寒とを思いみよ。」
ブレヒト『三文オペラ』

フュステル＝ド＝クーランジュ〔フランスの歴史家　一八三〇〜八九〕は、ひとつの時代を追体験したければ、それ以降の歴史の推移について自分が知っていることをすべて念頭から追い払うようにと、歴史家に勧めている。史的唯物論が手を切った手法を、これほどよく特徴づけているものはない。それは感情移入という手法である。

この手法が生じてくるのは、心の不活発な状態、無気力《アケーディア》からであり、これはつかのまにひらめく真正の史的なイメージをわがものにすることなどできないと、諦めてしまう。それは中世の神学者のもとでは、陰鬱な気分が生じる根本原因とされた。それとかかわりをもったフローベール〔カルタゴを舞台にした歴史小説を書いた〕は、「カルタゴをいまに甦らせるためにはどれだけ陰鬱な気分を味わわなければならないか、そのことを察する者はまことに少ない」と書いている。この気分の本性〔無気力〕をよりいっそう明確にするためには、歴史主義の立場に立つ歴史叙述者がいったいだれに感情移入しているのかと、問いを投げかけてみればいい。かれらは当然にも、勝者に感情移入していると答えるだろう。だがそのときどきの支配者は、それまでに勝利を収めたすべての者の遺産相続人である。それゆえ勝者への感情移入というものは、いつでもそのときどきの支配者の役に立っていることになる。

これだけ言えば、史的唯物論者にはもう十分だろう。今日にいたるまで勝利をさらった者はだれであれ、いま地に倒れている人びとを踏みにじりながら今日の支配者がとりおこなっている祝勝パレードの列に加わって、ともに行進しているのだ。これまでの慣例のままに、そのパレードには戦利品も一緒に引き出されてゆく。その戦利品は文化財と呼ばれる。それらは史的唯物論者によって、ひややかに見物されることを覚悟しなければなるまい。というのも、史的唯物論者が見わたす文化財はことごとく、戦慄なしには思いみることのできない由来のものだからだ。このようなものが存在しているのは、それを創造した偉大な天才たちの労苦だけでなく、かれらと同時代の人びとの言いしれない苦役のおかげなのである。それが文化の記録であることは、同時に野蛮の記録でもあることなしにはありえない。しかもそれがそれ自体として野蛮から自由ではないように、ある者の手から他の者の手へとそれが渡ってきた伝承の過程もまた、野蛮から自由ではない。

それゆえ史的唯物論者は、この伝承からできるかぎり距離をとる。かれは歴史を逆なですることを、自分の課題と見なすのだ。

VIII

抑圧された人びとの伝統は、いまわたしたちの生きている〈例外状態〔非常事態〕〉が、じつは通例の状態なのだと教えてくれる。この教えに応えるような歴史の概念を手に入れるよう、わたしたちは迫られている。それを手に入れたとき、真の意味での例外状態を招来することが、わたしたちの課題としてはっきり示されるだろう。

そのことによって、反ファシズム闘争におけるわたしたちの立場が好転することになるだろう。ファシズムにとっての好機とはなによりも、ファシズムに敵対する人びとが進歩を歴史のきまりごとと見なし、その進歩の名においてファシズムに対抗しているところにあるのだ。――

わたしたちがいま体験していることが二十世紀においても「なお」可能なのか、という驚きは、哲学的な驚きでは*ない*。それは認識を始動させるものではないのだ。もっとも、その驚きのもとになっている歴史の見方を保持することはできない、という認識を始動させるというのなら、また話は別だが。

IX

「わたしの翼はいつでも羽ばたくことができる
できることならもといた場所に戻りたい
一生ここにいたとしても
使命を果たすことはまずできないだろうから。」
ゲアハルト・ショーレム「天使からの挨拶」

新しい天使《アンゲルス・ノヴス》と題するクレーの絵がある。そこにはひとりの天使が描かれていて、それは自分が凝視しているものから、いままさに遠ざかろうとしているかに見える。眼は大きく見開かれ、口は開かれ、翼は広げられている。

歴史の天使はこうした姿をしているにちがいない。歴史の天使は顔を過去のほうへと向けている。わたしたちの眼には出来事の連鎖と見えるところに、かれはただひとつの破局を見ている。たえまなく瓦礫のうえに瓦礫をつみかさねては、かれの足もとに放りだしている破局をだ。できることならかれはその場にとどまって、死者を目覚めさせ、打ち砕かれた破片を集めてもとどおりにしたいと思っている。だが、エデンの園から吹いている強風がかれの翼をからめとり、そのいきおいが激しいために翼を閉じることがもうできなくなっている。この強風はかれが背を向けている未来のほうへと、かれをとどめようもなく吹き飛ばしてゆく。そうしているうちにもかれの眼の前では、瓦礫の山が天にとどくほどに高くなってゆく。

わたしたちが進歩と呼んでいるものは、まさにこの強風なのだ。

X

修道院の規則は修道士に、瞑想のための主題を定めていた。それらは俗世とその営みに、かれらが嫌悪をいだくようにするためのものであった。わたしたちがここに進めつつある思考の歩みは、それに似た使命から生じたものである。ファシズムの敵対者がかつて期待をかけていた政治家たちが地に倒れ、みずからが任務とするところを裏切ることによりその敗北を深めていっているさなかに、この思考の歩みは政治意識をもった一般の人びとを、これらの政治家がかれらをたらしこむのに使っていたさまざまな罠から解放するよう意図しているのだ。ここでの考察の出発点は、これら政治家のかたくなな進歩信仰、自分たちの「大衆的基盤」なるものへのかれらの信頼、そして最後に制御不可能な機関へのかれらの隷従が、同じ事柄の三つの側面にほかならなかったということにある。

それらの政治家が引きつづき固執してやまない歴史の見方に加担することを徹底して回避するような歴史の見方を手にするには、わたしたちの習い性になっているものの考え方にとりどれだけ高くつくことになる〔どれだけ多くの努力と犠牲を払わなければならない〕のか、この考察はわかってもらおうと努めている。

XI

社会民主党にはそもそものはじめから大勢順応主義《コンフォーミズム》が巣食っていた。その政治戦術にだけでなく、経済学的諸見解にもそれはこびりついている。のちの崩壊の原因は、ひとつにはこの大勢順応主義にあるのだ。

ドイツの労働者階級がここまで堕落するにいたったのは、自分たちこそ流れに従って泳いでいる〔大勢に順応している〕との考えによるところがいちばん大きい。かれらがそれに従って泳いでいるつもりでいる流れが生じるための水路の傾斜は、技術的発展のことだとされた。

技術的進歩の線上にある工場労働を政治的成果と見なす幻想にいたるには、ここからはただの一歩であった。古きプロテスタンティズムの労働モラルが、ドイツの労働者のもとで世俗的な形態をまとって、めでたく復活をとげるにいたったのである。すでにゴータ綱領〔一八七五年〕に、この混迷の形跡が見られる。この綱領の定義によれば、労働とは「すべての富と文化の源泉」であるという。マルクスは不吉な予感に駆られて、次のように返している。労働力以外の所有物をもたない人間は「すでに所有者となっている他の人間の奴隷にならざるをえない」、と。

　それにもかかわらず混迷はさらに広がってゆき、そのあとすぐにヨゼフ・ディーツゲン〔ドイツの労働者・哲学者　一八二八〜八八〕が次のように告知するにいたった。「労働、それが新時代の救世主の名である。……労働を……改良……すれば……富が生まれ、これまでの救済者が実現しなかったものをいまや実現することができる」、と。労働とは何かについてのこの俗流マルクス主義的概念は、労働者が労働の産物を手中に収めることができない場合にはその産物が労働者自身にどのように作用するのかという問いかけを、ほとんど相手にしようとしない。自然支配の進歩のみを認め、社会の退歩は見てとろうとしないのだ。のちにファシズムのもとに現われることになる技術万能主義《テクノクラシー》の諸特性を、それはすでに示している。

　その諸特性のひとつにあたる自然の概念は、三月革命以前の時代〔一八一五〜四八年〕

のさまざまな社会主義的ユートピアに見られる自然概念とは、まがまがしいまでに異なっている。労働がいま理解されているようなものであるなら、それはついには自然の搾取にいたるわけなのだが、この自然の搾取をひとはプロレタリアートの搾取とは対極にあるものととらえて、無邪気な満足に浸っている。この実証主義的な考え方に比べ、フーリエ〔フランスの「空想的」社会主義者　一七七二〜一八三七〕のような人物を嘲笑する材料になってきた奇抜な着想は、じつのところは驚くほど健全な感覚を示している。フーリエによれば、社会的労働が良好な状態にあるなら、次のような成果がもたらされるという。四つの月が地球の夜を照らし、氷が北極と南極から溶けて後退してゆき、海水はもはや塩辛くなくなって、猛獣が人間に奉仕するようになる、と。これら奇想のすべてが例示している労働は、自然を搾取することからは遙かに遠く、自然がその胎内に可能態としてまどろんでいるものを産み出すのに手を貸しうるものである。ところが堕落した労働概念を補完する自然はといえば、ディーツゲンの表現によれば「無料《ただ》でそこにある〔自由に使っていい〕」というのだ。

XII

「わたしたちは歴史を必要としているが、しかし知の園でぶらぶらしている贅沢者とは違ったしかたにおいてなのだ。」
ニーチェ「生にたいする歴史の効用と不利益」

史的認識の主体となるもの、それは現に闘っている被抑圧階級にほかならない。マルクスにおいてはこの階級は、ついに隷属することをやめて復讐する階級、幾世代にもわたる打ち負かされた人びとの名において解放の仕事を完遂する階級として登場する。

この点についての自覚がもう一度、わずかな期間ではあるが強く働いたのは〈スパルタクス団〉においてであったが、しかし社会民主党にとっては前々から好ましくないものであった。たとえばブランキ〔フランスの革命家　一八〇五〜八一〕という名前は強烈な響きをもって前世紀を震撼させたものだったが、社会民主党は三十年かけてその名をほぼ抹消してしまうことに成功した。労働者階級に未来の世代を救済する者という役割をふりあてて、得々としていた。そうすることにより労働者階級のもっとも力強い腱〔アキレス腱〕を切断したのである。社会民主党によって右のように教えられるうちに、労働者階級は以前いだいていた憎悪も犠牲への意志も、忘れてしまうことになった。というのも、憎悪と犠牲への意志をはぐくむのは、かれらの先達である隷属状態にあった人びとのイメージであって、解放された子孫たちという理想ではないからである。

「ロシア革命はそのことをよく承知していた。その〈勝者に名声なし、敗者に同情なし〉というスローガンが徹底したものであるのは、後継者たちとの連帯よりも、死者となった同胞との連帯を表現しているからだ。」

「そのことを知らなければならない世代があるとしたら、それはわたしたちの世代である。のちの世代の人びとにわたしたちが期待できるのは、わたしたちの偉業にたいする感謝ではなく、敗北したわたしたちへの追憶である。」

XIII

「なんといっても、わたしたちの課題は日ごとに明確になり、
民衆は日ごとに賢明になってゆくのだから」
ヴィルヘルム・ディーツゲン「社会民主主義の宗教」

〔正しくはヨゼフ・ディーツゲン「社会民主主義の哲学」〕

社会民主党の理論もそうだが、その実践もまたそれ以上に、進歩概念に規定されていた。現に生じている事態に意を払わず、教条的にみずからの有効性を主張するような、そうした進歩概念にである。

社会民主党の人びとが思い描いていたたぐいの進歩とは、第一に（個々の技能や専門知識ではなく）人類そのものの進歩であった。第二にそれは、（人類の無限の完全化能力に対応する）完結することのない進歩であった。第三にそれは、（直線的ないし螺旋《らせん》的な軌道を自動的に進みゆくものとして）本性上とどまるところのない進歩と見なされた。こうした「人類そのものの」「完結することのない」「本性上とどまるところのない」という形容のいずれもが、議論の余地のあるものであり、そのひとつひとつに批判を加えることもまたできよう。

だがここで徹底した対決を行なおうとするのなら、これらの形容すべての前提にさかのぼり、それらに共通のものへと狙いを定める必要がある。歴史における人類の進歩という観念、それは、均質で空虚な時間を通って歴史が進行してゆくという観念と切り離すことができない。およそ進歩という観念にたいして批判を行なうためには、歴史がこのようなしかたで進行するという観念への批判を基礎におかなければならないのだ。

XIV

「根源こそが目標だ。」

カール・クラウス『詩となった言葉 I』

歴史とは構成〔構造体形成〕の対象である。その構成がなされる場は、均質で空虚な時間ではなく、今の時に充ちている時間である。かくしてロベスピエールにとっては、古代ローマが今の時をはらんだ過去だったのであり、かれは歴史の連続体を爆砕してこの過去を取りだしたのだった。フランス革命はみずからを、回帰したローマと了解したのである。フランス革命が古代ローマを呼び戻したのとまったく同様に、ファッションは過去の衣服を呼び戻す。かつてあったものの繁みのどこにアクチュアルなものがうごめいていようと、それを嗅ぎわける力をもっている。ファッションは過去のうちへの虎の跳躍なのだ。ただしこの虎の跳躍は、支配階級がそのように命令をくだす闘技場において生じるものである。

これと同じ跳躍が歴史という広々とした場においてなされたとき、それはマルクスが革命ととらえた弁証法的な跳躍であることになる。

XV

歴史の連続体を爆砕しようという意識は、いま行動のときにいたった革命階級に特有のものである。

フランス大革命は新しい暦を採用した。ひとつの暦が始まる最初の日〔元日〕は、歴史の低速度撮影機《クイックモーションカメラ》としてはたらく。さらに祝日というしかたで年ごとに回帰してくる日も、祝日とは回想の日なのだから、根本的にはこれと同じ機能をもった日である。だから暦というものは時計と同じしかたで時間を刻むわけではない。それはヨーロッパでは百年このかた、ごくわずかな痕跡すらもう存在していないように見える歴史意識の記念碑なのだ。

じっさい七月革命〔一八三〇年〕においてはまだ、この意識が真価を発揮するにいたった突発的な出来事が生じていた。戦闘がはじまった日の夕暮れどきに、パリのいくつかの場所でそれぞれ独立に、しかも同時に塔の時計に向かって銃撃がなされたのだ。そのとき、ある人がそれを目撃して、〔出来事の意義を〕洞察する力を押韻に負ってのことだろうか、次のように書いた。「だれが信じられよう！　時にたいする怒りから／どの塔（tour）の足元においても新たなヨシュアたちが／日（jour）の運行を停めるために文字盤を撃ったという。」

XVI

〔過去から未来への〕移行点ではない現在、時間が充足して静止状態にいたっている現在という概念を、史的唯物論者は放棄するわけにはいかない。ほかのだれでもない、かれみずからが歴史を叙述するまさにその現在を、この概念は定義しているからだ。

歴史主義は過去の「永遠の」像を提示するが、史的唯物論者が提示するのは、過去とのかかわりにおいておこなう唯一無二の経験にほかならない。歴史主義の売春宿にいる「むかしむかし」の娼婦に入れあげて精力を使い果たすことは、他人にまかせておく。かれは自分の力の使いどころを心得ており、歴史の連続体を爆砕することができる男なのだ。

XVII

歴史主義がその頂点に達するのは、当然のことながら普遍史においてである。唯物論的な歴史叙述が方法面において他の歴史叙述と明瞭に区別されるのは、なによりもこの普遍史にたいしてであるかもしれない。普遍史には理論的基礎というものがない。そのやりかたは、加算的なものである。つまり、大量の事実を取り集め、均質で空虚な時間を満たしてゆくのだ。

これにたいして唯物論的な歴史叙述には、構成〔構造体形成〕という原理が根底にある。というのも思考作用には、思考の動きだけでなく、その停止もまた属している。〔現在と結びついている過去の〕一定の星座的布置がさまざまな緊張をはらんで飽和状態にいたっているときに、思考作用が急に停止すると、その布置は衝撃《ショック》を受け、モナドとして結晶することになる。史的唯物論者が歴史的対象に取り組むのは、ほかでもない、対象がモナドとして自分に向きあってくる場面においてのみのことなのだ。

このようにして成立する構造体のうちに史的唯物論者は、ものごとの生起がメシア的に停止するしるしを見てとる。言い換えるなら、抑圧された過去を解き放つための戦いにおける、革命的チャンスのしるしを見てとる。かれはそのチャンスをとらえて、歴史の均質な過程を爆砕して特定の時代を取りだし、その時代のうちから特定の人物の生涯を、さらにはその特定の生涯になされた仕事のうちから、ある特定の仕事を取りだす。

史的唯物論者のこの方法が実を結んで得られる成果とは、当の仕事のうちに生涯の仕事が、生涯の仕事のうちにその時代が、その時代のうちに歴史過程の全体が保存され、止揚されているというところにある。史的探究によって把握されたものの滋養ある果実は、その内部に時間を、貴重であるが風味には欠けている種子として含んでいる。

XVIII

〔本訳の底本であるタイプ稿1にのみ見られるテーゼ〕

メシア的な時間というイメージを、マルクスは無階級社会というイメージにおいて世俗的なものにした。それはもっともなことであった。

無階級社会というイメージを社会民主党が「理想」に高めたことが、災厄のはじまりとなった。理想は新カント派の学説において、「無限の課題」と定義された。新カント派の学説は――シュミット〔Conrad Schmidt　一八六三～一九三二〕とシュタードラー

〔August Stadler　一八五〇～一九一〇〕からナートルプ〔Paul Natorp　一八五四～一九二四〕とフォアレンダー〔Karl Vorländer　一八六〇～一九二八〕にいたるまで——社会民主党の立場に立つ講壇哲学であった。無階級社会がひとたび無限の課題と定義されると、空虚で均質な時間がいわば控えの間、つまりそこで革命情勢が到来するのを多かれ少なかれのんびり待っていられるような控えの間へと、変貌することになったのである。

だがじつのところは、それみずからの革命的チャンスをたずさえていない瞬間などない。ただしそのチャンスは、独特なチャンスとして、すなわちまったく新しく立てられた課題にたいする、まったく新しい解決のチャンスとして、とらえられる必要がある。革命的に思考する者はそれぞれの瞬間に特有の革命的チャンスを、所与の政治状況から見てとる。だがそれにおとらず、瞬間がもっている権能、ある特定の過去というこれまで閉ざされていた居室のとびらを開く権能によっても、その特有の革命的チャンスは見てとられる。この居室のなかにはいることは、政治的行動と厳密に一致しているのであり、この政治的行動がいかに破壊的なものであろうともメシア的な行動であるということを、それはあらわにするものなのだ。

XIX

「ホモ・サピエンス発生以来の五万年は、取るに足らないものであって」と、最近のある生物学者が述べている、「地球上の有機的生命の歴史と比べるなら、一日二十四時間のうちの最後の二秒ほどにすぎない。文明化した人類の歴史にいたっては、この尺度をあてはめると、最後の一時間のうちの最後の一秒の五分の一を占める程度だろう」。

今の時はメシア的な時間のモデルとして、全人類の歴史を途方もない尺度でとりまとめており、ほかでもない、宇宙における人類の歴史のすがたと、ぴたりと一致している。

XI

〔底本ではテーゼ番号未定のまま末尾に置かれ、タイプ稿4で全体の末尾に「B」として置かれているもの〕

【占い師たちは、時間がそのふところに蔵しているものをたくみに聞きだすのだから、時間を均質なものとも、空虚なものとも経験してはいなかったにちがいない。このことをしっかり見すえるならば、過ぎ去った時間が回想においてどのように経験されてきたのかが、理解されるようになるかもしれない。すなわち、同様に均質でも空虚でもないものとして経験されてきたのだ、と。

よく知られているように未来を探ることは、ユダヤ人には禁じられていた。トーラー〔旧約モーセ五書〕と祈禱書は、それとは逆の、回想することをかれらに教えた。それによってかれらは、占い師に予言を求める人びとがとりこになっている未来の呪力から解放された。しかしだからといって、ユダヤ人にとり未来は均質で空虚な時間になったわけではない。というのも、未来のどの瞬間も、そこを通ってメシアがやってくるかもしれない小さな門だったからだ。】

参考テーゼ〔底本には欠けており、タイプ稿4の末尾に「A」として置かれているもの〕

歴史主義は、歴史のさまざまな契機の因果関係を確定して満足する。だがどのような事実も、それがなにかの原因だというだけでは、まだ史的事実ではない。それが史的事実になるのはずっと後になってのこと、すなわち、数千年ものあいだをはさんでそれと隔たっている場合すらあるさまざまな出来事によってのことなのだ。このことを出発点におく歴史家は、出来事の連鎖をロザリオのように指で繰《く》るのをやめてしまう。自分自身の時代が以前の特定の時代との関係で形成するにいたっている星座的布置を、かれは把握するのだ。このようにして、メシア的な時間の破片がそのうちに含み込まれている「今の時」としての現在という概念を基礎づけるのである。

評注

ベンヤミンのこのテクストは、ほかでもない「歴史の概念」を主題としている。

言うまでもなくベンヤミンは、歴史学の専門家であったわけではない。もちろん「歴史」は、彼の遺した著作の全体を貫く根本テーマではあった。文学論・文芸批評を執筆して具体的な歴史事象に立ち入り、『パサージュ論』が十九世紀パリの「社会史」(V・2, 1097)のプロジェクトとして社会研究所に受け入れられもした。とはいえ、専門歴史研究という観点から見て、格別の仕事を遺しているわけではない。歴史研究者との深い交流があったわけでもない。

そのようなかれが、ナチズムによる迫害とフランス政府による敵性外国人収容所への送還、そしてついには米国亡命の企てという極度の危難のときに、「歴史の概念」について論考をまとめることに着手し、その完成に最後まで力を尽くしたのである。切迫した状況で書かれたこのテクストには、同時代に支配的だった歴史観と歴史研究への批判が、いやおうなしに「歴史の危機」を生きざるをえなかった者の立場からくりひろげられている。そしてそれに立脚した「いまここで必要とされる」歴史の概念、およびそれにもとづく歴史叙述の方法が定式化されようとしている。

「歴史の概念について」の解釈はこれまでさまざまになされてきた。この評注で重点を置くのは、以下の事柄になるだろう。

(1)執筆の機縁となった歴史状況と政治的動機(とくにテーゼⅧへの評注を参照)

(2)同時代の歴史理解のなかでもとりわけスターリン的「史的唯物論」への批判(テーゼⅠ・Ⅹ)

（3）歴史認識におけるメシア的理念の限界概念としての性格（II・XVI）
（4）歴史叙述方法論における視座の転換（XVII）

1　テクスト全体の概観

「歴史の概念について」は十数篇のテーゼ形式をとっている。各テーゼは、それぞれユニークな語り口にも現われているように、ほとんどが別々に構想されたもののように見える。と同時に「イントロダクション」でも述べたように、ここで底本とするタイプ稿1において配列を入念に検討し、個々のテーゼの位置を確定していることもまた確かだ（例外は末尾の第二のテーゼXIである）。そこで独立性と統一性と、このふたつの面にふさわしいしかたで各テーゼを解読してゆくことにしよう。

とくに注意して避けるべきなのは、各テーゼのつながりが明瞭でないために、ひとつのテーゼをその内部だけで理解しようとする態度である。各テーゼは、もちろんそれはそれでひとつの全体をなしている。しかし他のテーゼとの関係で、その語り出すところは理解されなければならない。しかもそれは、たんに先行するテーゼとの関係だけでなく、すべてのテーゼを視野に入れて、意味が汲み取られなければならないはずだ。

じっさいこのテクストが、一読するだけでは理解可能なものではなく、全体を二度三度と読むことによって各テーゼの趣意もまた読み取られうるのだと、ベンヤミン自身も考えていただろうことは、かれがキーワードにあたるもの（たとえば「今の時［Jetztzeit］」）に明示的な定義を与えないまま使っていることにも、うかがわれる。さらにいえば、冒頭のテーゼからして韜晦《とうかい》に満ちた、にわかには真意を汲み取れない語りかたをしているところもまた同様だろう。この謎めいたテーゼから語りはじめることによって、全体を少なくとも一度は読了してからふたたびそこに立ち戻り、多層的な意味においてその内実を理解するよう、読む者に促しているにちがいない。

そこで個々の評注にはいるまえに、解釈者としてのわたしがいまとらえている全体像をあらかじめ示しておこう。まずは全体を内容面からブロックに分け、それぞれに小見出しを付けてみる。

テーゼI　序（韜晦《とうかい》的表現による導入）

テーゼII～IV　1　史的唯物論の課題——過去の救済＝解放（既成の歴史叙述の因果連鎖による平板化と隠蔽とからの解き放ち）

テーゼV～VII　2　課題の具体化——二つの対立局面から

テーゼVIII～XII　①　歴史主義と手を切って、過去の真のイメージを確保すべきこと
②　反ファシズム闘争の堕落と技術至上主義とにいたる「進歩」概念への批判の必要

テーゼXIII～XV　3　以上の課題に応える道
①　進歩概念が前提としている均質で空虚な歴史的時間とはことなる「今の時」の時間論

テーゼXVI～XIX　②　（因果的）思考の停止による、現在と結びついた過去のモナド論的定着とその叙述の論理

つづいて、右のように区分した各ブロックについて、それぞれの内容を整理して示そう。もちろん、

そのままでは言わんとするところが明らかでないテーゼも多い。そうした場合には〔　〕を用いて全体的観点からの補足を加えてゆく。

〈テーゼⅠ〉序

〔韜晦に満ちた文章だが、全体読了後に再読するなら、① 史的唯物論を標榜する俗流マルクス主義が、進歩信仰という世俗化された摂理信仰をひそかに前提にしていること、② 自分のいう史的唯物論はといえば、それはそれで「歴史」の基礎論的考察の次元で神学由来の用語・思想形象を用いるものであること、以上二重の事柄を語っていることが明らかになる。〕

〈テーゼⅡ―Ⅳ〉1　史的唯物論の基本課題――過去の救済＝解放

従来の歴史叙述によって隠蔽・忘却された過去の出来事を、その〔因果的〕叙述から解き放ち、そのありえたすがたにおいて現在を変容させるものとして、いまに呼び戻すことが求められる。この解き放ちの作用が発揮されるためには、〈あらゆる過去の出来事を同時かつ平等に、つまりは重要度の区別をつけることなく見てとる〉という「メシア的な力」が、ごくかすかにも必要となる。それは「羨望の念」と「しあわせ」といった日常的感覚を研ぎ澄ますことによって可能になる。

〈テーゼⅤ―Ⅶ〉2　課題の具体化――二つの対立局面から

①　歴史主義批判

過去の真の〔因果的叙述により隠蔽・平板化されていない〕イメージが認識可能であるのは、〔わたしたちがメシアそのものでない以上〕ほんの一瞬でしかない。けっして戻ってくることのないこの瞬間においてそのイメージをしっかりと確保することが必要である。これは、自分たちこそ伝統の継承者・保存者だとする支配階級とその同調者の手中に過去の事績が取り込まれるという危機において不意にひらめく、〔現在と過去のつながりとしての〕想起をわがものにするというしかたで行なわれる。

歴史主義の立場にある歴史家はこれを怠り、代わって感情移入の方法で過去を追体験しようとするが、そのような歴史叙述が行なっているのは、勝者への感情移入にほかならない。その勝者が戦利品とする「文化財」は、名もなき人びとの労役・残忍・野蛮のうえに成立しており、それをそのまま伝承することもまた、同様に残忍で野蛮である。史的唯物論者は、このような歴史を逆なでしなければならない。

〈テーゼⅧ—Ⅻ〉 ② 進歩史観批判

現在生じている事態〔ファシズムの台頭・席巻〕を「例外状態」と見なすのは、「進歩」を歴史の基本法則としているからである。この事態が例外状態ではなく、むしろ常態であることは、「被抑圧者の伝統」をかえりみれば明らかである。その教訓に応答する新たな歴史の概念へと至ることによって、「真の例外状態」の招来〔抑圧・野蛮・残虐の廃絶〕を課題とし、反ファシズム闘争を好転させることが可能になる。じっさいファシズムへの抵抗勢力が期待をかけていた〔コミンテルンの〕政治家たちが、進歩信仰・大衆的基盤への信頼・組織への隷従のために自分の任務を放棄し敗北を重ねているのを見れば、かれらの歴史観との対決をこれ以上避けるわけにはいかない。

経済面から見ても、かつての社会民主党の「〔進歩の〕流れに乗っている」という考えが、技術の進展を全面的に肯定し、労働をあらゆる富と文化の源泉と見なすことになった。それは自然支配をそのまま社会の進歩と見なす俗流マルクス主義的な労働概念となって、労働者階級を堕落させた。この階級は敗北した世代ではなく、来たるべき世代の解放者と見なされることになり、それによって憎悪と犠牲への意志を失ってしまったのだ。

〈テーゼⅩⅢ—ⅩⅤ〉 3 以上の課題に応える道

①　「今の時」における過去と現在との出会い

進歩史観は人類史大の・際限のない・不断の進歩を想定しているが、こうした観念は均質で空虚な時間という見方と不可分である。だが歴史とは「構成〔構造体形成［Konstruktion］〕」の対象であり、その構成の場となるのは「今の時」に充ちた時間である。そこにおいては、均質で空虚な時間を出来事の記述で埋めてゆくことにより成立する「歴史の連続体」が爆砕され、特定の過去の事象が特定の現在に回帰する跳躍がなされる。〔そこでは過去の出来事が現在に呼び戻され、その現在を変容させる。〕フランス革命における古代ローマ共和政の回帰がその典型例である。

〈テーゼXVI―XIX〉　②　過去のモナド論的な定着とその重層的叙述の方法

時間がそこにおいて静止状態にいたっている現在という〔メシア論的な〕概念を手掛かりにすれば、歴史の連続体を爆砕して過去との唯一無二のかかわりを経験するための展望が開ける。

というのも唯物論的な歴史叙述は、次のような「構成」という方法的原理に基づいている。現在と過去との意想外の結びつき＝星座的布置が成立したとき、それはそれだけではさまざまな緊張関係を内包している。〔それゆえ容易に解体して他へと移ろいゆくなり、因果的説明の一項にされてしまう。〕そこで、思考がみずから〔因果的結合の〕作用を停止することによって、その布置はモナドとして、他の介在を許さない凝縮した構造体となる。このようにして成立する構造体に見てとられるのは、次の出来事へと移ろいゆくことのない「メシア的停止」なのであり、これは別言すれば、抑圧された過去を隠蔽・忘却から救出するための革命的なチャンスにほかならない。史的唯物論者はこのチャンスをとらえて、歴史の連続体を爆砕して特定の時代、特定の人物の生涯、その生涯になされた仕事を重層的にとらえ、叙述してゆく。こうしたしかたで過去と出会うことは、〔それが現在を変容させるという点において〕革命的な政治行動とぴたりと一致するものである。

〈参考テーゼ〉補足説明

① 歴史主義とは、歴史の諸契機のあいだに因果連関を確立することで満足するものである。
②「星座的布置」とは、特定の過去と現在とのかかわりとして成立するものである。

以上はテーゼ全体の流れに沿った概観であり、個々のテーゼ評注を読み進めるさいの手引きにしていただければと思う。それではこの全体をとおして、どのような「歴史の概念」が浮かび上がるのか。それについては、この「評注」の末尾で総括的に述べることにしよう。

2　各テーゼへの評注

●テーゼI

前半に語られるチェスの自動人形については、エドガー・アラン・ポオのエッセイ「メルツェルのチェスプレーヤー」（一八三六年）などによって広く知られていることもあり、ここでその由来その他について詮索することは控えよう。解釈の根本問題は、テクストでいう「史的唯物論」および「神学」をどのようなものと捉えるのかにある。

結論を先に言おう。「史的唯物論」とは、スターリン「弁証法的唯物論と史的唯物論」（一九三八年）に代表される当時支配的であった立場と「歴史の概念について」で語りだされる立場とを同時に指すものであり、「神学」とは、このそれぞれに対応する歴史神学とメシア論的立場とを同時に指す。ようするに両者はダブルミーニングで用いられているのだ。

（1）まず、「歴史の概念について」の全体に目を通した者には、「史的唯物論」がベンヤミン自身の立場を指すものであることは明らかだ。と同時に、しかしその「史的唯物論」の内実が、従来この言葉で考えられてきたものとひどく異なっていることもまた明らかである。

いうまでもなく、テクスト全体の冒頭でこの言葉を用いるとき、当然にも読者にまずイメージされるとベンヤミンの考えた「史的唯物論」があったはずだ。ひとまず引用符に入れることによって、のちに一転して自分独自の意味を託して用いるためにも、まずは一般に使われている意味においてこの語を読者に提示しているにちがいない。ところが日本語の翻訳では一九六九年刊晶文社版『ベンヤミン著作集』所収の野村旧訳以降、ベンヤミンに関する言葉としては「歴史的唯物論」という訳語が用いられ、いまに定着している。そのため、なにかベンヤミンに独特のものが最初から考えられていると思いこまされてしまう。だが原語の“historischer Materialismus”は「歴史の概念について」執筆当時すでに一般に流布していた言葉であり、日本語ではその頃から現在にいたるまで「史的唯物論」の訳語で定着しているものである。

そもそもこの言葉は、エンゲルスの『空想から科学へ』英語版（一八九二年）序文で“historical materialism”としてはじめて用いられたものだ。同年にエンゲルス自身がその序文をドイツ語に訳したが、マルクス主義歴史理論についての呼称としては「唯物史観（materialistische Geschichtsauffassung）」に取って替わるまでにはいたらなかったといわれる。エンゲルスの規定によれば、それは重要な歴史的出来事の究極原因・原動力を、社会の経済的発展、生産様式・交換様式の変化、階級の分裂と対立に求めるものであった。[1]いま問題なのは、この一般的な規定にのっとって、「歴史の概念について」執筆当時に「史的唯物論」がどのようにイメージされていたのかだ。

ルカーチの『歴史と階級意識』（一九二三年）に、「史的唯物論の機能変化」と題する講演が収められている。この書物のベンヤミンへの影響は大きく、一九二九年の小文「生きつづけてきた本」（GS III, 169ff.）でも四冊中の一冊として取り上げられているが、そこにも言及されているコミンテルン中央による批判とルカーチの自己批判とを何次かにわたり経ていること、また「史的唯物論」がルカーチ思想のキーワードであるわけではないこともあって、この書が念頭に置かれているとは考えにくい。他方、日本語訳もあってよく知られているブハーリンの主著『史的唯物論の理論』（一九二一年）が、ドイツ語版ですでに一九二二年に刊行されていた。だがこれは「マルクス主義社会学の一般的教科書」という副題に示されているように、史的唯物論を経済学でも歴史学でもない、社会学と位置づけて展開するものであった。(2) 当のブハーリンは一九二九年に失脚してスターリン派イデオローグに激しく批判され、いったん復権するものの、ついには一九三八年三月に第三回モスクワ裁判によって死刑に処されている。それゆえこれも可能性としては低い。

そこで注目されるのが、その一九三八年にスターリンが、論文「弁証法的唯物論と史的唯物論」を発表していることだ。初出はソ連共産主義の公定教科書というべき『ソ連共産党簡便教程（ソ連共産党小史）』であり、ドイツ語版が翌年にモスクワで出版されている。この論文は、史的唯物論とは弁証法的唯物論の諸命題を「社会生活の研究におしひろげたもの」であると位置づけたうえで、歴史科学の主要な任務を「生産の法則、生産力と生産関係との発展の法則、社会の経済的発展の法則」の研究であるとする。ようするにそれ以降、第二次世界大戦後も――一九五六年のスターリン批判以後はスターリンの名を出すことなく――影響力を保ってきた公式マルクス主義的歴史観を定式化したものである。それは、(a) 歴史を社会発展の歴史ととらえ、(b) この歴史についての理論を、客観的真理を把握する確実なものとし、(c) その理論に精通し、その理論によって登場が必然的とされる「新しい政治機関」としての前衛党に権威を与えるものであった。(3)

まさにこれらの点はベンヤミンが「歴史の概念について」において訣別しようとした、当のものではなかったか。仔細は以下に見るとして、ヒトラー＝スターリン協定の衝撃、そしてこの協定を可能にした歴史観との対決という観点から見ても、かれがこの種の立場を強く意識していたとしても不思議ではない。と同時に、当時の読者の多くにも「史的唯物論」という言葉で、右のテクストそのものではないにしても、おおよそこのような立場がイメージされると考えていたのではないか。

だがベンヤミンは「史的唯物論」という用語を放棄せずに、それにまったく異なった内容を盛り込もうとする。これは「反ファシズム闘争」(テーゼⅧ) を担う人びとと訣別することなく、かれらがその名のもとに闘っている「史的唯物論」を換骨奪胎し、その新たな意味の共有のもとに〈反ファシズム闘争における立場の好転〉を図るという方途だったのではないだろうか。「歴史の概念について」の関連断章のひとつによれば、史的唯物論は「長きにわたり麻痺状態に置かれて」きたが、歴史とは「空虚で均質な時間のなかを前進してゆく」という図式から解放されることにより、もう一度「破壊

(1) Cf. Karl Marx and Frederick Engels, *Selected Works*, Moscow: Progress 1970, S. 382f.; エンゲルス『空想より科学へ』大内兵衛訳 (岩波文庫、一九六六年) 一〇九頁参照。
(2) ブハーリン『史的唯物論』佐野勝隆・石川晃弘訳 (青木書店、一九七四年) 一二頁参照。
(3) スターリン『弁証法的唯物論と史的唯物論　他二篇』石堂清倫訳 (国民文庫、一九五三年) 九六頁以下、一二五頁参照。

的なエネルギー」を発揮することになる (cf. 114／五九八)。そうベンヤミンは見るのだ。そのかれの考える「史的唯物論」とはどのようなものか。それを語り出すことが、「歴史の概念について」というテクスト全体の課題となる。

(2) 以上のようにテーゼIにおける「史的唯物論」とは、二重の意味をもつものと理解することにしよう。すると問題となるのは、テーゼ後段で「チェス」に相当するものが何であるのか、そして「史的唯物論」の「対戦相手」にあたるものは何なのかである。

「対戦相手」とはファシズムだとする解釈もなされているが、ことは「哲学」の領域においてのことだというのだから、それでは不自然だ。そこで参照されるのが、このテーゼの直接の草稿にあたる関連断章である。それは「序言 (Vorbemerkung)」と題されており、それゆえこのテーゼが冒頭におかれるものと早期に定められていたことをうかがわせる (cf. 121)。やや長めで、それを削り込んでアーレント手稿で完成させているようなのだが、注目すべきことに「史的唯物論」(その断章ではたんに「唯物論」) に言及される直前の文章で「歴史の真の概念をめぐる争いが、一対の対戦相手の対局というかたちで考えられる」と言われている。つまり「チェス」にあたるのは、「歴史の真の概念」をめぐる争いなのである。この争いにおいて、二重の意味での「史的唯物論」にとって共通の主要な対決相手となるのは、なによりも当時の歴史学の主流をなしていたものだろう。つまり以下のテーゼ本文でも言及されてゆくランケ、フュステル＝ド＝クーランジュ以来の立場であり、ベンヤミンが「歴史主義」と呼ぶものであるはずだ。

この争いにおいて「史的唯物論」がかならず勝つことになっているのは、こっそり「神学」の助けを借りて (あるいは「雇い入れて [in ihren Dienst nehmen]」) のことであるという。ここで「史的唯物論」

を、進歩史観に立脚する公式マルクス主義のものであるとするなら、それはつとに指摘されてきたように、アウグスティヌス『神の国』、さらにさかのぼっては旧約ダニエル書に由来する発展論的歴史神学・摂理史観を世俗化したものという性格をもっているからだろう。神の摂理により歴史の進行が必然的な過程をたどるという思想をひそかにもちこむなら、歴史過程全体はおろか個々の出来事の評価に関しても、この「史的唯物論」はあらゆる歴史観にたいし絶対的な優位に立つことになる。

他方、「歴史の概念について」全体を一読した読者にとっては、ベンヤミンにより換骨奪胎された「史的唯物論」における神学とは、「メシア」「メシア的」という言葉にあらわれているように、メシア論的なものであることは明らかだ。テーゼII以下を見れば明らかなように、「歴史の概念について」におけるベンヤミンの思索においては、過去に生じたすべての出来事を細大漏らさず同時に見てとる「メシア」という思想形象が、理論的に仮設される必要がある。それを足場に、隠蔽され忘却された過去を救出する具体的な作業が「史的唯物論者」の課題として明らかになる。とはいえじっさいの歴史認識の現場においては、直接に「メシア」を引き合いに出して叙述がなされるわけではない。その意味でそれは「人目についてはならない」。あくまで歴史についての哲学的反省の場面において「神学」的概念が正面から語りだされ、その理論的意義が発揮されることになるわけなのだ。(4)

以上のように見るなら、このテーゼは一方では、(a)進歩史観を鼓吹する従来の史的唯物論の効

(4) 同じく「序言」との頭書きをもつ別の関連断章において、歴史を無神学的にとらえることはできないが、神学的諸概念を使って歴史を書こうとすることも許されない、と語られている(cf. 126/五八八——『パサージュ論』草稿N8,1 末尾からの転記)。

力に留保をつけ、歴史神学の世俗化形態というその隠された本性を指摘する趣旨の批判的コメントとなっている。と同時に他方では、(b) やや韜晦気味ながら、みずからの史的唯物論を自覚的にメシア論的思想との関係で構想してゆくという態度表明となっており、そのような両面をもつものとして書き上げられていることになるだろう。

【訳語・訳文解説】

「背の曲がった小男」　従来は「せむしのこびと」と訳されてきた。ドイツ民謡にこの語に対応する"ein bucklig Männlein"という童話的形象が登場する。それを受けてベンヤミンは「フランツ・カフカ」(一九三四年)および『一九〇〇年頃のベルリンの幼年時代』(生前未刊行)で、これに準じた表現("das bucklige Männlien"など)を用いている。(5) もちろんこの形象とのつながりは否定できない。ただここでの原語は"ein buckliger Zwerk"であること、さらに装置のなかに入っていたのは寓話的存在ではなくじっさいの人間であることなどを考慮して、このように訳す。

【補足】

タイプ稿3では「史的唯物論」が「史的弁証法」となっており、以下のテーゼでもこれに準じて「史的唯物論者」が「史的弁証法家」となっている。(以下ではこの種の変更についての指摘は省略する。)「イントロダクション」に触れたように、『社会研究誌』掲載にあたって予想される検閲を先取りしたものだろうか。(6)

なお本テーゼの「史的唯物論」はベンヤミン独自のものを指すか、批判対象となる通例のものを指すか、そのいずれかであるとする解釈がこれまでは主流であった。一対の対照例を挙げてみよう。好村冨士彦は、テーゼIの「史的唯物論」がここだけ引用符つきである点や、「小さく不恰好」という形容を与えられていることから、テーゼII以下とは別のものととるべきだとしている。[7] しかしながら草稿にあたる関連断章（121）に「わたしに言わせれば」という挿入があるなど、ベンヤミン自身の立場がまず考えられていたと思われることもあり、これには疑問が残る。（もっとも、ベンヤミンの意図が「唯物史観にかくれて奉仕している神学のからくりを明らかにすることによって、唯物史観を歴史哲学的により深いところから捉え直し、ファシズムに対抗するためのより強い武器として鍛え直すこと」にあるという好村の解釈そのものは、正鵠を射ていると思う。）他方、平子友長は、ベンヤミンの史的唯物論と従来のそれとの断絶を認めない立場から、史的唯物論が「勝つことになっている」と訳す野村・浅井訳を「致命的な誤訳」として、「勝たなければならない」と訳し直し、ここでの史的唯物論とはベンヤミンにより擁護されるべきものであるとする。第一テーゼの「史的唯物論」が批判の対象「でしかない」[8] とすると、このテーゼがなんのために書かれたのか分からなくなってしまうとするわけなのだが、しかしまさに問題とされるべきは以上の二者択一であろう。

（5）柴田育子「ヴァルター・ベンヤミンにおける「せむしの小人」――「歴史哲学」への前奏曲」筑波大学倫理学原論研究会『倫理学』第一八号（二〇〇一年）参照。

（6）ただし「史的弁証法」という言葉は、かならずしも妥協的なものではなかったようだ。論考「エドゥアルト・フックス」の「歴史の概念について」との対応箇所は、社会民主党の進歩信仰への批判や文化史への批判の部分にも見られるが、そのほとんどが第I節に集中している。旧全集版のほぼ一頁分が、「歴史の概念について」のテーゼV・XIV・XVI・XVIIへと分散して転用されているのだが、この第I節は本来は「史的弁証法のために（Zur historischen Dialektik）」と題されるはずのものだった（cf. GS II・3, S. 1361.）。

（7）好村冨士彦『遊歩者の視線――ベンヤミンを読む』（NHKブックス、二〇〇〇年）一三一～一四二頁参照。

●テーゼII

テーゼIにおける両義性をはらんだ導入部に続いて、ベンヤミン自身が「史的唯物論」と呼ぶものの基本課題がテーゼIVにかけて示されてゆく。このテーゼIIにおいてはそれは端的に〈過去の解き放ち〉として語りだされている。〈過去が解き放たれる〉とは、なにからなのか。それは多かれ少なかれ因果的な必然性をもって出来事を結びつけ叙述する、既成の歴史叙述からだ。

この〈過去の解き放ち〉は「かすかなメシア的な力」によってなされると言われる。「メシア」「メシア的」という言葉は多くの読者にとり躓きの石であるので、いまあらかじめ述べておこう。これは「歴史の概念について」を執筆する「危機の瞬間」(テーゼVI)において、ベンヤミンその人によって過去から呼び戻されてそのポテンシャルを発揮する、限界概念としての思想的形象である、と。

(1)まずここに「解き放ち」と訳す原語は"Erlösung"である。これまでの日本語訳では「解放」、あるいは「救済」とされてきた。どの訳語を採るにしても〈過去のErlösung〉という事柄がなにを意味しているのかを、テクスト全体の内容にそくして理解しなければならない。

とくにテーゼXVIIに注目しよう。既成の歴史認識は出来事を、均質で空虚な時間を媒体にして因果的に継起するものととらえる。これにたいして、その因果的叙述から特定の出来事を取り出し、現在に呼び戻す手法をベンヤミンは明らかにしようとする。すると、まず求められるのは、広い意味での因果的必然論にもとづく〈そのようでしかなかった出来事〉という過去のとらえかたを突破することだ。つまり、通常の歴史叙述における出来事の因果的連鎖から、特定の出来事を切りはなし、現在へと呼び戻す、そうした基本姿勢が求められている。それは因果的叙述において平板化され、あるいは取り落とされて隠蔽・忘却された出来事をいまにとりもどし、そのポテンシャルを顕在化する営みにほかならない。

訳文で「出会いの約束」と表現したのは“Verabredung”であって、これは従来は「約束」と訳されてきたが、フランス語手稿で「ランデブー（rendez-vous）」となっているように、まさしく現在と過去との「出会いの約束」のことだ。（「今日ひとと会う約束がある［Heute habe ich eine Verabredung］」といった簡明な例文を考えればいい。）出会いを成就するために、現行の歴史の見方――これが一方では歴史主義、他方では進歩史観であることがのちに明らかになる――によってもろもろの出来事の連鎖のうちに埋め込まれ、あるいは取り落とされている出来事を「解き放ち・救い出すこと」が「史的唯物論」の課題になると、このテーゼは語っている。“Erlösung”とはこの意味で「解き放たれた（los）状態にする（er-）こと」なのだ。

（2）この「解き放ち」によって、過去・現在それぞれにいかなる事態が生じるのだろうか。論の構造を見てみよう。このテーゼは一読して明らかなように、中段の「歴史が問題にする過去のイメージについても」のところで、前半と後半とに区分される。前半は個人的な体験のレベル、後半は「歴史」のレベルである。もっとも後半にも「わたしたちが耳を傾けるさまざまな声のうちに、いまや黙して語らない人びとの声がこだましているのではないだろうか。わたしたちが言い寄っている

（8）平子友長「ベンヤミン「歴史の概念について」最初の六テーゼの翻訳について」『立命館国際研究』第十八（1）号（二〇〇五年）二一～四頁、一五頁参照。

女性たちには、もはや彼女らすらも知ることのない姉たちがいるのではないだろうか」と語られて、個人的体験のレベルに戻っているようにも見える。じつはこのくだりはタイプ稿1（さらにはタイプ稿2）にあとから手書きで挿入されたものなのだが、いずれにせよこの部分も含め後半では、〈現在では忘却されてしまった遠い過去〉と現在との関係が語られている。それは出会いうるかもしれない過去と現在とのかかわりを語っているのであり、そのことによって、「歴史」の次元における〈過去の解き放ち〉という課題を提示しているわけなのだ。

　ところが前半では、ありえたものでありながら実現しなかった事柄、つまり「反実仮想」の次元に属する事柄について語られている。後半が隠蔽・忘却された過去のじっさいの出来事を語っているのと、一見するところ対照的である。

　そこでこの両面を考えあわせることによって、次のようにとらえよう。（a）なるほど「解き放ち」によって呼び戻されるのは過去の出来事であるが、（b）それはけっして「それがじっさいにあったとおりに」（テーゼVI）ではなく、実現されなかった可能性をポテンシャルとして含み、現在にインパクトあるものとして呼び戻されるのだ、と。テーゼXIVに出てくる例でいえば、古代ローマ共和制はフランス革命において、そのままのしかたにおいてではなくその変容したすがたにおいて呼び戻された。この意味で「過去において実現しなかったが、もしかしたら実現したかもしれない可能性を現在に実現する」（三島憲一）ことがなされるのだといえよう。[9] かつて存在した特定の過去と現在との出会いが、過去をそのありえたすがたにおいて現在に呼び戻し、現在そのものを変容させるアクチュアルなものにしてゆく。これが「歴史の概念について」の根本思想のひとつである。その過去の呼び戻しは、（a）歴史認識におけるイメージの次元と、（b）フランス革命における古代ローマの回帰のように現実的な次元と、その両次元において生じるものだが、それについてはこれから明らかにしてゆこう。

　このように見るなら、右の反実仮想のくだりは、さらに次のようにとらえかえすことができる。わたしたちは日常の生活のなかで、ふと「もしあのときああしていたらよかったのに」という感覚をいだくことがある。もし一声かけていたら、興味ぶかい話題で愉しい会話を交わすことができ、充実した時を過ごすことができたかもしれなかったのに、などと思うことがある。そうした可能的過去への想いに導かれて、〈過去の出来事は必然的に生起し、もはや呼び戻しようもないものだ〉という通念に亀裂を与えることができる。そしてこのような日常的感覚を研ぎ澄ますならば、それは歴史的過去を解き放って現在に呼び戻す「かすかなメシア的な力」として働くことになるのだ、と。

（3）それでは「メシア」とはなにか。これもまた「歴史の概念について」の解釈をめぐって激しく議論された問題である。ここではまず、「メシア」とはユダヤ教の伝統のなかで、二つの方向において理解されてきたことに注意しよう。

　遠くサウル、ダビデの事績に端を発し、イザヤ書後半（いわゆる第二イザヤ書）に思想的源流をもつメシアニズムは、大別して民族主義的関心の強い政治的終末論と、個人の運命に関心を寄せる宇宙

（9）三島憲一『ベンヤミン――破壊・収集・記憶』（講談社、一九九八年）四二二頁参照。これはわたしの見るところでは、ハイデガー『存在と時間』（一九二七年）第一部第二篇第五章「時間性と歴史性」において提示され、それを継承したリクール『時間と物語』第III巻（一九八五年）で、とりわけ抑圧された人びとの過去との関係に強調を置いて再論された思想に、いちじるしく近接した着想である。ベンヤミンのハイデガーに関する言及は『パサージュ論』N3,1 などわずかな箇所にしか見られないが、一九三〇年夏にブレヒトとハイデガー批判の読書会を計画するなどしており（cf. GB III, 522）、否定的にせよ強い関心を寄せていたことはたしかなようだ。

的終末論とに区分されるといわれる。前者によれば、ダビデの子孫に生まれたメシアが軍事的指導者となって、離散しているユダヤ人をイェルサレムに集め、他民族を屈従させて、世界の中心となる王国を建設する。これが下って十九世紀後半にシオニズムという変種を生み出すまでにいたる、政治的メシアニズムである。

これにたいして宇宙的終末論によれば、天変地異とともにサタンの王国が破滅し、すべての死者が復活して、生きている者とともに、かれらのすべての行為が記録されている「生命の書」にしたがってメシアによる「最後の審判」を受ける。それにより義人は永遠の生命を得て神の国に入り、罪人は地獄に落ちて永遠の業火と蛆に苦しめられる。(10)

この二類型区分にしたがうなら、テーゼIIで念頭に置かれている「メシア」という思想形象は、明らかに後者の系譜の延長線上にある。というのも「メシア的な力」とはそこでは、終末の日において、過去に生じたいっさいの出来事を現在に呼び戻す想起の力なのだから。もちろん超人的なメシアならぬわたしたちは、そうした過去と現在についての〈全知〉の能力をもちはしない。わたしたちが発揮しうるのは、「かすかな」メシア的な力、かろうじて過去の出来事のいくたりかをそのポテンシャルとともに現在に呼び戻すことができる力にすぎない。しかしそのような力を研ぎ澄まし発現させるにあたっては、この過去の出来事をすべて現前させている「メシア」という形象によって〈過去の呼び戻し〉の仮想の完成態が示されることが、思想的な導きとなるのである。つまりこの仮想の完成態は、わたしたちが次テーゼで言われる「かつて生じたことは歴史にとりなにひとつとして失われたものと諦められることはない」という「真理」を忘れることなく、既成の歴史叙述により隠蔽・忘却された過去の出来事を呼び戻すことへとおもむくよう要請する、そのような機能をもつものなのだ。

こうした「メシア」とは、〈救世主〉として人びとを政治的に解放するものではないばかりでなく、さらには宗教的信仰の対象でもない。それは「神学」の伝統に由来する形象ではある。それを語ることはメシア論的理念を導入することにほかならない。「歴史の概念について」全体の内容に結びつけていえば、ベンヤミン自身がメシアについての過去の言説を、現在にはたらきかけるポテンシャルをもったものとして、かれ自身の〈いま〉に呼び戻したものにほかならないのだ。[11] この点はぜひとも強調しておきたいのだが、〈過去・現在のすべての出来事を知る者〉というこの思想形象は、ベンヤミンが過去の神学的伝統から呼び戻すことにより、歴史認識におけるわたしたちの態度を一変させるというそのポテンシャルを発揮する。そのことによってはじめて、未来へと流れ去る歴史的時間を枠組みにして平板化された、あるいは隠蔽され忘却された過去の出来事に、ふたたび相まみえることへとわたしたちは促される。それが「歴史の概念について」におけるメシア論的言説の意味するところなのだ。

(10) 石田友雄『ユダヤ教史』(山川出版社、一九八〇年) 二〇六〜七頁、三一九〜三二〇頁参照。
(11) 史的唯物論に転回して以降のベンヤミンにおいては、ユダヤ教の「啓示」と「救済」というカテゴリーのうち前者は姿を消し（あるいは沈黙し）、はっきり保持されているのは後者だけであるというショーレムの指摘は、「歴史の概念について」に特有なメシア論的形象の呼び戻しかたに示唆を与えるものとして、傾聴に値するだろう。G・ショーレム「ヴァルター・ベンヤミン」(一九六五年) 好村冨士彦監訳『ベンヤミンの肖像』(西田書店、一九八四年) 四〇〜一頁参照。

【訳語・訳文解説】

「イメージ」 訳文では「しあわせのイメージ」という言葉を二回用いている。この「イメージ」の原語は、最初は"Bild"であり、二番目は"Vorstellung"である。残り二つの「イメージ」も"Vorstellung"の訳である。最初の"Bild"とは「歴史の概念について」において、とくに歴史の因果的叙述との対比で重要な意義をもつ言葉であるため、その理解と訳語の選定には慎重でなければならない。ところがこのテクストを通読すると、ベンヤミンがかならずしも術語として一定の意味で用いているわけではないことがわかる。参考までにフランス語手稿を見ると、右の二語はいずれも「理念（idée）」という同じフランス語があてられているし、異文と見るべき『パサージュ論』N13a,1ではいずれも"Vorstellung"となっている。[12] 立ち入って考えよう。（a）まず"Bild"という語は、アリソン・ロスが指摘するように「感性に訴える形式において意味を具現している」ものであり、ベンヤミンにおいては視覚的なものであるよりも言語において提示されるものである。[13] すると"Bild"とは第一に、概念的・体系的枠組みには（まだ）取り込まれていない言語形象のことである。第二に、因果的歴史叙述から解き放たれて、前後の事象との関係における一義的意味をもはやもたない、その意味で輪郭も内実も不定な性格をもつ形象である。第三に、それゆえにこそ従来とは別の解釈の可能性へと開けているものである。訳文で「イメージ」を"Bild"の訳語とするのは、こうした特性を念頭においてのことである。（それ以外に用いられるテーゼIXの「クレーのBild」は「絵」、テーゼVおよびXVIの「歴史主義」にかかわる語句は「像」と訳している。）（b）これにたいして"Vorstellung"は、哲学用語としては長く「表象」と訳されてきた言葉である。だが、たとえばこの語を基本術語のひとつとしているヘーゲル哲学の枠組みでいっても、「表象」とは「直観」および「概念」との中間に位置し、それらとの対比で「心に（ありありと）思い浮かべること、およびその像」を意味するものとして、まさに「イメージ」に近いものなのだ。“Bild”の訳語と使い分けるためか「想念」という訳語があてられることもあるが、テーゼⅧやテーゼⅩに見られる「歴史の“Vorstellung”」は「歴史の想念」より「歴史のイメージ」としたほうが意味が通りやすく、さらにいえば「歴史の見方」とするのが自然であろう。そこでこの語に統一的な訳語をあてることはしない。これを「イメージ」と訳したのはこのテーゼⅡの二番目以下とテーゼⅣおよびⅩⅧのみであり（ということはそれ以外の「イメージ」はすべて“Bild”の訳である）、他の箇所は文脈に応じて「見方」や「観念」など他の訳語を用いてゆく。

「しあわせ」　これまでの日本語訳で「幸福」と訳されてきた“Glück”という語は、なるほど当人にとっては「幸福」ではあるが、それに「羨望の念」をいだく者、「うまくやったな」と思う者にとっては「幸運」、さらには「成功」と表現するほうがふさわしい。さらにいえば、わたしたちが偶然の機会に未知の人びとと会話するなどして充実の時を過ごし「幸福」を感じたとするならば、それは「めぐりあわせのよさ・僥倖」であることになる。そこで訳文では「しあわせ」と表記して、「幸福」と「めぐりあわせのよさ」の両義を響かせようとしている。この訳語の選定にあたってひとつの参考になるのは、ここで引用されているロッツエ（Rudolf Hermann Lotze）の文章の前後の文脈である。その文章

（12）底本におけるこのテーゼⅡの原型は、アーレント手稿の同番号のテーゼと思われるが、後者のさらにその下敷きになったと思われるのがこの『パサージュ論』N13a,1である。そこでは冒頭のロッツエからの出典が『ミクロコスモス』第Ⅲ巻（*Mikrokosmos*, Bd. III, Leipzig 1864）四九頁と明記され、引用もタイプ稿1より正確になされている。

（13）Cf. Alison Ross, *Walter Benjamin's Concept of the Image*, New York/London: Routledge 2015, p. 73, 107.

は「人類の進歩」という観念への批判的考察を展開するところに置かれており、直前の箇所は次のようになっている。〔前略〕増大してゆく財貨は、相知ることのない諸世代に順次配分されてゆくことになるが、ほかならぬこの事態が生きることそれ自体において不運（Unglück）と感じられることなどありはしない」（Lotze, *Mikrokosmos*, Bd. III, S. 49）。前代の人びとにとり、進歩を遂げた未来の状態を共有できないことは「運が悪い」とはとらえられず、「幸運／不運」は過去にかんしてのみ問題になるというわけであり、そのことを人間の本性にねざすものとして一般化したのが、本テーゼで引用されている文章である。

「時間」 原語は「時代」とも訳すことのできる“Zeit”であり、じっさいこれまでの日本語訳はすべてこれを「時代」と訳してきた。「時代」とするなら、特定の時代状況が念頭に置かれ、人間がみずから選ぶことなく特定の時代に投げ込まれていることが、ここに語られていることになる。それはそれで意味をなす読み方だが、同時にわたしたちの生の営みは一般に「時間」という形式を否応なしにとっているという読み方もできる。当該の箇所はまだ「歴史」のレベルには言及されておらず、個人的経験のレベルを念頭に置いていると思われることもあり、後者の理解に立って「時間」と訳している。[14]

「無下にあしらうことはできない」 これは「なまなかにはこたえられぬ」（野村訳）と訳すこともできる。じっさい「あしらう」にあたる原語の“abfertigen”は、①「片づける」、②「はねつける」という二つの辞書的意味をもつ。文脈から考えると、「過去の要求」に応えることはこれまでの歴史観によっては、そもそも試みられることがなかった、つまりは「はねつけ」られてきたはずである。そのため、フランス語手稿で用いられている“éluder”（回避する）にも対応している②の意味ととっている。史的唯物論に立脚する者だけが、この要求をまともに取り上げようとするわけである。もっともそれに応えることは、まさに「なまなかに」はできないわけなのだが。

【補足】

アーレント手稿において、タイプ稿1との相違点として目に留まるのは「ひそやかな索引《インデックス》」が「時間的な索引」と表現されていることである。（タイプ稿4でも同様。）「インデックス」とはそこでは過去と現在との結びつきを示すものであるということを語ろうとしたものだろうか。タイプ稿1は、いったんそのようにタイプしかけてから抹消して、「ひそやかな」にしている。

先に指摘した、アーレント草稿にはない中段の文章は、タイプ稿2以降の原稿で踏襲されるが、タイプ稿4だけには欠けている（cf. 252）。このことは、アーレント手稿に準じた原稿をタイプ稿4が底本のひとつとしたことを示唆している。以下そのつど指摘はしないが、そうした箇所が散見される。

フランス語手稿では、右に触れた以外にも他テーゼと同様に多くの相違が見られるが、特筆すべきなのは「解き放ち」と右に訳した“Erlösung”にたいし、訳文上の最初の箇所では“salut”（救済）、二番目では“rédemption”（あがない）と、異なった語があてられていることである。さらに先回りしていえば、次のテーゼIIIでは“erlöst”という過去分詞を、一度は“restituée et sauve”（復元され救済された）、二度目には“rétabli”（元の状態に戻った）としている。“Bild”と同様に「歴史の概念について」の根本思想において鍵となる“Erlösung”という語もまた、けっして固定した内容をもつ術語として扱

（14）じっさい『パサージュ論』N13a,1では「わたしたちの生〔生きること〕の時間」と、ごく簡潔に表現されていた。それがややわかりにくい表現に変えられたわけだが、その理由は、のちのテーゼXIII以下で問題になる「均質で空虚な時間」、生起する事柄にとっては外的な一般形式としての時間とは区別された、〈生きることそのことに不可避的に随伴して生起する時間〉を指し示すためだろう。

われてはいないことに留意したい。

ベンヤミンの「解き放ち」概念のユダヤ教的背景にかんしては、ショーレム以来、カバラのティックーン（tikkun）――とりわけ十六世紀のイサク・ルリアのカバラ読解にしたがって「世界の修復」ととらえられたそれ――の影響が指摘されている。しかもこのカバラ的概念は、『パサージュ論』N13a,3にあるロッツェへの言及をも顧慮して考えるなら、ギリシア教父オリゲネスの「万物のアポカタスタシス〔修復〕」とも結びつけられていると見られるという。(15) オリゲネスのこの概念は、論考「物語作者」（一九三六年、『ベンヤミン・コレクション2』所収）第XVII節でベンヤミン自身が言及しているものであり、ユダヤ教とキリスト教の伝統をともに〈いま〉に呼び戻しているといえよう。

ベンヤミンが「歴史の概念について」においてなぜ「メシア」について語るにいたったのかについて、最近のすぐれた「歴史の概念について」論における解釈を紹介しておきたい。シュテファン・ガンドラーはベンヤミンが、社会民主主義的およびスターリン主義的理論家にみられる実証主義的傾向を克服して、マルクス以降失われた史的唯物論のラディカリティを賦活するために、神学に手掛かりを求めたとする。ジャンヌ・マリー・ガニュバンは、一九三七年の論考「エドゥアルト・フックス」（同所収――以下「フックス論」と略す）に、「歴史の概念について」の諸論点のほとんどが触れられていても、「〈神学〉を引き合いに出すこと」だけはなされていないというライナー・ロホリッツの指摘を受けて、神学的モティーフへの立ち戻りが、独ソ不可侵条約締結以後の八方ふさがりの状態において、世俗的なものの潜在的ダイナミクスをよりよく把握する新しい思想を提示するために行なわれたと見ている。(16)これらの論者が指摘する効果をメシア論的モティーフがなぜ／どのように発揮するのか、それを明らかにすることが以下の課題である。

●テーゼIII

「かつて生じたことは歴史にとりなにひとつとして失われたものと諦められることはない」。

このことを「真理」として語り出しているところに、一見さほど目立たないこのテーゼの、きわめて重要なメッセージが見てとれる。フランス語手稿で「真理」に「重大な（きわめて重要な［majeure］）」という形容詞が付されているとおり、これは「歴史の概念について」の基底にある理念であるといっていい。しかもこれは、常識的な「歴史」の理解の対極にあるものなのだ。「かすかなメシア的な力」による過去の解き放ち、現在を変容させる特定の過去との出会いは、この理念にもとづいてこそ可能となる。段階を追って考えよう。

（1）まずここでいう「歴史（Geschichte）」とは、歴史認識・歴史叙述を意味している。それは二十世紀後半英語圏における分析的歴史哲学の言葉を用いれば、「物語り行為（narrative act）」を軸として行なわれる。「物語り行為」とは、ある結末が生じるにあたって重要と思われる出来事を取り上げ、時系列上に配置する行為である。そのためそれは、重要ではないとされる出来事を叙述から除外し、結果

（15）Cf. Andreas Pangritz, "Theologie", in, *Benjamins Begriffe*, Bd. 2, hrsg. von Michael Opitz und Erdmut Wizisla, Frankfurt a. M.: Suhrkamp 2000, S. 798f.

（16）Cf. Stefan Gandler, *Materialismus und Messianismus. Zu Walter Benjamins Thesen Über den Begriff der Geschichte*, Bielefeld: Aisthesis 2008, S. 20f., 44f.; Janne Marie Gagnebin, "Über den Begriff der Geschichte", in, *Benjamin Handbuch*, hrsg. von Burkhardt Lindner, Stuttgart/Weimar: J. B. Metzler 2011, S. 286.

として成立するストーリーの背後に隠蔽することになる。もちろん除外・隠蔽された出来事をあらためて取り上げて、別様にストーリーを語ることはできる。だがそれでもなお、無数の出来事が「歴史にとり失われたもの」となってしまう。(17)

これにたいして「年代記」を編纂する者は、そのような選択・排除を行なうことなく、出来事をそのまま列挙してゆく。もちろんじっさいのところは、なんらかの基準による出来事の選択なしに年代記の作成を行なうことは不可能であろう。そもそも年代記とは為政者の意向で編纂されるのが常であることからしても、そうなのだ。とはいえ、可能なかぎりで公平に出来事を網羅的に列挙することを心がけようとするその姿勢（たとえば古代中国の史官における「直筆」）は、期せずして右の真理を「考慮に入れている」ことになる。

（2）この年代記編纂者には不完全にしかなされない〈過去のいっさいを掌握し、過去のどの瞬間をも呼び戻すことができるということ〉。それが可能なのは「解き放たれた（erlöst）」人類であるとベンヤミンはいう。この場合の「解き放ち」とは、なにを意味するのだろうか。

「歴史の概念について」全体を一読したうえで、まず現実的な次元で考えてみよう。

人類が「解き放たれる」必要があるのは、（a）歴史の勝者としての支配階級による抑圧および過去の文化財の占有からであり（テーゼⅥ参照）、（b）過去の出来事をあったとおりにとらえると称して、実のところは勝者・支配者の立場に感情移入し、文化財の陰に埋もれた被支配者の事績を視野の外に置く「歴史主義」の歴史観からであり（テーゼⅦ参照）、（c）「進歩」を歴史の一般傾向とみなし、それを基準に過去の大多数の出来事や事物を用済みのもの・無意味なものとして打ち捨ててゆく、従来の「史的唯物論」をはじめとした進歩史観からである（テーゼⅧ・Ⅸ参照）。これらのものから人類が全体として解き放たれたとき、過去の出来事は「大小の区別をつける」物語り行為から解放され、いずれも同等のものととらえられる。「かつて生じたことは歴史にとりなにひとつとして失われたものと諦められることはない」という真理に近づくことになる。

とはいえ、以上の三重のものから解き放たれたとしても、もはや痕跡すら残さず消え去ってしまった過去の出来事が、忘却の淵から甦って、ふたたび現在に呼び戻されるということはありえない。どのようにしても呼び戻すことのできない出来事が、現在のかなたに沈黙しつづけている。そのような過去の沈黙への謙虚さを、右のようなレベルで解き放たれた人類といえども、忘れるわけにはいかない。

（3）そうであるなら、過去のどの瞬間をも呼び戻すことのできる状態へと人類を「解き放つ」とは、神学的理念に起源をもつ限界概念として機能する思想形象であることになるだろう。

「歴史の概念について」関連断章には、「解き放たれた人類」および「終末の日」について言及しているものがいくつかあるが、そのなかに史的唯物論者の営為を分光学と類比させている、興味ぶかい断章がある。それによれば、史的唯物論者が歴史のうちに「メシア的な力」を確認するのは、物理学者が太陽光における紫外線の存在を確認するのとアナロジカルである。紫外線がどのような色なのかと問うことはできないように、「解き放たれた人類」がどのような状態にあるのか、いつどのような

（17）鹿島徹『可能性としての歴史――越境する物語り理論』（岩波書店、二〇〇六年）第一章参照。ちなみにベンヤミンも「歴史の概念について」関連断章で「歴史主義」の叙述を特徴づけるにあたり、「物語る」という言葉をキーワードに用いている（テーゼV評注参照）。

条件下でその状態にいたることができるのかと問うても、答えはないのだという（cf. 153／五八一）。とするなら、人類が最終的に解き放たれて、あらゆる過去の出来事にアクセス可能であるとは、ひとつの仮想的な状態にほかならない。それは、テーゼIIでいわれたような「メシア的な力」が「かすか」に発揮されうることを支える理念として機能することになる。

そのさいに見のがせないのは、このメシア論的理念においては、伝統的なメシアニズムに決定的な転換がほどこされていることだ。実定宗教としてのユダヤ教の伝統にしたがえば、「終末の日」にすべての人間のそれまでの行状を細大漏らさず思い起こすことができるのは、裁きをおこなうメシアであって、裁かれる人間のほうではない。このメシアの能力を人類の側で発揮されるものと見なす、という転換によって、メシア論的理念は過去の出来事を現在へと呼び戻すよう人間にたいして促す、限界概念としての意義を発揮する。ようするに、過去のすべてを知る者として「最後の日」に現われるメシアという神学的形象が、同様の力をもつ「解き放たれた人類」へといったん転じられたうえで、その人類のイメージに喚起されることにより「かすかな」メシア的な力が励起されることになるのだ。

【訳文・訳語解説】

「そのまま列挙してゆく」 原語の“hererzählt”は「そのまま物語ってゆく」などと訳すのが自然であり、フランス語手稿では端的に“narre”（物語る）となっている。しかし以下に見るように「歴史の概念について」の多くの関連断章では、歴史を「物語ること」は「歴史主義」の基本態度のひとつとして、批判的に論評されている。そのことを念頭に、ここでは“erzählen”には古義として「数え上げる」という意味があることを念頭に、「列挙する」と訳している。

「呼び戻されうる」　これは“zitierbar”を訳したものである。“zitieren”すなわち「引用する」とはベンヤミン思想にとって重要な言葉のひとつである。[18]「歴史の概念について」の後段でもテーゼXIVに“zitierte”の語が二度用いられている。テーゼIIの「索引《インデックス》」も、この「引用」と平仄《ひょうそく》が合う表現なのかもしれない。しかし“zitieren”という動詞には「引用する」だけでなく、「召喚する・呼び出す」という語義がある。というより「引用する」とはそもそも、特定の文脈に埋め込まれたものを、その文脈から自由に取りだして提示することである。たとえば関連断章の「過去の服装の“Zitation”としてのファッション」（113／五九八）という表現を見れば、“Zitation/zitieren”とは「引用（する）」というよりも「召喚・呼び戻し（をする）」、過去と現在との関係においては「呼び戻し／呼び戻す」の意味のほうが前面にあると見ることができる。「歴史の概念について」全体の文脈にそくしていえば、これは過去の出来事に関しては、かつて生じたことを、均質で空虚な時間という枠組みを解体して現在へともたらすこと、呼び戻すことを意味する。『パサージュ論』N11,3で「引用するという概念には、そのつどの史的対象をそれが置かれた連関からもぎとってくるということが含まれている」と言われているとおりなのだ。なによりフランス語手稿で“citer”（引用する）ではなく“évoquer”（思い起こす）の語を用いていることもあり、「呼び戻す」の訳語を優先させることにしよう。「引用する」という言葉を重視する読者には、訳文で「呼び戻す」と訳している箇所（残りはテーゼXIV）はいずれも

（18）ベンヤミン思想全体における「引用」の意義をもっとも深く掘り下げた論考は、いまもなおアーレントのベンヤミン論だろう。cf. Arendt, “Walter Benjamin 1892-1940”, in, Arendt, *Men in Dark Times*, San Diego/New Youk/London: Harcourt Brace 1968; ハンナ・アレント「ヴァルター・ベンヤミン　一八九二―一九四〇」同『暗い時代の人々』阿部齊訳（ちくま学芸文庫、二〇〇五年）所収。

「引用する」とも訳せる“zitieren”およびその関連語の訳であると読みかえていただきたい。

なおベンヤミンは続けて、「引用／召喚」という語を含む“citation à l'ordre du jour”というフランス語成句を用いている。ゾーン新訳・山口訳の注に指摘があるように、これは「軍の通達による表彰」を意味する。ちなみにその一部を成す“ordre du jour”には「議事日程」の意味があり、“être à l'ordre du jour”で「現在話題になっている」という成句になる。さらに“jour”とは「日」のことで、これが続く関係節において「終末の日」のことだと説明されてゆく。以上のことからさまざまに訳すことが可能であるとともに、その含意のすべてを訳文に反映させることは困難であるわけなのだが、ここでは「召喚」と「表彰」の両義に重きを置いて「呼び戻され顕彰される」と訳すことにする。

「終末の日」 これは従来「最後の審判の日」と訳されてきた。だがドイツ語で「最後の審判の日」は、固有名詞として扱われて“der Jüngste Tag”（文字どおりには「最後の日」）と表記されるのが通例であるのにたいし、このテーゼでは“jüngst”が小文字になっていることがまず目を惹く。（現存するすべてのドイツ語原稿がそのようになっている。）フランス語手稿では“le jour du jugement dernière”で、これは文字どおりには「最後の審判の日」であるが、これまた通例とは異なり“jugement”が小文字になっている。おおかたの翻訳が「最後の審判の日」と訳しているなか、ミサク訳だけが訳注で「最後の審判」の意味も含むと注記したうえで、“le dernier [jour]”（最後の日）と訳している。ひるがえって考えてみるなら、「メシア」が終末の日に到来するというメシア論的思想において、ベンヤミンが取り上げるのは〈あらゆる過去の想起〉という契機であって、義人と悪人を区別して裁く「最後の審判」ではないはずだ。関連断章のひとつで「終末の日（der jüngste Tag）とは後方〔過去方向〕を向いた現在のことである」（156／五八二）といわれているとおりである。「最後の審判の日」という宗教的表象の思想的ポテンシャルを開示するためにそのまま訳してもさしつかえないが、ベンヤミンのメシア論受容の特有性にかんがみて「終末の日」としよう。

【補足】

このテーゼはベンヤミンが配置に迷ったものである。アーレント手稿ではテーゼXVIとして最後から二番目（タイプ稿1のXIXに対応するテーゼの前）に置かれて、推敲が加えられている。タイプ稿1でも当初は「XVI」と番号を振られていたが、この両原稿において配置がさまざまに検討されたうえで、最終的にタイプ稿1で「III」と手書きで番号が振られるにいたった（cf. 253）。理由はさまざまに考えられるが、テーゼIIの末尾に出てくる「メシア的」ということを説明するものとしてここに位置を与えたのではないだろうか。

●テーゼIV

ここで「階級闘争」という言葉が出てくる。「歴史の概念について」の「政治的マニフェスト」としての相貌が、徐々に浮かび上がってゆく。

このテーゼの内容が「俗流マルクス主義」（テーゼXI）と異なる点があるとするなら、それはまず下部構造（経済）決定論と一線を画しているところであろう。それを鮮やかに映し出しているのが、題辞《エピグラフ》と本文との関係である。

エピグラフのヘーゲルの言葉「食べ物と着るものをまず求めよ。そうすれば神の国はおのずと汝らに与えられるであろう」は、『精神現象学』の出版された一八〇七年、詩人クネーベル（Karl Ludwig von

Knebel 一七四四〜一八三四）に宛てて書かれた八月三十日付書簡に見られる。多くの訳書で指摘されているように、新約聖書マタイ伝六・三三の「神の国と神の義とをまず求めよ。そうすればそれら〔飲食物・衣類〕はすべて汝らに与えられるであろう」を下敷きにしたものである。ということは聖書の章句とは、求めるものと与えられるものとの関係が逆になっていることになる。これをパロディとみなす向きもあるが、しかしヘーゲルは同じ書簡でこれを「聖書に見られる箴言」であるとし、自分の経験から正しいと確信して、みずからの指針にしていると書いている（cf. 243）。ヘーゲルはどうも大真面目らしいのだが、しかしその真意はともかくとして、テーゼ本文においてベンヤミンが〈物質的なものの追求ののちに精神的なものが獲得されるのではない〉と主張していることに注意しよう。つまりヘーゲルの言葉は聖書の内容を反転させ、その言葉を題辞にしたテーゼの本文はそれをさらに反転させるという、反転の連鎖になっている。ベンヤミンが着目したのは、ヘーゲルの言葉に見られる反転現象であるにちがいない。

そのことをふまえてこのテーゼは、精神的なものとは経済闘争の帰結として得られるのではなく、むしろそのさなかに被抑圧者の勇気や不屈として働いていると指摘する。しかもそれは当面の闘争にだけでなく、「遠い過去」にまでさかのぼって作用し、支配者の過去の勝利を最終的なものとは認めないだけの力をもっている。現在の変革に結びつくポテンシャルを、この過去から汲みつくす力をもっている。こうした過去へのまなざしが、ひたすら進歩のはての理想的未来へと向けて人びとを鼓舞する俗流マルクス主義との第二の相違点だろう。

ここではメシア論的理念に基礎をおく歴史理論が、階級闘争という現実の政治場面に接ぎ木されているのではない。「歴史の概念について」全体を通読するなら、テーゼⅫで「史的認識の主体」は

「現に闘っている被抑圧階級」であるといわれ、本書訳文の底本だけにあるテーゼXVIIIでは、「過去というこれまで閉ざされていた居室」に入り込むことは「政治的行動」と厳密に一致するといわれている。特定の過去がその可能態において現在に呼び戻されるときには、その現在を変容させる「革命的」な行動が同時に惹起される。いいかえれば、忘却・隠蔽・平板化された「かつてあったもの」は、メシア的な過去への視線と革命的行動のいずれの立ち現われにも感応し、現在に呼び戻されてそのポテンシャルを発揮するものとして、史的唯物論者にひそかな合図を送っている。「歴史の天空に昇ろうとしている太陽」とは、ともに現在を変容させる革命的行動とメシア的な視線との双方を意味しているものなのだ。

＊

階級闘争における「自信」や「勇気」はともかくとして、「ユーモア」「狡知」「不屈」とはどのように発揮されてきたのだろうか。わたしにはうまく思いあたるものがない。いまは鶴見俊輔らが執筆・編集した『日本アナキズム運動人名事典』（ぱる出版、二〇〇四年）の項目「安田理貴　やすだ・りき」（一九〇九〜八七）の一部を引用するにとどめよう。「29年男子を出産しヒロヒトと名づけて不敬罪で拘留。同年9月野口〔市郎〕が大杉〔栄〕追悼会で逮捕されると、困窮のなかで「リャク」（掠）を始める。動物の売買をする三越百貨店の課長に「この子を買ってくれ」と子供を押しつけて20円を受け取り、「女掠屋リキ」の名を轟かせる。天理、奈良、郡山、大阪を転々とし、水平社運動、自由廃業・廃娼運動、関西黒旗連盟のスト支援などで活躍、各署留置所の常連としてそのきっぷのよさからヤクザや右翼にも一目置かれる。40年ヤクザとともに軍需物資倉庫を襲撃し、懲役3年となる」。もっともこれが「洗練された（fein）精神的なもの」を代表するのかどうかは、定かではない。だが“fein”には「抜け目のない・巧妙な」という意味もまたあるのだ。

【補足】

アーレント手稿では「ひそかな向日性によって」の前に「歴史主義の温室において」とある。（タイプ稿1ではいったん転記されたうえで、手書きで削除されている。）〈歴史主義の因果的歴史叙述に閉じ込められながらも〉という意味だろう。そうだとすれば、呼び戻されるべき過去の出来事は、不可知などこかにではなく、なにより既成の歴史叙述のただなかに潜んでいることになる。

タイプ稿3では「マルクス」および「階級闘争」という言葉を用いないという「表現の緩和」がほどこされている。

●テーゼV

ここでテクストは、ひとつの転換点を迎える。テーゼIIからIVまでで示された〈過去の解き放ち〉という基本課題を具体化するために、当時支配的な歴史観であった「歴史主義」と進歩主義のうち、「歴史主義」を取り上げて批判を加え、それとの対比で〈瞬間において過去の真のイメージを確保する〉という課題を明らかにしてゆく。

先にも触れたように、歴史は物語るという行為によって、重要な出来事とそうでない出来事を分別して、前者を時系列上に並べてゆき、それによって後者を叙述から除外し、隠蔽することになる。このようにして隠蔽され忘却された、あるいは因果叙述のなかで平板化された出来事を、物語り的な因果叙述の連続体から「解き放ち」、そのポテンシャルを発揮させること。それがテーゼIIで示された史的唯物論の基本課題であった。その解き放ちによって現在に呼び戻される過去の出来事は、（a）ストーリーから自由になり、（b）それ以前の出来事からそれ以後の出来事へと視線がすぐには移動することのないもの、（c）因果連鎖の一コマとして一義的な意味を付与されてはいないものとして、「イメージ」と呼ばれるにふさわしい。

しかもそれは、過去の任意の出来事のイメージなのではない。のちにテーゼXIVで語られるように、それとの「出会い」において現在そのものが変容するという、そのようなものなのだ。そのため、しかるべき現在にしかるべきしかたで捉えられないならば、二度とすがたを現わすことはない。メシアが発揮しうるであろう〈全知〉の力をもたないわたしたちには、特定の「認識可能となる瞬間にだけ」それはひらめく。もちろん客観主義的な態度、すなわち過去はなんらかのしかたで客体的に存在し、それゆえいつでもだれでもとらえることができると見なす態度では、その唯一無二の過去との出会いは不可能なのであり、このテーゼでの「歴史主義」批判はその点を撃っている。

ここで一点、注意しておきたいことがある。本テーゼの訴求力ある表現によってなのだろう、「歴史の概念について」の主眼は歴史の対象の「イメージ」をとらえることだと理解されることが多い。歴史「叙述」にたいする「イメージ」の優位、それがこのテクストのメッセージなのだ、と。しかしながら以下で徐々に明らかになるように（とくにテーゼXVII）、「イメージ」としていったんつかみ取られたものは、さらに「唯物論的な歴史叙述」の対象となるものなのだ。そのことを裏づけるものとして、本テーゼ冒頭の一文に対応する「セントラルパーク」（一九三八〜三九年）第三十三節の次の文章を見てほしい。

〔前略〕認識可能性の今においてひらめくイメージとして、かつてあったもののイメージ、この場合にはボードレールのイメージは、確保されなければならない。(GS I・2, 682――傍点引用者)

のちに見るように「セントラルパーク」は、未完に終わったボードレール論の準備メモにあたるものである。ということは、一瞬にひらめくボードレールの「イメージ」は、歴史的対象として弁証法的叙述へと展開されてゆくはずのものであった。唯一無二の経験においてつかまれたイメージは、それだけで現在を変容させる力をもつというだけでなく、弁証法的歴史叙述の出発点ともなるものなのだ。

なお「歴史主義(Historismus)」という十九世紀に生まれた言葉は、さまざまな意味で用いられる語である。「歴史の概念について」でその代表格と見なされるのは、テーゼVIIに名前の挙げられるフュステル＝ド＝クーランジュであるが、ここでは関連断章を参照して、その一般的な特徴づけを見ておこう。それは、第一に「普遍史」という理念であり、第二には「歴史とは物語られる(sich erzählen lassen)ものだ」という考え方であり、第三には「勝者への感情移入」であるという(cf. 114f.／五九八〜六〇〇)。このうち第二の点が当面のテーゼVと関係している。(「普遍史」はテーゼXVII、「勝者への感情移入」はテーゼVIIでとりあげられる。)ここでいう歴史を「物語る」とは、すでに見たように、出来事を因果関係においてとらえ、原因‐結果の連鎖において叙述することであるだろう。

この物語り的因果叙述にベンヤミンが対置するのは、「構成(Konstruktion)」という方法であるが、それについてはテーゼXVIIの評注に譲り、いまは右の断章で次のように語られていることに注目したい。

名もなき人びとの追憶を顕彰することは、著名な人びと、詩人や思想家をも含む称賛されている人びとの追憶を顕彰するよりも困難である。名もなき人びとの追憶に史的構成は捧げられる。

「歴史主義」の因果的叙述において取りこぼされるもの、それは「名もなき人びと」の事績なのであり、これこそ他にもましてベンヤミンがイメージとして捉えようと呼びかけるものなのだ。

【訳語・訳文解説】

「現在がそこにおいて〔それを確保するよう〕求められていることを自覚しない」　「現在」を先行詞とするこの関係節“die sich nicht als in ihm gemeint erkannte”は、“als in ihm gemeint”の一句をどう理解し訳すのかが翻訳上の難所である。わたしの見るかぎり、既訳のうち「そのイメージの向けられた相手が現在である」（野村訳）ではやや漠然としており、「過去のイメージのなかで意図された」（山口訳）が直訳に近いが（ゾーン新訳とレッドモンド訳も同じく直訳体になっている）、言わんとする意味がもうひとつ明らかでないきらいがある。ひるがえってフランス語手稿を見ると、「それ〔イメージ〕によって目標とされた（対象とされた・狙い定められた〔visé par elle〕）」と表現されており、ガンディヤック訳はこれを踏襲しているが、これで意味は明確になりはしてもドイツ語原文とはややずれが生じてはいないだろうか。そこで右の“meinen”を「意図する」の意味ととったうえで、具体的になにが「意図されている」のかについて考えるなら、それはテーゼ前段にある「過去をイメージとして確保することを求めること」だろう。そのことから、浅井訳の「自分こそそれを捉えるべき者である」をも参照して右のように訳す。

【補足】

新全集版編者注によれば、「真理がわたしたちから逃げ去ることはないだろう」という言葉は、詩人ゴットフリート・ケラーの『寓詩物語』(*Sinngedicht*)(と『パサージュ論』N3a,1では出典まで明記されている)にはじつは見られない。同時期に読んでいたドストエフスキー『罪と罰』第三部第一章にそのまま出てくるため(cf. 244)、ベンヤミンが混同したもののようだ。

末尾に【 】でくくった文章は、凡例で述べたように底本では赤鉛筆で括られている。アーレント手稿およびタイプ稿4においてもほぼ同様の文が、それぞれ[ ]および( )にくくられて存在しているが、タイプ稿2と3には欠けている(cf. 254)。タイプ稿4を底本とする諸版およびそれらを底本とする諸訳(ゾーン旧訳・野村旧訳)は、これを( )に入れて活かしている。ミサク訳は( )にも入れずに本文としている。しかし赤字で括っていることから見て、最終的に削除することに決めたものか。

右に「歴史主義」の特性のひとつとして「歴史とは物語られるものだ」とするくだりが関連断章に見られると指摘しておいた。引用した箇所にかぎらず「歴史の概念について」関連断章ではベンヤミンは一貫して、「物語ること」を歴史主義の因果的叙述にかかわるものとして批判的に扱っている。だがこの言葉は、六つあるいずれの原稿にも用いられてない。じっさい物語ることは、それまでのベンヤミンにとっては、むしろ肯定的な意義で用いられていた。とくに一九三六年の論考「物語作者」で、それは現在は情報の普及などで衰退しつつも「経験を伝達する能力」であると規定される。さらに歴史家が出来事の「説明」を課題とするのにたいし、出来事を「説明から自由にする」ものと評価される（同論考第I・VI・XII節参照）。つまり後者では物語ることは、「歴史の概念について」における因果連鎖からの解き放ちの機能にむしろ近いのだ。すると「歴史の概念について」の準備段階の諸断章では、歴史主義との対決とイメージの意義の強調のために、物語り行為を歴史家の因果的叙述ととらえる議論枠組みを採用したうえで、原稿化にあたってはこの枠組みを撤回したことになる。「物語ること」一般のポテンシャルを否定する議論になることを避けようとしたためなのかもしれない。

●テーゼVI

先行テーゼで語られた〈瞬間において過去の真のイメージを確保する〉という問題提起を受けて、そのイメージがほかでもない「危機の瞬間にひらめく」という論点を提示し、その意味するところを明らかにしてゆく。

（1）冒頭に引用符つきで言及されているのは、歴史主義の代表的歴史家と目されるランケ（Leopold von Ranke　一七九五〜一八八六）の言葉であり、歴史主義の実証的態度を示すものとして、繰り返し引き合いに出されてきたものである。ランケの最初の著作『ローマ的ゲルマン的諸民族史』（*Geschichte der romanischen und germanischen Völker von 1494 bis 1535*, Leipzig/Berlin: G. Reimer 1824）の初版序言に見られるもので、参考までに前後の文章を確認しておこう。（左に傍点を付したところが対応箇所で、ベンヤミンのテクスト［"wie es denn eigentlich gewesen ist"］とは表現も文章上の機能も少し異なっている。）ここでは、ランケの主張が同時代の思弁的歴史哲学だけでなく、次に問題になる「進歩」史観にたいしても背馳する立場にあることが明らかである。

> 過去を裁き、来たるべき時代に役立つよう同時代を教導するという任務が、歴史学には与えられてきたが、本書の試みはこうした高次の任務を引き受けるものではなく、じっさいのところはどうであったのか（wie es eigentlich gewesen）を示そうとするにすぎない。（*op. cit.*, S. Vf.）

歴史学の課題のこのような定義をベンヤミンは、フランス語手稿の表現を用いれば「キマイラ的な〈架空の［chimérique］〉」ものであると評したうえで、その客観主義的・静態的姿勢にたいして〈瞬間における過去のイメージの確保〉という、前テーゼで述べた態度を対置している。

（2）だがここで重要なのは、なんといっても「伝統」についての発言であるだろう。「伝統」は従来の左翼的思考においては、理想社会に向けた「進歩」のために克服されるべきものと見なされるのが常であった。[19] とりわけ近代化が自生的にではなく欧米列強諸国の影響下に「上から」推進された（日本をも含む）非欧米社会においては、伝統はしばしば「封建制度の残滓」を意味するものとして、「近代」との対立図式のうちに置かれてきた。こうした経緯からするなら、「伝統」に肯定的な要素を見るベンヤミンの思考はそれだけで〈異端的〉なものということになる。もっとも、つづくテーゼⅧには「抑圧された人びとの伝統」という表現が見られる。ベンヤミンのいう「伝統」とは、支配的歴史叙述によって特定文化圏の枢軸をなす文物や行動性向として称揚されるものではない。むしろそれによって隠蔽・忘却されたものからなる過去の謂いなのであり、過去と現在との出会いが可能となる場そのものにほかならない。

そうであるからこそ、「伝統」をめぐる「危機」が問題となるわけなのだ。このテーゼによれば、過去の像が不意に立ち現われる「危機の瞬間」という場合の「危機（危険・危難〔Gefahr〕）」とは、「伝統」の内実をなすもの、すなわち過去から現在にまで伝えられた事績と文物が、「支配階級」の占有物になってしまうということだけではない。それを受け取る者までが支配階級の〈手先〉になってしまうことなのだという。この伝統の受け取り手とは、日常生活のなかでそれらを享受している人びとをも含むであろうけれども、とくには専門的にその研究をおこなう者たちのことだろう。専門家として体制内に地位を与えられ、伝統の保存と研究といわれるものに従事する人びとは、みずからの営為により現行の支配体制の正統性を裏づける結果へと、容易にいたってしまう。（たとえば「平安王朝文学」を「日本の伝統の精華」として研究するなど。）そうであるなら彼女ら／かれらは、「支配階級」の代理人として伝統の管理・研究を引き受ける者たち、その意味で「体制追随主義」者であるにほかならない。「支配階級」（フランス語手稿の表現では「抑圧〔oppression〕」）というものがこれと目に見えるしかたで存在してはいない現代社会においても、伝統の管財人をもって任じる専門家は、体制に奉仕する役割を免れることが困難であるというべきだろうか。

このような状況こそが「危機」なのであり、危機とは〈どのように転ぶかわからない不安定な状態〉を意味する。そこにおいてこそ不意に、いま隠蔽されようとしている「伝統」の側から、過去のイメージが立ち現われる。歴史主義により物語り的歴史叙述のなかに埋め込まれ、体制の補完物としての歴史研究によって平板化され、現在に生き生きと働きかける力を失っている過去のものごと。そ

(19) Cf. Gandler, *op. cit.*, S. 63.

うしたものごとのイメージが、かえってこの危機状況の深化のさなかで、「不意に」すがたを現わす可能性がある。それはもちろん一時に到来してはただちに飛去する瞬間においてしか、とらえることができない。

　ここで通常の歴史研究とベンヤミンの立場とにおける、過去へのかかわりの相違が、鮮やかに浮かび上がってくる。ある関連断章の表現を用いて補えば、「過ぎ去ったものを史的探究によってこれとはっきり捉えるとは、同じひとつの瞬間において星座的布置（Konstellation）をなして出会うものを、過去のうちに認識することだ」（141／五八三）というのが、ベンヤミンのスタンスである。星座とはいうまでもなく、互いに時間も空間も相異なるところに存在する星が、意想外のしかたで結びつくところに成立するものである。史的探究の現在と特定の過去とは、危機の瞬間において、この意味での星座的布置《コンステラツィオーン》をなして出会うのだ。（通常の歴史研究との相違は、次テーゼの評注で再論しよう。）

（3）体制に奉仕する伝統とのかかわり、とりわけ既存の歴史研究は、ここにいたって「アンチキリスト」と呼ばれることになる。

　これは新約聖書ヨハネの手紙にはじめて用いられた言葉であり、世の終わりにキリストに先立って出現し、信仰者を惑わし迫害しもする偽メシアのことであって、旧約ダニエル書に「アンチメシア」という思想的先駆形象が見られるという。「キリスト」とは本来「油をそそがれた者」を意味するヘブライ語「メシア」のギリシア語形であるから、「キリスト」とメシアはここでは同義のものと考えよう。そもそも「アンチキリスト」という語は二十世紀にいたるまで、さまざまな対象を論難するため頻繁に使われた常套句だが、当面の文脈においては、伝統を「救出」し保存すると僭称する者たち、つまりは伝統を保護し研究する者たちのことである。この者たちにたいしては、別の断章の次のような言葉が投げかけられなければならない。「かつてあったことを「遺産」として顕彰するという〔伝承の〕ありかたは、それが失われてしまっているということよりも災厄に満ちている」(128／六〇三)、と。

メシアがそうしたアンチキリストを打ち負かすとは、文字どおりにはもちろん黙示録的な終末ヴィジョンにほかならないが、しかしテーゼIIおよびIIIの評注で示した「メシア」ないし「メシア的」についての理解に基づいて、次のようにとらえかえすことができるのではないだろうか。「伝統」すなわち過去からの遺産が、「支配階級」およびそれに奉仕する歴史研究者によって占有されてしまうという「危機」の瞬間——まさにその瞬間に、「かすかな」メシア的な力によって、過去にたいするかれらの「アンチキリスト」的なありかたをわずかにでも凌駕し、〈危機に特有のゆらぎのなかで思いがけず立ち現われる過去〉を、現在に訴えかけるイメージとして確保する、そうした可能性をわたしたちはもっているのだ、と。

【訳語・訳文解説】

「史的探究によってこれとはっきり捉える」　“historisch artikulieren”の訳である。この語句は“historisch”および“artikulieren”のいずれもが多義性を帯びていることもあり、日本語訳では「歴史的に関連づける」(野村訳)、「歴史的なものとして明確に言表する」(浅井訳)、「歴史というかたちで言い表わす」(山口訳)と、さまざまに訳されてきた。ここで必要なのは、続く文章と照応させながら文脈にそくした解釈を加えることである。(a)まず“artikulieren”は、次にその可能的なありかたとして挙げられているのが「認識する」と「わがものとする」である。そのため、歴史事象を相互に関連づける行為ととるよりも、ひとつの事象をそれとしてとらえる行為ととったほうがいい。本来は「音節ごと・単語ごとにはっきり発音する」という意味であることをも考えて、過去の特定の出来事を「これとはっきり捉える」ことと理解しよう。（b）“historisch”のほうは、すでに「史的唯物論（historischer Materialismus）」という語に用いられているわけだが、ここでは「過ぎ去ったもの」にたいして、さらに重ねて使われているという点に注意したい。つまりそれは「過ぎ去ったもの」そのものの次元ではなく、“artikulieren”の作用をおこなう現在が「過ぎ去ったもの」へとかかわる態度の次元に関係する言葉であることになる。それは、①ランケ史学のような専門学科としての「歴史学」でもありうるとともに、②日常の感覚に出立した「過去へのまなざし」でもありうる。ここでは歴史叙述以前の段階におけるこの両者に共通する態度を指し示すものとして、「史的探究によって」としよう。

“historisch”の語源であるギリシア語の“ἱστορία”は、周知のとおり元来は（ヘロドトスの著作の標題がそうであるように）「調査探究およびその記録」の意味である。

「思いがけず」 “unversehens”の訳である。アーレント手稿において“unwillkürlich”（みずからの意志によらない・無意志的な）の語をいったん用いたうえで、それを削除してこの語に変更していることは重要だろう。プルーストに深く関心を抱いたベンヤミンには、「無意志的想起（mémoire involontaire）」を重要なものと見なし、「歴史の概念について」執筆の時期までその発想の痕跡を残している。そのため「歴史の概念について」における「過去のイメージ」の立ち現われをも、その出発点からしてプルースト的な無意志的想起ととらえようとする解釈がなされてきた。（たとえば最近ではガニュバンがそうである。さらに柿木伸之は、プルースト的な「非随意的想起」の経験をベンヤミンの歴史認識の出発点に見つつも、想起の媒体としての名づけの言葉が語り出されるときに「能動的ないし意志的な想起」がそれとひとつになると論じている。[20]）じっさいこのテーゼVIの各部分に対応するところのある諸断章でも、「無意志的想起」ということがなお強調されている（cf. 129／六〇三～四、141／五八三）。しかし右の表現の変更に象徴されるように、「歴史の概念について」における過去の立ち現われとは、『失われた時を求めて』の最終部におけるようななしかたで、なんら特段の構えももたない主体にたいしおのずと降りかかってくるものではない。あくまで「史的探究」の構えをとって不断に過去にまなざしを向ける姿勢をもつ、そうした主体にたいしてこそ、当人の作為によるのではない予測不可能なしかたでの〈不意の出会い〉として、生起するものなのである。「史的探究の主体」と「過ぎ去ったもの」とのあいだに張られている緊張関係に、不意に想起（Erinnerung）というしかたで過去のイメージが立ち現われる。それはたんなる「主体」の側の能作でも、対象の側からの客体的現象でもない、両者のあいだに生ずる相互的な事態なのだ。解釈の参考になるのは、このテーゼの第二文に対応するフランス語手稿の表現である。「過去の認識はむしろ、それによって危機の瞬間に突如として（soudain）人間にたいし過去を救い出す想起が姿を現わすであろうような、そのような行為（acte）に似ていよう」。つまり「認識」はたしかに「行為」ではありつつ、突如として「想起が姿を現わす」ことを可能にするような行為と見るべきものなのだ。

「伝統」　このテーゼにはいずれも「伝統」と訳すことのできる二つの言葉、“Tradition”と“Über-

（20）Cf. Gagnebin, *op. cit.*, S. 291-4.; 柿木伸之『ベンヤミンの言語哲学――翻訳としての言語、想起からの歴史』（平凡社、二〇一四年）終章参照。一九三九年七月ごろに脱稿した「ボードレールにおけるいくつかのモティーフについて」（『ベンヤミン・コレクション1』所収）第II節では、プルーストの「無意志的想起」とは、（a）社会的条件を捨象したベルクソン的経験を作り出そうとし、（b）私的・偶然的にのみ現われる点で外的関心事が経験に同化されなくなった現代の動向を反映しているものだと、批判的に論評されていることに注意したい（cf. GS I・2, 433ff.）。

lieferung”が登場する。「歴史の概念について」全体でこれらが用いられている箇所はそれほど多くないが（他にはテーゼⅦ・Ⅷ）、そのうち次に見るテーゼⅦには、明らかに「伝承」という動的過程を意味する用法が見られる。そのためここは慣例に従って、前者を「伝統」、後者を「伝承」と訳し分けることにしよう。

「体制追随主義《コンフォーミズム》」 テーゼⅪでも用いられる“Konformismus”《コンフォーミズム》という語を、野村訳・浅井訳は「コンフォーミズム」とし、山口訳はルビを振って「大勢順応主義《コンフォーミズム》」と訳している。原語に多層的なニュアンスが含まれているからだろう。本書ではそれぞれの文脈にふさわしいと思われる表現として、本テーゼでは「体制追随主義《コンフォーミズム》」、テーゼⅪでは「大勢順応主義《コンフォーミズム》」と訳している。

【補足】

本テーゼはアーレント手稿で推敲したうえで本文をおおよそ確定しているが、ただアーレント手稿（対応テーゼはV）では最終文の「死者もまた」に下線で強調がほどこされている。この強調はタイプ稿4にも踏襲され、それを底本とする諸版でも同様である。じっさい文脈からしてここに強調を置くことは効果的といえよう。敵の勝利とは現在の人びと、現在の制度にかかわるもののように見えながら、じつは過去からの伝統の全体をすらも手中に収め、そのことによって現在を変容させる過去の出来事との出会いを封じ込めてしまう。その点にこの文章の力点があることが、この強調により明瞭になる。「死者」とは、現在にいたるまでの伝統の内実を象徴するものなのだ。

＊

テーゼVとⅥの前後に語り出されている事柄については、具体例が挙げられていないために、なかなか理解が追いつかないかもしれない。わたし自身にとってもまたそうである。

ベンヤミン晩年のテクストを見るかぎり、彼自身にとって「危機の瞬間に思いがけず立ち現われ」た対象のひとつは、カール・グスタフ・ヨッホマン（Carl Gustav Jochmann 一七八九〜一八三〇）の仕事だったかもしれない。一九三七年にその匿名の著書『言語について』（*Über die Scprache*）をパリ国立図書館で発見したベンヤミンは、かれについての資料とその書の一章「ポエジーの退歩」からの抜粋をまとめ、序論を書いている（「カール・グスタフ・ヨッホマン「ポエジーの退歩」」と題して一九三九年に『社会研究誌』に掲載される。『ベンヤミン・コレクション2』所収）。その序論でかれは、ヨッホマンが「ドイツ市民階級の先発隊」として忘却をよぎなくされた事情を、同時代の状況と著作者群を引き合いに出しながら描くとともに、その抜粋部分から「過ぎ去ったものは失われたものでもあると見なし、失われたものはすべて贖《あがな》われないもの、贖われえないものと見なす」のは正当なことだろうか、という問いを取り出している（cf. II・2, 580）。明らかにこの問いは「歴史の概念について」の根本思想につながるものであり、ベンヤミンはそれをヨッホマンの事績という忘却された過去から取り戻したことになる。[21]

とはいえこれだけでは、なおテーゼV・VIにたいする例としては不十分かもしれない。そこでここ

（21）もっともベンヤミンのヨッホマン「発見」は、学生時代からの友人ヴェルナー・クラフト（Werner Kraft 一八九六〜一九九一）から激しい抗議を受けた。クラフトこそ司書を務めていたハノーヴァーの図書館で「ポエジーの退歩」を発見してベンヤミンに伝え、自分が書く前にはそれについての論を公けにしないよう、約束を取りつけていたのだという。ベンヤミンの弁明は、なるほどクラフトによりこのエッセイを知ったが、自分が引用したエディションはパリの国立図書館で独自に発見したものなのであり、クラフトがいう「約束」とはこれについて書くのはむずかしいという言明のことだった、というものである（cf. GS II・3, 139ff.）。

ではわたしなりに、どのような例示が可能なのか、少し先のテーゼをも視野に入れながら考えてみたい。

大阪市の地理的中央部を走る南海電鉄汐見橋線の木津川駅から東に十分ほど歩いたところに、大阪人権博物館（リバティおおさか）がある。一九八五年に大阪人権歴史資料館として開館以来（一九九五年改称）、三十年にわたり差別と人権をめぐる啓蒙展示をおこなってきたこの博物館が、いま存亡の危機に瀕しているという。まず二〇一三年度をかぎりに、大阪府・市の補助金が全面的に廃止された。同時に、小中学生などが団体見学に来館するのに不可欠の駐車場に使用料が課されることになり、館としては財政的にその使用の中止を余儀なくされた。さらに開館時以来大阪市から市有地使用料を全額免除されてきたが、今年（二〇一五年）の四月から十年間の事業用定期借地契約により土地賃借料を支払うことを、市から迫られている。その額は固定資産税などをも加えて年間三千万円を超えており、同館の支払い能力を明らかに上回るものであるという。今後十年間の財務状況によって、契約が更新されるかどうかは市が判断することになっており、そのおりには現在の自主運営の継続を断念して閉館することも大いにありうるという厳しい状況におかれているといわれる。

これはじつはわたし個人にとって「出会い」の経験であった。過日大阪滞在中に見学に訪れ、入口の近くで同館建物の前身にあたる栄小学校の縮尺模型をなんとはなしに見ていたときに、ボランティアの案内役とおぼしき男性が近寄ってきて、語ってくれたことがある。それによれば、人権博物館の土地の一部はもともとは西浜地区（旧渡邉村）住民の所有地であり、市がこの地に栄小学校を移転新築したおりに寄付したものだった。それを栄小学校のさらなる移転にともない、博物館用地として使うようになったものなのだから、いまになって土地賃借料を請求されるというのは釈然としない、とい

う。その後、同館から届いた通信や資料を見ても、たしかにそのとおりのようであった。(22)

この博物館の建物は、正面部分《ファサード》がかつての栄小学校を擬して、その面影を残すものであるという。閉館したならただちに撤去され、跡地になにやらにぎやかな施設が、あるいは特別養護老人ホームなどが建設されるにちがいない。先だって大きく話題になった国立文楽劇場の補助金カット問題をもあわせて考えれば、いま生じているのは行政による「過去の切り捨て」ということになるかもしれない。しかもここに失われようとしているのは、被差別部落の人びとが無念と期待の想いをこめてであろう、かつて寄贈した土地と建物の記憶なのである。

沿革を関連書によってさらにさかのぼれば、一八七二年に創立された旧・栄小学校にまでいたる。学制公布に先だって同地区の資産家たちが二万円余の私財を投じて建設した、当時でも小学校としてはまれな煉瓦造りの建物であり、運営費にかんしても地区内の屎尿売却金をもってこれに当てたという。差別からの脱却を近代公教育にかける人びとの想いが込められていたといわれる。その後、二度の移転を経てはいるが、差別された人びととの長年にわたる辛苦の経験が形象化されている土地建物が、いま消滅の瀬戸際にあるといわなければならない。(23)

(22) 大阪人権博物館「リバティサポーター通信」(二〇一五年一月十五日発行)、安福敏頓編『栄小学校編年紀 1』(大阪市立栄小学校、一九七三年)六八頁以下参照。後者の資料を参看するにあたっては、同館学芸員の吉村智博氏に便宜を図っていただいた。

(23) 吉村智博『近代大阪の部落と寄せ場――都市の周縁社会史』(明石書店、二〇一二年)第I部第三章参照。(本書校正中に届いた右記「通信」続号(四月十一日発行)によって、本年二月に大阪市が博物館用地を、建物取り壊し・原状回復のうえ市に返還するよう、館に求めたことを知った。)

しかし「かつて生じたことは歴史にとりなにひとつとして失われたものと諦められることはない」。その消滅の「危機」においてこの土地建物は、いま忘れられつつあるかつての差別とそれに踏みにじられた人びとの存在に、わたしたちの目を向けようとしている。そこから転じて、現在なお根強く存在し、インターネットなどを媒体に隠微に拡大すらしている日本社会の差別の現実にどう向き合うのかと、問いかけている。

●テーゼⅦ

「歴史主義」との対決において〈危機の瞬間にひらめく過去の像を確保する〉という課題を示す諸テーゼをしめくくる位置に、このテーゼⅦは置かれている。

先行するテーゼⅥでは「危機」とは、伝統の内実とその受け取り手とが「支配階級」の「道具」になりかねないという危機のことであった。自分の支配の正統性を調達し弁証しようとする者は、多かれ少なかれ〈過去の伝統の継承者〉としての装いをまとう。そのためには、たとえば〈万世一系〉といった伝統の時間的連続性の仮構にとどまらず、伝統の内実を過去の〈偉大な事績〉や〈万邦無比の文化の精華〉などにより充塡しようとする。これらは、過去の支配者の事績であり、その体制が生み出した文物であるにほかならない。これを「伝統」として継承しているとする正統性の調達が、現在の支配体制を強化するものとなっている。

本テーゼでは、そうした支配体制を補強するものとして、ひとつには「歴史主義」の歴史叙述、もう一つには「文化財」が批判的に取り上げられてゆく。

（1）先のテーゼVIではランケの言葉が、本テーゼでは『古代都市』（一八六四年）で知られるフュステル＝ド＝クーランジュ（Numa-Denis Fustel de Coulanges　一八三〇～八九）の名前とその言葉が挙げられている。このふたりは「史料の博捜と厳格な史料批判」を基本方針とする「実証主義歴史学」の、ドイツとフランスにおける創始者として知られている。[24]「歴史主義」という言葉は「歴史の概念について」においては、現在流通している言葉でいえば「実証主義史学」と同義と解してよいだろう。それはすでに見たように、諸要素を因果的に結びつける物語り的歴史叙述の手法を用いて、特定の時代をそれ自体として研究しようとするものだ。[25]

フュステル＝ド＝クーランジュがここで述べていることを例示するなら、絶対王政の時代を研究し叙述するにあたっては、フランス革命の勃発およびそれに続く共和政の成立という事態を度外視せよ、ということになると言えようか。するとそれは、革命勃発にいたる社会矛盾や民衆のごく目立たない動きなどには目を向けずに、絶対王政を支えた政治的・文化的な諸要素に絞り込んだ研究・叙述を行なうことを意味するだろう。これをこそベンヤミンは「勝者への感情移入」だと見る。しかるに現在

(24) 二宮宏之『マルク・ブロックを読む』（岩波セミナーブックス、二〇〇五年）五一頁参照。
(25) ただし「実証主義」とはベンヤミンにとっては、「歴史主義」の次の段階（あるいはその第二段階）として現われた立場への呼称でもあったため、注意が必要である。「歴史の概念について」のある関連断章で「歴史の実証主義的な見方」について語るにあたって、ランケ（一八八六年没）らとは一世代あとに活動したエドゥアルト・マイヤー（Eduard Meyer　一八五五～一九三〇、主著『古代史』は一八八四～一九〇二年刊）の名を挙げ、それは「出来事の経過に「法則」を見つけ出す試み」として「歴史記述を最終的に近代的科学概念に服属させる」ものだとしている（cf. 151／五七八～九）。「実証主義」とはここでは、自然科学を典範とするそうした歴史法則主義なのである。（政治的・経済的な次元での「実証主義」への批判はテーゼXIでなされることになる。）

の支配者は過去の支配者の勝利を継承する者である。そのためこれは、現在の勝者に奉仕する行為だということになる。

他方の「文化財」についてのくだりは、とくに注釈の必要はないだろう。これも一例だが、京都にあまたある寺院の庭園が、だれの手によってじっさいに造園されたのかは、善阿弥とその子孫を例外として知られていない。被差別層であったために、ほとんど名前も残されなかったのであった。こうしたことすら忘却されてそれらの庭園はいま、「日本の美の形」として称揚されている。だが被差別層の抑圧と使役のうえに成立したものとして、じつのところはまさに「野蛮」の記録というべきなのだ。

（2）テーゼ末尾の「歴史を逆なでする」とは、「歴史の概念について」のなかでもよく知られた〈決めゼリフ〉のひとつである。同じ表現が、直接の草稿と思われる断章（115／六〇〇）のなかでも、別の断章（113／五九八）でも用いられている。だがこれも文脈にそくして考え進めるなら、重層的な意味を含む言葉として受け止められるべきことがわかる。

有名なフレーズだけに、やや煩雑になるが、まず「歴史（Geschichte）」という言葉についてあらためて確認しよう。この語は「歴史の概念について」のなかでは、本テーゼ冒頭にあるように〈生じた出来事〉としての歴史過程という意味で用いられることもあるが、それがフュステル＝ド＝クーランジュの発言の引用[26]のうちにあることからも分かるように、その用例のほとんどが引用文中にあるか、ベンヤミン以外の立場による「歴史の見方」に関するものであることに注意したい。他方、テーゼⅡ・テーゼⅩⅦでは、明らかに〈生じた出来事の探究・叙述〉を意味している。とはいえまず第一に、すでに見たことだがベンヤミンは、ひとつの語を術語として一定した意味で用いるということをしない。

第二には、現在でもしばしば用いられる「歴史」の二つの意味区分、つまり「出来事としての歴史」と「叙述としての歴史」という二項図式は自明のものではなく、十八世紀末に“Geschichte”の語が“Historie”の語の内実を吸収しつつ両義を含むことにより成立したといわれ、[27] とくにヘーゲル『世界史の哲学講義』序論の「生じた出来事(res gestae)」と「生じた出来事の探究・叙述(historia rerum gestarum)」という表現によって一般に広まったが、こうした対立図式をベンヤミンは受け入れてはいない。むしろ先行テーゼVIで明らかなように、この対立図式を前提とした〈客観的実在的に存在する過去の出来事を／主観がしかるべき手続きによって把握する〉という歴史理解を退ける。かれにとって問題なのは、繰り返しになるが、過去の出来事が現在に呼び戻され、そのポテンシャルによって現在が変容することなのだ。

とするなら、「歴史の概念について」と題するこのテクストにおいてまず考えられるべき「歴史」という言葉は、〈過去と現在とのかかわり〉を意味するものであるにちがいない。これは一見すると〈生じた出来事の探究・叙述〉に近いように見える。だが後者が現在の側から過去へとアプローチするという一方向的なものであるのにたいし、前者は双方向的なものである。過去に向かって探究的(historisch)な態度をとる現在にたいして、過去のある出来事が不意に立ち現われ、現在に呼び戻されてその現在を変容させる。そうした意味での生動的な両者のかかわりこそが、このテクストで考えら

(26) Julien Benda, *Un régulier dans le siècle* (Paris: Gallimard 1938) からの重引で、『パサージュ論』N8a,3 でそのことが明記されている。

(27) Cf. Reinhart Koselleck, *Zeitschichten. Studien zur Historik*, Frankfurt a. M.: Suhrkamp 2000, S. 30.

れている「歴史（生起・出来事［Geschichte］）」というべきだろう。タイトルにいう「歴史の概念」とは、狭く取ればこのことと理解できるにちがいない

以上を確認したうえで、さて問題の「歴史を逆なでする」の「歴史」とは、（a）勝者が文化財を次代の勝者へと受け渡してゆく「伝承の過程」のことと読むのが、文脈に照らして自然であろう。それを「逆なでする」とは、その裏に被支配層の苦役が潜んでいることを明るみに出すことであるだろう。（フランス語手稿で逆なでされるものを「歴史のたいそうつやのある毛並み［le poil trop luisant de l'histoire］」と表現しているのは、この解釈を裏づけるかもしれない。）他方、（b）「歴史」を〈生じた出来事の一方向的な探究・叙述〉ととるなら、「歴史主義」の歴史家の客観主義的態度、「勝者への感情移入」、そのつどの時代の出来事への表層的なまなざし、こうしたものを攪乱《かくらん》し転位させることを意味するであろう。だがさらにいえば、（c）「逆なでする（gegen den Strich bürsten）」とはドイツ語としては「これまでと全く違って（より正確に）表現する」という意味をも含むため、「これまでとはまったく異なったしかたで歴史をとらえる・叙述する」と理解することも可能である。「異なったしかたで」とらえられた「歴史」とはまさに、右に見たような過去と現在の双方向的なかかわりのことなのだ。このように三つに意味を分節化したうえで言えば、これらは同時に遂行される、三重の「歴史の逆なで」として展開されるものであるにちがいない。

「歴史の逆なで」とは今日では常套句になってしまっている感があるが、このように内実をとらえられたときには、そのラディカルな破壊力をあらわにするにちがいない。たとえば西欧中心主義批判の視座から「歴史の概念について」を解読しようとするガンドラーは「逆なで」されるべき歴史の見方とはかつて左翼的立場にも見られたもの、いまでも見られるものとし、例として帝国主義の伝統への

真の批判を欠いたスターリン主義の、ロシア大国主義による非ロシア系諸民族にたいする圧政と、植民地人種主義の遺制を残存させたメキシコの左翼の、先住民にたいする人種差別とを挙げている。[28] 現在も世界は、日本社会は、なお、「逆なで」されるべき歴史に満ちているというべきなのだ。

【訳語・訳文解説】

「無気力《アケーディア》」 “acedia” というラテン語は元来は、僧院の修道士が瞑想と労働に喜びを感じえなくなって陥る、無気力の状態を意味するという。グレゴリウス一世（在位五九〇〜六〇四年）にいたって、それ以前は分離されていた「憂鬱（tristitia）」と同じものとされ、これを含む「七つの大罪」論が中世キリスト教神学において確立された。（フランス語手稿で「七つの大罪のひとつ」と補足されているとおりである。）トマス『神学大全』はこれを、愛から発現する神へと向かう喜びの反対物ととらえている。それは人間が活動的になるのを阻む契機のひとつと見なされているという。すると次に出てくる “Traurigkeit” という言葉は、これまでは「悲しみ」と訳されてきたが、以上の思想史的文脈を考えるなら「陰鬱な気分」などと訳すほうが適当であることになる。ミサク訳・レッドモンド訳も「メランコリー（mélancholie/melancholy）」と訳している。なおフローベールの言葉としてここにフランス語のまま引用されている一文は、新全集版編者注によれば、エルネスト・フェドー宛一八五九年十一月二十九日付書簡に見られるもので、フローベールが数年にわたる資料調査・現地取材に基づいてカルタゴを舞台に執筆した歴史小説『サランボー』（一八六二年）にかかわる発言だという（254f.）。ここでは「感情

(28) Cf. Gandler, *op. cit.*, S. 24, Anm. 24.

移入」と「陰鬱な気分」、さらには「無気力」が結びついていることを、カルタゴに「感情移入」していた当時のフローベールの言葉を引用して、例示したものだろう。

「かれらと同時代の人びとの言いしれない苦役のおかげ」　一九三五年に書かれ翌年にモスクワで公刊されたブレヒトの詩「本を読む労働者の疑問（Fragen eines lesenden Arbeiters）」に依拠しているものであるとの指摘がある。[29] たしかにその詩の冒頭は「だれが七つの門をもつテーバイを建てたのだろう／本を見ると王たちの名前が出ている／王たちが岩の塊をそこまで引きずってきたのだろうか」となっており、内容上の対応は明らかである。

【補足】

このテーゼは、本書訳文の底本としているタイプ稿1の成立過程で、いくつかの関連断章（115／六〇〇～一；145）および「フックス論」の一部をもとにまとめられたもののようだ。少なくともこのままのかたちではアーレント手稿にはまだ見られない。（アーレント手稿に二つあるテーゼXVのうち二番目の最初の三文が、このテーゼの冒頭部分と対応しているが、それ以外には対応部分がない。）これにたいしてタイプ稿1では、当該の用紙に最初からタイプでVIIという最終的なテーゼ番号が振られており、これは同稿では異例である。「歴史主義」批判に具体化のための補足を加えるべくまとめられたと見るのが妥当と思われるが、どうだろうか。

「文化財」は、フランス語手稿では「人類の文化遺産（héritage culturel de l'humanité）」と表現されている。ある関連断章では「芸術」と「学問」となっており（cf. 145）、これに対応するかのようにフランス語手稿では続けて、それを創造したのは「天才」のみならず「偉大な研究者（des grands chercheurs）」でもあるとされている。

エピグラフは、ブレヒト『三文オペラ』の末尾の章句である。これを題辞にしたベンヤミンの意図は、一見するところ明確ではない。ブレヒトの戯曲の文脈を見てみよう。直前に登場人物のひとりであるピーチャムのせりふで「現実には貧乏人の末路ってのはまさにひどいもんだからな〔中略〕／だからこそ　不正なんてものを／あまりしつこく追及しちゃならないのさ」と言われる。それを受けて、登場人物全員が「不正をしつこく追及するな　やがて不正だって／ひとりでに凍死するさ　世の中は冷たいからね」と唄い、最後にこの題辞の言葉で締めくくられる。(30)とすれば、いま勝利と支配に酔いしれている者たちも、やがてはこの世の非情さのなかで斃《たお》れるにちがいない。そのことをこの題辞は、右の文脈を背景に間接的に語っていることになる。

●テーゼVIII

これは「歴史の概念について」の全体を理解するにあたって、枢軸的ともいえるテーゼである。〈過去の解き放ち〉という基本課題を具体化するための、「歴史主義」批判につづく〈進歩史観〉批判を開始するところであるが、当時の政治情勢とのかかわりにおいて従来とは別の「歴史の概念」を求める、切迫した問題意識が表現されている。進歩史観への批判は、たんなる歴史哲学における理論的・思弁的な課題ではなく、ベンヤミンの同時代的体験に裏打ちされたものであったのだ。

(29) Cf. Wizisla, *Benjamin und Brecht*, S. 271; Gagnebin, *op. cit.*, S. 289.
(30) 岩淵達治『《三文オペラ》を読む』（岩波セミナーブックス、一九九三年）一八四頁参照。

一九三九年八月に独ソ不可侵条約が締結されたとき、ナチスドイツは前年の四月にオーストリアを、同九月にズデーテン地方を、一九三九年三月にはチェコとリトアニア・メーメル地方を併合し、その領土的野心はもはやとどまるところを知らなかった。ポーランドへの侵攻だけは、それまでフランスと英国によって強く牽制されていたけれども、ソ連との不可侵条約によってそれもいよいよ可能になった。このことは、先の大戦を上回る規模の世界戦争の勃発がついに不可避になったことを意味する。このような事態に、反戦・反ファシズム陣営の砦であるはずのソヴィエトロシアが加担したのは、まさにベンヤミンならずとも驚愕すべきことであった。

なぜそのようなファシズムへの譲歩ないし妥協がなされたのか。さまざまな政治的要因が働いたにせよ、思想面から見るならばそれは「歴史は進歩する」という信念に基づいている。この信念に基づくかぎり、ファシズムの台頭と席巻は、進歩の軌道から一時的に逸脱した「例外状態」にすぎない。事態はやがて常軌に戻って、さらに歴史の進歩が続くだろう。このような進歩イデオロギーに欠けているのは、一時的とされる「例外状態」において多くの人びとがこうむる迫害や犠牲への想像力であり、そこに貫かれているのは、ファシズムに勢力拡大の好機《チャンス》を与えてでも自勢力の温存・拡大を追求するたぐいの、自組織の利益優先の発想である。

のちに見るテーゼXによれば「ファシズムの敵対者がかつて期待をかけていた政治家たち」が、いまや自分たちのなすべきことを裏切ってその敗北を深めているという。その要因をベンヤミンは、かれらの「進歩信仰」であり、「「大衆的基盤」なるものへの信頼」であり、さらには「制御不可能な機関への隷従」であるとする。この最後のやや歯切れの悪い表現は、フランス語手稿では「党への盲信(une confiance aveugle dans le parti)」とストレートに言い表わされていることに注意しよう。ソ連・コミンテルン共産主義へのベンヤミンの失望の念と、そこから転じた批判的態度は明らかである。

ところで、本書訳文では“Ausnahmezustand”という語を「例外状態〔非常事態〕」と訳しておいた。それが普通の感覚というべきだろう。この視点からはテーゼの後半にもあるように、〈なぜこのような事態がファシズムの猛威は多くの人びとには、恐るべき「非常事態」と受け取られるにちがいない。それが普文明化を遂げた二十世紀ヨーロッパにおいて生じているのか信じられない〉と、「驚き」をもって事態が受け止められるだろう。のちにこのテーゼを読んだブレヒトは、そうした反応を「よく聞く言い方」と呼んだとのことであり[31]、じっさい一般に流布していたものと思われる。ここにも、教条的なしかたではないが、やはり歴史の進歩とそれによって達成された二十世紀の〈文明〉への信頼が顔を覗かせている。

だが、過去においていかに残虐と野蛮が歴史を支配したかを知っている者にとって、現に繰り広げられているナチズムの暴威は、歴史の「通例の状態（常態〔Regel〕）」にほかならない。それはいまに始まったことではないのだ。このようなとき、現状を「非常事態」と驚き途方に暮れる人びとには、歴史は進歩するという根本前提そのものを疑うよう促そう。現状を進歩にたいする「例外状態」と位置づけてファシズムと妥協する人びとにも、同じく過去の抑圧の歴史に学んで「進歩」概念を放棄するよう促して、別の「歴史の概念」を構築するよう呼びかけよう。

このときに課題として浮かび上がる「真の意味での例外状態」の「招来」とは、「抑圧」なき状態を現出させることにほかならない。とはいえそれは、将来方向への抑圧解消という政治的な動きだけ

（31）Cf. Wizisla, *Benjamin und Brecht*, S. 273.

によるのではない。「歴史の概念について」全体で語られるような、従来の歴史叙述が隠蔽してきた過去の出来事の呼び戻しによってこそ達成されるものである。この過去とのかかわりの根本的な転換によってはじめて、「反ファシズム闘争におけるわたしたちの立場」が好転することになる。というのも、テーゼXIIで言われるように、労働者階級が「未来の世代を救済する者」の役割を振り当てられて以降、革命情勢の到来を待ち望むだけにとどまって、いまここで必要な戦闘性を喪失してしまっているからだ。これに対して、過去の抑圧された人びとの名において闘うときにこそ「憎悪と犠牲への意志」がよみがえり、被抑圧階級の戦闘性が取り戻されるというのが、ベンヤミンの考えるところなのだ。

以上のように「歴史の概念について」とは、独ソ不可侵条約締結の衝撃を受けて、それまでの数年にわたる思索と執筆を凝縮しながら、政治情勢と密着したしかたで新しい「歴史の概念」を提唱しようと試みるものであった。ベンヤミンが生前、その公刊に消極的であったのは、グレーテル・アドルノ宛書簡（一九四〇年四月末／五月初）によれば「熱狂的な〔狂信的な立場からの〔enthusiastisch〕〕誤解に門戸を開くことになってしまうだろう」（GB VI, 436）と恐れたからであった。このテクストが、スターリン派による反対者狩りが猖獗《しょうけつ》を極めている状況のもと、既成の左翼イデオロギーにたいする根本からの訣別を含意しているのであれば、その恐れはけっしてゆえなきものではなかったにちがいない。

【訳語・訳文解説】

「〈例外状態〔非常事態〕〉」　原語 “Ausnahmezustand” が、立場によって「例外〔Ausnahme〕状態」と「非常事態」のいずれかを意味することは、右に見た。だがこの語について新全集版編者注は、カール・シュミット『政治神学』（一九二二年）第一章「主権の概念」を参照文献としている（cf. 245）。なるほどベンヤミンがシュミットから影響を受けたことはよく知られている。そこで、思想史的文脈を参照しながら「歴史の概念について」を読む解釈者は、シュミットの論をこのテーゼの内容に結びつけている。[32] しかしながら『政治神学』のいう「例外状態（非常事態）」とは、主権者としての為政者が超法規的な決断を下す状況である。他国の侵略や内乱などにより一国の秩序が保たれなくなったとき、敵と味方を分別し、敵に対し秩序を守るために主権者が緊急令を発布する状況のことだ。とすれば、この為政者の視点からするシュミットの用語がそのままここで使われているとは考えにくい。引用符が付いていることと、テーゼ中段以降との関係に留意して理解する必要があるだろう。

「歴史のきまりごと」　"eine historische Norm" の訳である。直訳としては「史的規範」であるが、草案にあたる断章で「一種の歴史的平均的体制（eine Art von geschichtlicher Durchschnitsverfassung）」（139）と言い換えられていることを参考に、このように訳す。なお先にも問題になった "historisch" という形容詞については、"geschichtlich" との訳し分けが問題になるが、ベンヤミンはヘーゲルやハイデガーのように術語的に区別しているようには見えない。ひとまずテーゼⅩⅦにだけ出てくる "geschichtlich" は「歴史的」と訳し、"historisch" は文脈に応じて訳しわけてゆく。

【補足】

未定稿に終わった「歴史の概念について」にたいして、「歴史哲学テーゼ」というタイトルもまた

（32）今村仁司『ベンヤミン「歴史哲学テーゼ」精読』（岩波現代文庫、二〇〇〇年）一一六頁以下、仲正昌樹『ヴァルター・ベンヤミン――「危機」の時代の思想家を読む』（作品社、二〇一一年）二一六頁以下参照。

正当性をもつかもしれないことは、「イントロダクション」で指摘しておいたが、この二つのタイトルに用いられている「歴史の概念」および「哲学」という言葉は、積極的な言葉としてはこのテーゼにしか現われない。すなわち、(a)「歴史の概念」という語は、準備段階の断章は別として、原稿としてまとめられたもののなかではこのテーゼでしか使われていない。(b)旧来の歴史イメージを疑問に付す「驚き」がこのテーゼで「哲学」的な驚きと呼ばれている。テーゼIにも「哲学」という語が見えるが、それはごく一般的に〈哲学という領域〉を意味するものであり、またテーゼXVIIIでは「社会民主主義の哲学」とあって、批判の俎上に載せられるものである。積極的な意味での「哲学」は、言葉としてはここにしか現われない。一見トリビアルとも思われる以上のことは、本テーゼに「歴史の概念について」起草の動機が表現されていることを示唆しているかもしれない。

このテーゼはフランス語手稿には欠けているが、手稿冒頭の欠番リストにドイツ語の小見出し付きで挙げられており、けっして削除されたわけではなかった。そのリストを訳出しておくが、いずれも番号・内容が底本と対応していることがわかるだろう。

VIII　二十世紀において可能なもの
XI　俗流マルクス主義の労働概念
XIII　進歩への批判
XIV　ファッションと革命
XVI　買春(Hurerei)としての歴史主義
XVIII　無限の課題としての無階級社会

●テーゼⅨ

「進歩」概念への批判は、以下テーゼⅫにいたるまで詳論されてゆく。そのなかでも本テーゼは独特な比喩的形象を用いて、「進歩」――反ファシズム運動を領導している陣営の旗印であるだけでなく、ファシズムの台頭・席巻という事態に驚く人びともまた暗黙のうちに前提としている「進歩」――に、批判のまなざしを向けようとする。「歴史の概念について」のなかでもよく知られた「歴史の天使」である。

歴史は通常は「出来事の連鎖」ととらえられ、またそうしたものとして叙述されている。

一方では「歴史主義」の立場にある者によって、各時代がそれ自体として取り上げられ、その支配体制を支える政治的・文化的な出来事や文物が、自律的に進展しひとつらなりの過程をなすものとして叙述されてゆく（テーゼⅦ参照）。それは因果的叙述に固有の取捨選択を行なってゆくため、多くのものを排除し、結果としてそれらを隠蔽することになる。各時代の支配者と文化財創造者とに奉仕しながらも、名前すら記録にとどめられない人びとの事績がそれである。他方で「進歩」という「歴史の見方」、いわゆる〈進歩史観〉に立脚する歴史叙述においては、人類史の発展段階が想定されたうえで、そのつど発展に寄与したとされる出来事や芸術作品・科学業績などが取り上げられ、〈大きな物語〉のストーリー上に配置されて叙述される。そこでは進歩にたいする〈反動〉とされる勢力や事件もまた、ストーリーを彫琢《ちょうたく》するためにそのうちに組み込まれることであろう。だが、〈反動〉としてすら人類史の進歩に寄与しなかったと見なされるもの、それらは取り上げられることがない。歴史になんら意味をもたないものとして打ち捨てられ、忘却に委ねられる。

名も知られず永遠に沈黙する死者。遺棄されあとかたもなく崩れ去って原状に復されることのない文物。そうしたものこそ、しかしじつは現在のわたしたちに不意に語りかけ、その現在をまったく別様のものへと変容させる可能性を秘めている。

そのポテンシャルの発揮をより強固にはばむのは、「歴史主義」による支配体制中心の歴史叙述であるよりも、進歩史観のほうであるにちがいない。というのもこの歴史観は、わたしたちの視線をつねに未来の目標・完成状態へと向けさせようとする。それによって、かつて生じ、そしていままた生じつつある悲惨から目をそむけさせる。〈未来志向〉の名のもとに、歴史の進歩に意味をなさなかった物事を、あたかも存在しなかったかのように扱ってゆく。そればかりではない。独ソ不可侵条約を背景に前テーゼを読解したときに見たように、〈歴史はつねに進歩という常態に戻る〉との立場からファシズムとの妥協をも辞さない〈未来志向〉の戦術は、それ自体としてこの現在に、眼もおおう犠牲をつぎつぎと「天にとどくほどに」生み出してゆく。進歩および進歩史観の呪縛から逃れることの困難を、このテーゼは「歴史の天使」という形象に託して語り出しているのだ。

テーゼⅧから続けて読むならば、ここでいう「進歩」とは、テーゼⅠの評注で取り上げたスターリン一九三八年論文に代表される既成の「史的唯物論」によって語りだされるものであることになろう。と同時に、資本制システムを前提にしたあらゆる種類の近代化論もまた同様に、〈歴史の瓦礫〉をはばかりなく打ち捨ててかえりみることはないだろう。

さらにいえば、市場経済原理が生活のあらゆる局面に浸透した二十一世紀の現在においては、「進歩」とは、もはやそれを鼓吹する理論を無用のものにし、不断のスクラップ・アンド・ビルドによる自己刷新メカニズムとして、社会システムそのものに組み込まれている。ここには、十九世紀前半のパリに花開いた遊歩街《パサージュ》がその後の都市再開発《ジェントリフィケーション》により解体されていったさまを愛惜したベンヤミンですら、おそらくは想像できなかったであろう強風、いまだかつてない強い「進歩の強風」が吹いているといわなければならない。

【訳語・訳文解説】

「使命を果たすことはまずできないだろうから」　「使命を果たすこと」の原語は“Glück”であり、これまでの日本語訳はすべて「幸福」と訳してきた。この題辞は、一九二一年七月十五日のベンヤミンの誕生日に親友ショーレムが贈った詩の、第五連にあたるものである（cf. GB II, 175 Anm.）。そのショーレム自身がこの語は「神からつかわされた使命の成就」のことを意味すると語っており、[33] 詩の全体をみてもそう理解できるため、右のように訳す。なおショーレムは、ゲアハルト（Gerhart）が生誕時の名前であり、一九二三年のイスラエル移住後にヘブライ語名のゲルショム（Gershom）に変更したといわれるため、この詩を書いたときには、テクストにあるように「ゲアハルト」で正しかったことになる。テーゼ本文に言及されるパウル・クレーの絵（一九二〇年作）は、ベンヤミンが一九二一年の五月ごろに購入し、しばらくミュンヘンのショーレム宅に預けていたとされるので、この詩もまたその絵を念頭に書かれたものだろう。ちなみにその絵はベンヤミンが一九四〇年にパリを脱出するときに、他の草稿類とともにバタイユに託してフランス国立文書館に保管されていたが、ベンヤミンの遺言にした

（33） Cf. Gerschom Scholem, “Walter Benjamin und sein Engel” in, *Zur Aktualität Walter Benjamins*, hrsg. von Siegfried Unseld, Frankfurt a. M.: Suhrkamp 1972, S. 123.

がって戦後、アドルノの手を介してショーレムに贈られ、一九八二年にショーレムが没してのち、イエルサレムのイスラエル美術館に寄贈されて今日にいたっているという。(34) いまではインターネットなどでも見ることのできるこの絵の「天使」は、「新しい天使(Angelus Novus)」(あるいは「若い天使」)という題名が暗示するように、頭部が大きく、卵からかえったばかりの小鳥といった様相を見せているが、それにしてはとても天使と思えない異様な顔貌をしている。さまざまな連想が可能であり、ベンヤミンも購入して以降、いつも眺めてはあれこれ考えていたらしいが、「進歩」という歴史の見方が取り返しのつかない事態を生み出しつつある状況にいたって、ショーレムの詩にも喚起されつつ、テーゼ本文にあるような解釈をほどこすにいたったにちがいない。じっさいショーレムの詩は、過去に戻ろうとして戻ることのできない「天使」の嘆きをうたっているのである。(ただしフランス語手稿にはこのエピグラフは欠けている。)

「エデンの園」　"Paradies"という語はこれまでの日本語訳にならって「楽園」と一般名詞で訳してさしつかえないわけだが、問題は〈そこから「進歩」の強風が吹いてくる〉という意想をどのように解釈するかである。天使がほかならぬ「歴史の天使」であるということからすれば、アダムとイヴの追放により人間の歴史が始まったとされる、その〈歴史のはじまりの地点〉と考えるのが事柄にふさわしい。(35) その地点から「進歩」がさまざまなしかたで歴史を主導してきたと見られるのだ。「天使《アンゲルス》」がそのギリシア語(さらにはヘブライ語)の語源どおり「告知する者」であるとするなら、この「進歩」の過程がしかしじつは「破局」にほかならないことを、「歴史の天使」はわたしたちに身をもって告知していることになるだろう。

この理解を間接的に裏づける資料がある。新全集版所収の一断章の裏面に書きつけられた、インクが褪色して読み取るのが困難といわれる断片である。他にこのテーゼIXの草案にあたるものはほとんど遺されていないこともあり、ここに訳出しておく。

> エデンの園（Paradies）の門扉は、外向きに開く。神はアダムとイヴをその庭園から追放したときに、激しい風が巻き起こるようにした。その激しい力のために、門扉はばらばらに壊れた。ところがその門扉を守っていた天使は、ちょうど翼を広げたところだったので、この風にとらえられてしまった。その風はまだやんではいない。天使がこの強風に運ばれていったのと同じように、人類も自分の道へと進みゆかざるをえない。神の息吹が消え失せたところでは、〔以下欠〕（293）

新全集版編集者も指摘するように、この一文は「新しい天使」にかかわるものと見ることができよう（ibid.）。この天使が押し流されてゆくその起点は、アダムとイヴが追放された「エデンの園」なのだ。

【補足】

「歴史の概念について」関連断章には、もう一箇所“Paradies”にかかわる記述が見られるので、挙げておきたい。「新しい天使《アンゲルス・ノヴス》を解釈するならば、その翼は帆である。それはエデンの園から吹いてくる

（34）Cf. Kobi Ben-Meir, “Dialectics of Redemption. Anselm Kiefer’s The Angel of History: Poppy and Memory”, p. 8, http://www.cgs.huji.ac.il/dialectics%20of%20redemptionNEW.pdf——二〇一三年八月三十一日最終閲覧。

（35）仲正昌樹前掲書二二四頁参照。

風をはらんでいる。――緩衝器〔その勢いを吸収するもの〔Puffer〕〕としての無階級社会」(134／六〇七)。

●テーゼX

「歴史の概念について」のなかでも、テクスト全体の「意図」を直接に語りだそうとしている点で注目すべき、しかも当時支配的であった左翼陣営のありかたへの批判として、きわだってラディカルな主張を提示しているテーゼである。

だが、それを容易には読み取られないようにするためなのだろう、他にもまして抽象的な表現、理解に困難な章句を含んでいる。すでに触れた当時のコミュニズム陣営に吹き荒れていた粛清の嵐――メキシコ亡命中のトロツキーの暗殺はベンヤミン自死一月前の一九四〇年八月である――からすれば、ストレートなコミンテルン共産主義への批判を文章化することは、不可能に近かったろう。そのためもあって通例の解釈では、次テーゼ以下に展開される社会民主党批判とくに区別されないものとされ、立ち入って論究されることが少なかったように思う。そこでここでは評注の形式を少し変え、一文(冒頭は原文二文)ずつ読み解いてゆくことにしよう。そのさいの手助けとなるのは、より直截な表現からなるフランス語手稿である。

修道院の規則は修道士に、瞑想のための主題を定めていた。それらは俗世とその営みに、かれらが嫌悪をいだくようにするためのものであった。わたしたちがここに進めつつある思考の歩みは、それに似た使命から生じたものである。

修道院においては「新入りの〔“novices”とフランス語手稿にはある〕修道士」が俗世への執着を離れ、別の生活次元に移行するために、瞑想用の主題が与えられる。「歴史の概念について」で展開される思考は、それと類似の使命に基づいているという。それでは、ここで読者が執着している、しかし「歴史の概念について」を通じて「嫌悪をいだくように」なるべき思考とはなにか。テーゼは続ける。

ファシズムの敵対者がかつて期待をかけていた政治家たちが地に倒れ、みずからが任務とするところを裏切ることによりその敗北を深めていっているさなかに、この思考の歩みは政治意識をもった一般の人びとを、これらの政治家がかれらをたらしこむのに使っていたさまざまな罠から解放するよう意図しているのだ。

反ファシズムの立場に立つ人びとが信頼していた、しかしその使命を裏切るにいたった政治家たちとは、一九三九年から四〇年にかけての情況を考えれば、明らかにコミンテルンおよびソ連のコミュニストたちであるだろう。次テーゼ以下の「社会民主党」のように固有名詞を挙げて指弾することはしない、そうした配慮を行なわなければならないところに、ここでの批判対象が同時代の影響力ある政治勢力であることが、かえってあらわになっている。

「イントロダクション」で概観したように、一九三五年七月から八月にかけてモスクワで開催された第七回コミンテルン世界大会で、人民戦線戦術が採択された。非共産党系左翼・リベラル左派勢力と広範に連携して、反ファシズム戦線を構築するという路線である。かれらがこの戦術をとってからは、コミュニズムないしボルシェヴィズムとは相いれない立場にある人びとも、反ファシズムという一点で連携することができた。さらには、一国社会主義体制のもと経済力・軍事力を増強させていたソ連、およびび国際的なネットワークをもつコミンテルンに、ファシズム打倒の主要な拠りどころを見いだしえたはずである。

そうであるなら、かれらが反ファシズム陣営の人びとを「たらしこむのに使っていた罠」とは、なによりも人民戦線戦術において用いられた反戦平和・反ファシズムというスローガンだったはずだ。それが実は、一国社会主義・ソ連の自国防衛のためのものであったことが、独ソ不可侵条約締結という事態にいたって明らかになった。右のスローガンをはじめとする、ソ連・コミンテルンがこれまでしかけてきた「さまざまな罠」から人びとを解放することが、「歴史の概念について」というテクスト全体の「意図」である。それがここに語り出されている。

ソ連・コミンテルンの政治姿勢に内包される本質的な問題点を、このテーゼは次のようにとらえる。

ここでの考察の出発点は、これら政治家のかたくなな進歩信仰、自分たちの「大衆的基盤」なるものへのかれらの信頼、そして最後に制御不可能な機関へのかれらの隷従が、同じ事柄の三つの側面にほかならなかったということにある。

最初の「進歩信仰」とは、当時ヨーロッパを席巻していたファシズムをすら一時的な例外状態と位置づけ、一時的に妥協してはばからない進歩史観のイデオロギーである。

第二の「大衆的基盤」への信頼とは、フランス語手稿で「大衆のただなかに生じる反応の力、的確さ、素早さへの盲信」と表現されている。つまりは自分たちの方針・活動が大衆に正確に理解され、それに対応する運動が惹起されるはずだ、との主観主義的情勢判断である。

最後の「制御不可能な機関へのかれらの隷従」とは、一種の婉曲表現なのだろうか、すでに触れたようにフランス語手稿ではストレートに「党への盲従」となっている。たしかに中央集権党の下部党員にとり、組織全体をなんらかのしかたで制御することは不可能であり、それに「盲従」するほかはない。

ようするにこれらは、前衛党の主導による政治運動の論理なのである。ここで想起されるべきなのは、パリ亡命時代にベンヤミンが親しく交流し、没年の一九四〇年にマルセイユでも会っていた友人に、ハインリヒ・ブリュッヒャーがいることだ。ブリュッヒャーは、すでに一九一〇年代結成のスパルタクス団（後述）のメンバーであったという長い活動歴をもちながら、ドイツ共産党内ではスターリン反対派を他の同志と結成し、パリ亡命時代には「コミュニズム運動のスターリン化にたいする党派的計算から自由な批判」できわだっていたといわれる。[36] 古参の共産党員にして反スターリン派として亡命時代に党を除名されたこのブリュッヒャーをはじめとした人びとから、ドイツ共産党・ソ連共産党・コミンテルンなどについてベンヤミンは詳しく内情を伝えられていたようだ。[37] 前衛党のこのような実情こそが考察の「出発点」をなす、という発言の重みは、いかにも大きい。

(36) Cf. Wizisla, *Benjamin und Brecht*, S. 214f.

(37) Cf. *Arendt und Benjamin*, S. 34f.「ブレヒトについての覚書」（GS VI, 540;『ベンヤミン・コレクション7』所収）にベンヤミンみずから記しているように、一九三八年末から翌年初めにかけてのかれらの討論テーマは「ファシズムとスターリニズムにおける人権の抑圧・侵害」であった。ちなみにこれが、ブリュッヒャーの伴侶アーレントの『全体主義の起原』（一九五一年）の萌芽になったともいわれる（ibid.）。

フランス語手稿はこれら三つを「左翼政治にそなわっている根本的な欠陥〔悪癖〔vices〕〕」であると総括している。この批判的コメントの厳しさには少なからず驚かされるが、もっともこれら三つが、同等に並ぶ「欠陥」であるのではないだろう。大衆が自分たちの方針にただちに呼応すると考えること、メンバーが党の方針に全面的にしたがうこと。これらは歴史が一定の発展法則のもとにあり、前衛党はその法則を理論的に把握してその発展を目的意識的に主導するものであるという、テーゼIへの評注に見たスターリン一九三八年論文に表現されるイデオロギーに基づくものであるだろう。約言すれば、これらの根本にあるのは「歴史は進歩する」という信念なのだ。

左翼陣営の思考に根ざしているこの信念を克服することは、なまなかにはなしえない。その困難をこそ、「歴史の概念について」は同時に示している。それゆえテーゼXは次のように締めくくられる。

それらの政治家が引きつづき固執してやまない歴史の見方に加担することを徹底して回避するような歴史の見方を手にするには、わたしたちの習い性になっているものの考え方にとりどれだけ高くつくことになる〔どれだけ多くの努力と犠牲を払わなければならない〕のか、この考察はわかってもらおうと努めている。

「進歩」という発想と絶縁した、もうひとつ別の「史的唯物論」を構想するには、すでに長きにわたりこの発想を受け入れてきた「わたしたちの習い性になっているものの考え方」を根本から変更するのでなければならない。次テーゼ以降に語られるように、とりわけ「時間」のとらえ方の根本的な転換がなされなければならない。「歴史の概念について」はそのことを読む者に要求している。

【訳語・訳文解説】

「任務とするところ」　原語は"Sache"で、広範囲の意味をもつ言葉である。「運動」（野村訳）と訳すのも見識ある解釈であり、フランス語手稿に"cause"（立場・主義主張）とあるのを参考にして「立場」や「理想」（山口訳）と訳すのもいいが、当時のコミンテルンにおける反ファシズム・反戦平和のスローガンを念頭に、浅井訳の「務め」という訳を受けてこのように訳そう。

「政治意識をもった一般の人びと」　「一般の人びと」と訳した"Weltkind"は、そのままでは「世俗を肯定し享受する人間」を意味する。この点から考えると、第一文に含意されている〈修道士が修道院に入った当初はなお「世俗の人（俗人）」同様である〉という点と類比関係にあると考えることができる。そこで「政治において俗世に生きる人」（山口訳）という訳が意味をもつだろう。さらに一歩進んで「世の現実にたいして政治的にかかわろうとする者」（浅井訳）と掘り下げて訳すこともできるだろう。ここでは「修道院」にもなぞらえることのできる特定政治組織には（まだ）属していない人びとを指すと考えて、「政治意識をもった一般の人びと」と訳すことにした。ちなみにミサク訳では「勇敢な市民（les braves ciroyens）」となっている。[38]

（38）"Weltkind"という語はグリムの『ドイツ語辞典』（*Deutsches Wörterbuch*）によれば、たんに「人間」を意味する用法もあるようだが、新全集版の編者注によれば出典は、ゲーテが宗教的に対立するバセドウ（Johann Bernhard Basedow　一七二四〜九〇）とラヴァター（Johann Caspar Lavater　一七四一〜一八〇一）と会食したさいに創った風刺の即興詩にある一節「右に預言者、左に預言者、その間に世俗の人（Weltkind）」だという（cf. 245）。するとここでは「政治的に中立の人・政治的立場を決めかねている人」を意味すると考えられよう。

「かれらの信頼」 アーレント手稿では「盲目的（無批判の［blind］）」と形容詞が当初は置かれていたのが、線を引いて抹消してある。フランス語手稿ではこれが“aveugle”という同義語で復活している。

「制御不可能な機関への隷従」 底本原文“servile Einordnug in einem unkontrollierbaren Apparat”の“in einem”（における）が、アーレント手稿（およびタイプ稿2と4）では“in einen”（への）となっており、それに従ってここでは訳している。

「歴史の見方に加担することを……」 この文章は全体としてややとらえにくい構造になっている。検討にあたいするのは、浅井訳の「歴史観と悶着を起こすことを一切回避するような歴史観が」という訳文である。そこでは、（a）ここに「加担」と訳した“Komplizität”を「悶着」つまりは厄介ごととし、（b）それを回避する「歴史観」を文章の主語ととっているのである。原文との不整合はなく、意味もまた通じる。しかし、（a）“Komplizität”とはフランス語版手稿でも用いられている“complicité”（共犯・共謀・結託・加担）というフランス語を念頭に置いた言葉ではないだろうか。（他訳はすべてそのようにとっている。）とはいえ、（b）「俗流マルクス主義」の史的唯物論と手を切った「歴史の見方」を手にするには、わたしたちの通常のものの見方が大きく変容を遂げるのでなければならない。そのように理解することによって、〈修道院で修道士が俗世と縁を切るには多大な努力を要する〉という冒頭一文に含意された事柄との対応関係が確保されるように思う。その意味で「歴史の見方」を主語ととるのは適切な理解であろう。

【補足】

底本の末尾には「Ⅸa」という符号が手書きで書きこまれている。これはアーレント手稿における該当テーゼをこのあとに置くよう指示したもののようだ。じっさいそのテーゼはタイプ稿1において、続くXIとして採用されている。

タイプ稿3では「ファシズムの敵対者がかつて期待をかけていた政治家たち」が「長きにわたって大口を叩いていた政治家」となっている。これも「表現の緩和」であろう。

＊

進歩史観への批判は引きつづきテーゼXIIIまで展開されていくが、ここで「歴史の概念について」関連の諸断章および『パサージュ論』草稿群Nにおける進歩概念批判を概観し、もってテクスト理解をふくらませる材料をえておこう。（ベンヤミン二十代にまでさかのぼる進歩史観批判にかかわる一連の文章は、野村修旧訳の「解説」一四〇～五頁に引用されている。）

まず「歴史の概念について」関連断章においては、マルクスにおける「進歩の理論」もまた批判の対象にされているところが、とくに目を惹く。その論点の第一は、他の理論と同じくマルクスにおいても「進歩」の基準が明らかではないというところにある。マルクスは進歩を「生産力の展開」によって定義しているが、生産力には人間ないしプロレタリアートも含まれるのであり、進歩の基準の問題は先送りされてしまうのだ、と（cf. 130／五九六）。ようするに、生産力の発展と軌を一にして人間が物心両面において進歩してゆくのかどうか、それは明らかではないということだろう。

もうひとつの論点は別の断章によれば、「無階級社会（klassenlose Gesellschaft）」の理解にかかわる。マルクスは無階級社会を、階級闘争をとおして歴史的発展の過程のなかで達成されるものと見なした。（かならずしもそれだけでないことは、テーゼXVIIIの冒頭で語られる。）だがベンヤミンはそれを「史的発展の最終地点」ととらえてはならないとしたうえで、「真正のメシア的相貌」をそれに与え直そうとする。しかもそうすることは「プロレタリアートの革命的な政治の利益のため」であるという（cf. 154f.／五八一～二）。これはどのようなことか。

ベンヤミンによれば無階級社会とは、「歴史における進歩の最終目標ではなく、しばしば失敗に終わりながらもついには達成されるところの、その進歩の中断である」（152／五八〇）。こうした無階級社会の理解は一方では、「メシアは歴史を打ち切ってしまう（abbrechen）のであって、発展の終わりに登場するのではない」（131／六〇五）という、ベンヤミンのメシア理解に基づいている。ショーレムによれば、これはベンヤミンの、というより、そもそも聖書および黙示録記者の救済観であるというが、[39] いずれにせよ、人類史の無限の発展という近代的な歴史理解にたいして、不意の到来により歴史を打ち切るメシアというイメージに示唆をえて、無階級社会がいつでもこの場に現出しうるものとベンヤミンはとらえようしていると考えられる。他方、政治的には「革命（Revolution）」についての次の理解に関係している。「マルクスはもろもろの革命を世界史の機関車であるという。だが事情はまったく異なっているかもしれない。それらはその列車に乗って旅している人類が非常ブレーキを作動させることとなのかもしれない」（153／五八一）。進歩の名のもと、圧倒的に多数のものを「瓦礫」とし、忘却してかえりみない動向を押しとどめ、一転させて（revolvere）、それら無数の過去の出来事に目を向け「大小の区別をつけることなく」（テーゼIII）それらに向きあうこと。それは「上下優劣の区別なき間柄」としての“klassenlose Gesellschaft”を過去との関係で、ひるがえっては現在に踏みにじられている人びととの関係で、創り上げることであるだろう。

次に『パサージュ論』草稿群Nには「進歩」への言及が多く見られる。たとえば「みずからのうちで進歩という理念に無効宣言を下した史的唯物論」（N2,2; cf. N11,4）とは、「歴史の概念について」にまでおよぶベンヤミン歴史思想を特徴づけている。だが、立ち入って「進歩」概念の来歴について論じている点で注目されるのは、N11a,1からN14a,5までの断章群である。

　おおまかにいってその議論のポイントの第一は、進歩概念が本来は批判的諸機能を有していながら、やがてその機能を失うにいたったとの指摘である。ベンヤミンによれば十八世紀のテュルゴー（Anne-Robert-Jacques Turgot　一七二七～八一）においては、「歴史における退行運動に人びとの注意を向ける」という批判的な機能が見られた。しかもそこでは同時に、「進歩の限界」についても考えられていた。だが、十九世紀において市民階級が権力を掌握すると、その批判的機能は急速に失われてゆく。進化論における自然淘汰説の影響で「進歩は自動的に生じる」という考えが、自然界だけでなく人間の活動の全領域にまで広まることになったことも大きい。最終的に「進歩」は、批判的な問題意識にもとづいて歴史上の特定の変化を測定する尺度ではなくなり、無批判に実体化された歴史過程の全体を指示するものになったのだという（cf. N11a,1; N11a,3; N13,1）。ここではベンヤミンが「進歩」という思想を無下に退けているわけではないことに注目したい。問題はその批判的ポテンシャルの有無なのである。（その点からすれば、既成の左翼に批判的な立場からアクチュアルな政治意識に基づいて「歴史の概念について」[40]を読もうとする論者が、かつてもいまも「進歩」概念の必要を唱えているという事態は、一考に値する。）

---

(39) Cf. Pangritz, *op. cit.*, S. 901f.

(40) Cf. Gandler, *op. cit.*, S. 49-52; Heinz-Dieter Kittsteiner, "Die »Geschichtsphilosophischen Thesen«", in, *Materialien zu Benjamins Thesen ›Über den Begriff der Geschichte‹*, hrsg. von Peter Bulthaup, Frankfurt a. M.: Suhrkamp 1975, S. 32f.（ハインツ＝ディーター・キットシュタイナー「『歴史哲学テーゼ』のために」好村前掲監訳書二四五～六頁参照。）

第二のポイントは、ロッツェによる進歩概念への批判についての評価である。ベンヤミンはロッツェの論を、歴史の進歩を鼓吹する段階から守りの姿勢へと転じた市民階級の立場を反映したものと見なしている（cf. N13,3）。テュルゴーと並んで進歩史観の先駆者として知られるコンドルセ（Marquis de Condorcet 一七四三〜九四）についてかれは「フックス論」第V節で、「コンドルセが進歩についての教説を広めたとき、市民階級は権力の座を眼前にしていた」（GS II・2, 488）と語っている。その後に支配を確立し守勢に転じた市民階級の立場に、ロッツェの歴史観は位置しているのだという、辛口の論評なのである。にもかかわらず、ベンヤミンが抜き書きしているロッツェの発言には刮目すべき洞察が見られるのであり、かれの思考に少なからぬ影響を与えたように思われる（cf. GB VI, 198）。たとえば「過ぎ去りゆく世代の労働は後続の世代に奉仕するにすぎず、当の世代そのものには呼び戻しようもなく失われてしまうということが無限につづく、といった考えを、わたしたちは退ける」（N13a,3）という言葉は、「歴史の概念について」の思想に近いところまで来ている。あるいは「個々の時代や個々の人びとの要求を軽視し、それらの時代や人びとの災難には目を向けずに、とにかく人類一般が進歩すればと考えることは、慎みのない熱狂にほかならない」（N13,3）という文章もまたそうだろう。ロッツェは進歩批判の先駆的思想家だったのである。（ちなみにロッツェのこれらの文章はいずれも、テーゼII冒頭の引用文と同じく、前掲『ミクロコスモス』第III巻の「歴史の意味」と題する章に見られる。）

かつて市民階級の勃興期に、歴史状況を批判的にとらえる尺度として機能した「進歩」の概念。それはこの階級の勝利と支配が安定するとともに、実体化された人類史全体の基本動向と見なされ、過去をかえりみずに忘却する態度を正当化するものになる。このときに「批判的歴史理論（die kritische

Theorie der Geschichte)」（N13,1）は、進歩概念への批判へと向かわざるをえない。その批判の必要は、まさに進歩という歴史の見方が独ソ不可侵条約の締結とその諸帰結を生み出すことになるという事態を、ベンヤミンが目の当たりにしてこそ、いよいよ切実なものになったといえよう。

●テーゼXI

テーゼVIII以来、同時代の問題として論じられてきた「進歩」の観念が、すでに十九世紀後半の社会民主主義的思想において、どのような政治的、経済的な帰結を招いてきたのか。それについての批判的考察が、具体的な組織名・人名を挙げながら展開されていく。

ここでとくに問題視されるのは、「技術的」進歩の無批判な肯定、さらにはその根底にある「労働」のとらえかたである。（a）社会民主主義的思想は労働を「すべての富と文化の源泉」と規定する。（b）そのことにより、労働生産性を高める「技術の進歩」を追求し、それがじつは無産者としての労働者の搾取という「社会の退歩」を生み出すばかりか、「自然の搾取」をも生み出すということを見てとることがなかった。（c）その根底には資本制生産様式のもとで展開される技術の進歩の波に乗る「大勢順応主義」が潜んでいる。これが労働者階級の堕落の根源であるのだ、と。その「堕落」の様子は、さらに次のテーゼに示されることになる。

科学技術の発展が社会の進歩を可能にし、人類に幸福をもたらすという観念。それゆえ工場などの労働現場でその発展の最前線にいる労働者こそ、社会変革の担い手、新しい社会の主人公であるという観念。それはベンヤミンの死後においても、遅くともソ連・東欧社会主義体制の崩壊まで、半世紀の長きにわたって広く流布したものではなかっただろうか。ただしここで、前テーゼから一転して直接に名指され標的にされているのは、十九世紀後半におけるドイツ社会民主党の経済思想である。そこで、政治史的な経緯にも必要なかぎりで立ち入りながら、内容を敷衍《ふえん》してゆこう。

（1）一八七五年の五月にドイツ・テューリンゲン地方のゴータ市で開かれた大会において、ドイツ社会主義労働者党（SAPD）が結成された。先立つ一八六三年にフェルディナント・ラサールらが創設した全ドイツ労働者協会（ADAV）と、アウグスト・ベーベルおよびヴィルヘルム・リープクネヒトらによりその六年後に結成されたドイツ社会民主労働者党（SDAP）とが合同して、成立したものである。一八九〇年の名称変更によって、現在に続くドイツ社会民主党（SPD）という党名となる。ドイツ社会民主党の成立をいつの時点に求めるかはいくつかの立場があるが（党の公式見解では一八六三年）、ドイツにはじめて単一の社会主義政党が誕生したのは、このゴータ合同大会においてである。同大会において採択された綱領は「ゴータ綱領」として知られており、本テーゼで引用されているのはその冒頭部にあたる。それを批判するものとして同じくここで一部が引用されているマルクス「ドイツ労働者党綱領評注」（通称「ゴータ綱領批判」）は、共産主義社会の発展段階論を含むものとしてレーニン『国家と革命』（一九一七年）に引用され広く知られたテクストであるが、全体の意図としては、一八七五年はじめに発表された当の綱領の草案にたいし逐条的に論評を加え、ゴータ大会の直前に指導的メンバーに回覧させるよう文書化されたものであった(41)。

マルクスがここで言わんとすることは、同文書の次の一文に簡明に示されている。

労働が社会的に発展し、またそれによって富と文化との源泉になるにつれて、働く者の側におい

ては貧困と荒廃が、働かない者の側においては富と文化が発展する。(42)

これをマルクスは「これまでの全歴史の法則」であるとさえ呼ぶ。そのうえで、それを打破する諸条件がいかに現在の資本制社会のなかに作りだされているかを論証する必要があるとしている。ここに見られるのは、進歩の源泉とされる科学技術をけっして超歴史的・中立的なものととらえることなく、所与の社会の具体的条件のなかにおいてとらえる歴史的な思考である。ちなみに一九八〇年前後から西側先進諸国（先立っては七〇年代の南米・中国）に導入された新自由主義的経済政策が、現状のような「格差社会」を生み出している状況を念頭におくとき、右の定式が「全歴史の法則」であるとの言葉もあながち誇大なものとはいえないかもしれない。

こうした指摘にもかかわらず、労働万能主義ともいうべき「俗流マルクス主義的」な労働概念を提唱していったとされるヨゼフ・ディーツゲン（Joseph Dietzgen）は、労働者にして社会民主主義の理論家・哲学者として知られた人物である。ケルン近郊に生まれ、父親の職業を継いで皮鞣《なめ》し工として働くかたわら、独学で哲学・経済学などを学んで社会主義の影響を受け、一八四八年の三月革命期から政治活動を開始し、執筆活動をつうじて著名となった。マルクスとも古くから親交をむすび、『資本論』第一巻の第二版（一八七三年刊）後記に名前が挙げられている。「弁証法的唯物論」をマルクス＝エ

(41) エンゲルスの序文による。マルクス＝エンゲルス『ゴータ綱領批判・エルフルト綱領批判　他8篇』（国民文庫、一九五四年）一〇頁参照。
(42) 前掲書二〇〜一頁。

ンゲルスとは独立に構築したと言われており、日本語訳も十冊近く出版されて、ある時期まで広く読まれた。本テーゼ中段に引用されているかれの労働論は、一八七〇年代前半の講演「社会民主主義の宗教（Die Religion der Sozialdemokratie）」第一節の一部である。（テーゼ末尾での言及は一八七六年の「社会民主主義の哲学［Die Sozialdemokratische Philosophie］」による。）この講演は、社会民主主義とは労働を救世主とする新時代の「宗教」であると称揚するものであった。その「宗教」は本文にもあるように、「労働の改良」を肯定しその進歩を推進するところのものである。この進歩とはまさに本テーゼで問題にされる技術の進歩を意味していよう。それをひたすら促進することは、右のマルクスの言葉に表現されている「社会の退歩」に目をつぶることにほかならない。

（2）ところで、こうした社会民主主義的労働概念に含まれる技術至上主義が、のちにファシズムのもとに現われたというベンヤミンの指摘は、軽視することのできないものであろう。

　ここでは自然の搾取にいたる「技術の進歩」の肯定は、「実証主義的な考え方」であるとされている。ここでいう「実証主義」とは「フックス論」第II節を参照するならば、自然科学と精神科学とを分離し、技術を自然科学の事柄とのみとらえて、歴史的な事態ととらえることをしない。技術の進展を自然科学の進歩によるものと見なして、その進展がもつ「社会の退歩」をもたらすという面を見ない、そのようなものだ。ベンヤミンによれば社会民主党の理論家は、オーギュスト・コント流の実証主義にたいして個々の点で反駁しながらも、じつはいま見た意味での「実証主義」の幻想に囚われていたという（cf. GS II・2, 474f.）。

「フックス論」第II節は続けて、技術に潜在する破壊的エネルギーとはなによりも、戦争の技術であり、さらには「ジャーナリズムによる（publizistisch）戦争の準備の技術」であると語る（cf. *op. cit.*, S. 475）。

ナチズムが軍事体制構築の大衆動員のために、「血と大地」といった非合理的スローガンを用いるかたわら、ラジオや映画をはじめとした新たな技術をフルに利用したことはよく知られている。資本主義の発展に伴走する技術至上主義は、そのようなしかたで取り返しようもない「社会の退歩」を生み出したのだ。「歴史の概念について」のこの進歩批判は、ホルクハイマー／アドルノ『啓蒙の弁証法』（一九四四／四七年）に決定的な影響を与えたといわれている。

なお日本社会においても二〇一一年、技術至上主義による自然搾取の進展が自然そのものの威力にあたかも復讐されたかのように、多くの人びとの生命と社会生活の基盤を犠牲に供したことは、いかにしても忘れることができない。この期におよんで、労働組合連合がさまざまな事情があるにせよ、なお脱原発の方針をとりえないところに、このテーゼの表現を用いれば「労働者の堕落」を見るべきなのであろうか。

（3）以上のような「実証主義的」労働理解の対極にあるものとして引き合いに出されているシャルル・フーリエ（Charles Fourier）の未来像は、一読目を疑う「奇想」としか呼びようがないものであり、エンゲルスが『空想から科学へ』（一八八〇年）などでそう呼んだように、いかにも「空想的社会主義者」らしいものではあろう。本テーゼで言及されている主張は新全集版編集者によれば、第三者の著作[43]におけるフーリエ思想の紹介部分から、ベンヤミンが『パサージュ論』W1aで抜き書きした箇所に対応しているという（cf. 247f.）。じっさいその箇所では、海水がレモネードになり、ライオンやサメなどが犬のように人間に役立つものになり、複数の衛星が月に取って替わるとフーリエが主張したと

（43）Sigmund Engländer, *Geschichte der französischen Arbeiter-Associationen*, Erster Teil, Hamburg: Hoffmann/Campe 1864.

紹介されている。だが『パサージュ論』ドイツ語概要「パリ——十九世紀の首都」(一九三五年)の冒頭節を「フーリエあるいはパサージュ」と題しているところに端的に現われているように、ベンヤミンは、フーリエの思想に深い関心を示していた。ここではその「奇想・夢想(Phantasterei)」としか言いようのないかれのヴィジョンに、自然を搾取してやまない技術至上主義にたいする根底的な問い直しの可能性を見ているといえよう。

【訳語・訳文解説】

「社会民主党」 原語の"die Sozialdemokratie"を「社会民主党」とするか「社会民主主義」とするかで先行日本語訳は分かれ、ドイツ語としてはいずれも可能だが、本テーゼの内容から明らかなように、ここでは一九三三年のナチスによる禁令により「崩壊」した歴史的実在の政治組織のことである。「社会民主主義」ではそれがもっぱら固有名であることが伝わりにくいため、その前身組織(ドイツ社会主義労働者党)をも含めて考えて「社会民主党」の訳語を基本的に用いてゆく。

「流れに従って泳いでいる〔大勢に順応している〕」 原文の"schwimme mit dem Strom"には、文字どおり「流れに従って泳ぐ」という意味と、「大勢に順応する」という比喩的な意味とがある。これまでの日本語訳は「流れに乗っている」と訳すことによって「ドイツの労働者階級」の自己肯定的な認識を表現しているが、同時にそのことは「大勢順応主義」と表裏一体のものであるとテクストは語っていると考えて、このように訳す。なお言うまでもなく、つづく「傾斜(Gefälle)」という表現は、「流れ」という言葉を受けて、「流れが生じるのは水路に傾斜があるから」というごく基本的な物理的事実を念頭に用いられている。

「労働モラル」　“Werkmoral”を既訳に準じてこう訳すが、このドイツ語はそれほど一般的な言葉ではないようだ。内容的に考えると、マックス・ヴェーバーの論文「プロテスタンティズムの倫理と資本主義の「精神」」（一九〇四～五年、改訂稿一九二〇年）で知られるように、カルヴァン派は救済が予定されていることを証しだてるための行為・業《わざ》（Werk）を信仰者に求め、その行為とは実質的には現世内的禁欲としての労働を意味した。(44) その経緯がここに念頭に置かれて、“Arbeitsmoral”ではなく“Werkmoral”という語が用いられているように思われる。なお、これにたいして信仰義認説を徹底しようとするルターは、この立場を「行為による救いの主張（Werkheiligkeit）」として激しく批判し、(45) その後この言葉は十九世紀末まで一般的に用いられたと言われる。そのことも“Werk”という言葉を用いた背景にあるかもしれない。

【補足】

アーレント手稿でこのテーゼに対応するものには「Ⅸa」とテーゼ番号が振られており、タイプ稿1とはいくつかの相違がある。目立つ箇所だけを挙げれば、冒頭近くの「技術的発展」が「経済的発展」となっており、後半の「実証主義的な」のあとに［　］に入れて「俗流マルクス主義的な」とある。

タイプ稿3では、ここでも政治的配慮なのか、大きな改変が見られる。おもなところでは「ゴータ

(44) マックス・ウェーバー『プロテスタンティズムの倫理と資本主義の精神』梶山力・大塚久雄訳（岩波文庫、一九六二年）下巻五四頁以下参照。
(45) 前掲書六三頁参照。

綱領」の労働規定とそれへのマルクスの批判のくだりが丸ごと省略されており、「俗流マルクス主義的な」が「俗流の」に変えられ、「ファシズム」が「全体主義的国家秩序」と表現されて、それらを含む文章が短縮されている。じつは「ファシズム」をそのように言い換えることは、論考「複製技術時代の芸術作品」がフランス語訳で『社会研究誌』に掲載されたおり、ホルクハイマーの意を受けたハンス・クラウス・ブリルによる事前検閲において行なわれた言い換えと同じなのである (cf. WuN 16, 199; 335-9.)。ニューヨークに送るために作られたタイプ稿3が、社会研究所の検閲を見越してみずから表現を緩和したと推測すべき好個の例であろう。

＊

次のテーゼとの関係もあり、社会民主党のその後について簡単に見ておきたい。

同党の前身・ドイツ社会主義労働者党 (SAPD) は一八七八年に制定された社会主義者鎮圧法のもと、弾圧回避策として急進左派やアナーキズム的傾向のメンバーらを除名するなどして党勢を拡大し、同法廃止 (一八九〇年十月) 直前の帝国議会選挙では全党中、最多の票を得るまでにいたった。かくして大衆政党となって社会民主党に改称した党の支持基盤は、熟練組織労働者、すなわち市民的生活様式を志向し経済成長と進歩への信仰に刻印されていた層であったといわれ、一九一四年の第一次世界大戦開戦までには百万を超える党員を擁するようになったという。理論面では一八九一年のエアフルト大会で採択された綱領 (「エアフルト綱領」) において、ゴータ綱領と同様の改良主義的政策を含みつつも、社会分析においてはマルクスの理論に大きく依拠することになる。だが一九〇〇年前後にエドゥアルト・ベルンシュタインが提起した修正主義理論をめぐる論争が、党に深刻な亀裂をもたらした。一九〇六年には支持母体である労働組合の抵抗により政治目的のためのゼネスト戦術を放棄し、翌年にはドイツ帝国の植民地領有を容認し、一九一二年の帝国議会選挙ではリベラル左派政党との選挙協力を行ない、ついには第一次大戦勃発（一九一四年七月）直後の帝国議会で戦時公債発行に賛成票を投じて、戦争支持の立場をとるにいたる。本テーゼ冒頭に触れられている社会民主党の「政治戦術」における大勢順応主義とは、たとえばこのようなところにその具体的な姿が現われているのかもしれない。この戦争支持方針をめぐる意見の対立と党中央による左派の締めつけの結果、カール・カウツキーらが党を割って一九一七年にドイツ独立社会民主党（USPD）を結成することになった（一九二二年再統一）。

第一次大戦終了前後には政権の座にあって、各地で勃発する大衆蜂起の鎮圧のために軍および義勇軍《フライコーア》と手を結び、スパルタクス団蜂起やミュンヘン革命などを流血をもって壊滅させる。ワイマール共和国期に入ると修正主義的綱領（「ゲーリッツ綱領」一九二一年）を採択し、ドイツ共産党と反目しつつ保守および右派の諸政党と連立して政権を担当するなどし、そのつどの政治情勢に応じて方針を右に左に揺り動かしていった。一九三二年に再選を支持した大統領フォン・ヒンデンブルクにより、ヒトラーが一九三三年一月に首相に任命され、同年三月に全権委任法が帝国議会で可決されてナチスの権力掌握が完了すると、ナチスの迫害を危惧して労働社会主義インターナショナルから脱退するなどしたが、結局は同年六月に活動禁止の処分を受ける。その後も散発的な活動を行なうが、これをもってひとまず同党は「崩壊」したというべきだろう。

前テーゼがもっぱら進歩史観の経済面を論じていたのにたいし、ここではその政治面に光が当てられてゆく。

●テーゼⅫ

それにしても冒頭の「史的認識の主体となるもの、それは現に闘っている被抑圧階級にほかならない」という文章は、いささか唐突な、さらにいえば極端な主張と響くにちがいない。現下の不正に抵抗し、抑圧なき社会の構築に向けて、既存の体制と闘う階級が、どのようにして「史的認識」の主体といえるのだろうか。この主張を理解するには、被抑圧階級とその闘争についての既存のとらえかたを一新する必要がある。

（1）前テーゼで「労働者階級の堕落」について触れられていたことを受けて、労働者階級の歴史的役割を「未来の世代の解放者」ととらえる見方にたいする批判が展開される。

この見方は、前テーゼで論じられた経済学的思考の帰結である。すなわち、生産力の向上が新しい生産関係を生み出すとの前提に立って、労働の改良により不断に富を増大させ自然支配を進展させる「技術の進歩」を、全面的に肯定する立場の帰結にほかならない。そうした技術至上主義が、革命の主体とされてきた労働者階級の眼を過去にではなくひたすら未来の「理想社会」に向けさせ、最後の被抑圧者として過去の被抑圧者のための「復讐」という、この階級の戦闘性をもっとも研ぎ澄ますはずの契機を喪失させてしまった。このテーゼはそのことを指摘する。

（2）右の見方とは対照的に、未来志向ではないしかたで革命的行動を行なった者たちとして挙げられるのが、スパルタクス団とブランキである。

スパルタクス団とは社会民主党から分離して結成されたドイツ独立社会民主党（USPD）の最左派をなすグループ（一九一六年結成）である。おもな指導者は、カール・リープクネヒト（Karl Liebknecht 一八七一〜一九一九）とローザ・ルクセンブルク（Rosa Luxemburg 一八七〇〜一九一九）であり、とくにマルクス主義経済学の論客として知られたローザは、政治的にはレーニン型前衛党論を批判して革命の自然発生性を強調したことで知られる。一九一九年一月に同団はドイツ共産党（KPD）の結成を主導し発展的に解散したが、その直後に生じたベルリンの労働者による新聞社などの占拠を支持し、政権転覆の方針を掲げて武装闘争に突入する。だが、社会民主党臨時政府が投入した義勇軍により、その月のうちに暴力的に壊滅せしめられ、ローザとリープクネヒトは多数の労働者とともに虐殺されるにいたった。

ベンヤミンはかねてローザの『獄中からの手紙』（一九二三年）を読んで感銘を受けていたし、スパルタクス団の思想と行動についてブリュッヒャーから詳しく話を聞きもしていたことだろう。ローザはすでに一九〇三年に、「史的唯物論」はマルクス以降「磨きをかけることなく図式化されている」と指摘しており、[46] この点でベンヤミンの先達である。本テーゼとのつながりでは、「スパルタクス団綱領」の呼称で知られる彼女の一九一八年の文章「スパルタクス団は何を望むのか」に見られる、次のような発言を挙げておきたい。「プロレタリア革命」は歴史的必然性を現実へと転じる使命をもった圧倒的多数の民衆の行動であるのみならず、「隷属と抑圧にたいする弔鐘」なのだ、と。[47]

（46）伊藤成彦『［増補版］ローザ・ルクセンブルクの世界』（社会評論社、一九九八年）一五〇頁参照。
（47）Rosa Luxemburg, "Was will der Spartakusbund?", in, Rosa Luxemburg, *Gesammelte Werke*, Bd. 4, Berlin: Dietz 1974, S. 443.

ブランキ（Louis-Auguste Blanqui　一八〇五〜八一）の名は現在では、「ブランキズム」、すなわち「客観的条件を考慮することなく、少数集団による直接行動を経て権力奪取を企図する思想と行動」の実践者として知られている。もっともマルクス主義への関心が後退した今日では、ブランキもブランキズムも、そもそもその名が忘れられているかもしれない。

生涯を急進的革命活動に捧げ、人生の半分以上を牢獄に過ごして何度も死刑判決を受けたこの人物は、十九世紀フランスの主だった革命・暴動に最左派として参加し、マルクスも一目置いていたという。パリ・コミューンが釈放を求め、それが実現してかれが指導に当たっていたなら、コミューンの運命はことなったものになったとも言われる。そうしたかれの革命家像が本テーゼの、十九世紀におけるその名声について触れるくだりで念頭に置かれているにちがいない[48]。このブランキが他の社会主義者とことなるのは、革命後の未来社会のありようについて語ることが少なく、なによりも革命的行動そのものを重視したところにある。『パサージュ論』におけるブランキへの言及・引用は、大半が晩年の著作『天体による永遠』（一八七二年）の永劫回帰思想に関連しているが、次のような評価がなされていることは見のがせない。

> ブランキがそうであった職業革命家の活動が前提としているのは、進歩への信仰ではなく、現下の不正を一掃しようとする決意にほかならない。階級憎悪の代替不可能な政治的価値は、進歩についてのさまざまな思弁にたいする健全な無関心を革命階級に供給するところにこそある。〔中略〕ブランキは「のちになって」来たるもののための計画を立てることを、つねに拒絶した。
>
> （『パサージュ論』J61a,3——傍点引用者）

歴史認識においてのみならず革命運動観においても、未来にではなく過去との関わりに目を向けるベンヤミンは、ブランキの思想と行動との親縁性を示しているといえよう。

　このブランキの像を念頭に置き、ここまでのテーゼ全体の語るところを想起しつつ、先に問題としたテーゼ冒頭の文章を読むなら、つぎのように理解することができるはずだ。過去の抑圧された人びとの名において闘う者たち、こうした者たちこそ、歴史主義や進歩史観によって隠蔽され忘却された「歴史の敗者」の事績に「かすかなメシア的な力」をもって再び出会うことができる。その事績を歴史認識においてイメージとして呼び戻し、現在の自分たちのありようを変容させ、抑圧からの解放という未実現の可能性をいまに取り戻す革命行動へと向かうことができるのだ、と。もちろんそのさいの現在の変容とは、なによりもまず「俗流マルクス主義的」進歩史観の呪縛からの解放にはじまるにちがいないのだが。

　ここで「隷属状態にあった人びとのイメージ」が重要であるのは、さらに次のような事情による。もしそのイメージに行動の基軸をおかないならば、革命運動は「支配者」たらんとめざすことになる。そのため情勢が運動に不利になった場合には、時機を待って待機すると称して自己保存のために大勢に順応し、結果として体制内化することになるからだ、と。[49] そのさい「現に闘っている被抑圧階級」

（48）『パサージュ論』フランス語概要（一九三九年）でも「十九世紀にブランキに比肩するような革命的権威をもった者はいなかった」（GS V・1, 70; cf. GS I・2, 677）と述べられている。

（49） Cf. Gandler, *op. cit.*, S. 68-71.

がこのテーゼで「労働者階級」とは呼ばれていないことに注意したい。労働者階級を主体とした革命、プロレタリア革命のマルクス主義的綱領を、このテクストが受け入れているわけではないのだ。今村仁司が指摘するように、現在の被抑圧者がみずからを「ひとつの共通のクラスの所属者」として自覚し、「たんなる労働者階級」ではなく「一個の解放する階級」となることが問題なのであり、そのためにはかつての被抑圧者の経験を現在へと呼び戻し、「自分が過去の「すべての」被抑圧者の「最後の」あるいは「最新の」代表者であり代理人であると知ること」が決定的なのである。(50) そうであるなら、既成の「階級」像をここで前提としたうえで、そのあらかじめの存在の有無を問う必要はないことになる。

(3) 以上のようにこのテーゼではスパルタクス団とブランキの名を忘却から甦らせて現在へと呼び戻し、それによって現在を〈変革の時〉へと変貌させる。そのことをベンヤミンはみずから実行しているように見える。

ただしこうした闘いは、やはり敗北に終わるかもしれない。人びとは「隷属することをやめ」えないかもしれない。そうした想念が現われているのが、このテーゼの最終部分である。括弧にくくられたその最後の文章は、ベンヤミンがタイプした原稿の末尾に手書きで書き加えたものである。(これは同じく括弧に入れられたロシア革命に言及する先行文章を飛ばして、その前の部分につなげて読むべきだろう。)これには関連断章に異文ともいうべきものがあり、そこではより明確な表現で次のように語られている。

わたしたちがのちの世代の人びとに求めるのは、わたしたちの勝利への感謝ではなく、わたしたちの敗北への回想（哀悼的想起［Eingedenken］）である。これは慰め——もはや慰めへの希望などもつことのない者たちにとってのみ存在しうる慰めである。（113／五九八——傍点引用者）

「歴史の概念について」を書き進めるベンヤミンの姿勢は、けっしてオプティミスティックなものではなかった。史的唯物論の名のもとに結集する人びとを、抑圧された者たちの過去との不意の出会いを通じて俗流マルクス主義の進歩主義イデオロギーから解き放ち、反ファシズム闘争を好転させること。そのための努力とその闘争そのものとが、しかしやはり敗北に終わることを、右のような書き込みを行なうさいにかれは先取りしていたかに見える。ベンヤミンの死後の状況を考えるなら、なるほど独伊日のファシズムは連合国によって壊滅せしめられた。しかしながら「進歩」主義的唯物史観は、〈収容所群島〉に象徴されるような多くの犠牲者を出した。その影響力はいまだなお完全に消滅したとはいえないであろうし、ファシズムもまたいつ再来するかわからない。そうであるならベンヤミンの世代は、明らかに「最後の隷属階級」ではなかったのである。

もっともベンヤミンはこの最後の箇所を、最終的には削るつもりだったようだ。フランス語手稿にはなお対応する文章が一部あるが（後述）、タイプ稿2以下のドイツ語原稿にはもはや見られず、ここでの括弧は削除を最終的に指示するものであっただろう。そうだとするなら、「歴史の概念について」全体のこの中間地点でその点を語ることは、以下の論述の意味を減殺することになると考えたからであろうか。あるいはまた、この文書をあくまで「政治的マニフェスト」として効果あるものにしよう

（50）今村仁司前掲書一三六〜七頁参照。

と考えたからであろうか。

【訳語・訳文解説】

「強烈な響き」 山口訳に従っている。原語の"Erzklang"(直訳すると「青銅の響き」)は、ドイツ語として見かけることがまずない語である。(わずかにゲーテの著作に用例がある。)"Erz"とは「青銅」を意味し、「青銅」にあたるフランス語"airain"は"d'airain"という成句として「堅固な・とどろく・灼熱の」という形容句となることから、このように訳すことが可能となる。ちなみにフランス語手稿では、「鐘の音のように(telle une cloche)」という一句が挿入されている。

「もっとも力強い腱〔アキレス腱〕」 原語の"Sehne der besten Kraft"、つまり「もっとも力強い腱」とは、人体ではいうまでもなく「アキレス腱」を意味する。ただ「アキレス腱」というだけでは「最大の弱点」という意味が表だってしまうため、このように訳してみよう。

「憎悪も犠牲への意志も」 この強調的並列は"gleich sehr...wie"を訳したものだが、その"gleich"を日本語訳はいずれも「たちまち」と訳しているようである。しかし英仏訳がそのすべてにおいて、たとえばミサク訳が"aussi bien...que"、レッドモンド訳が"as much as"と訳しているように、"gleich"はあくまで"wie"と一体と考えるのが自然だろう。フランス語手稿も"tant...que"と、レッドモンド訳と同様の成句となっている。(ちなみに"sehr"が入っているのはミサク訳にもあるフランス語成句の影響かもしれない。)

【補足】

エピグラフのニーチェのテクスト(『反時代的考察』第二部冒頭部)からの引用はアーレント手稿では見ら

れず、底本のタイプ稿1であとから手書きで挿入されている。

「ロシア革命は」から末尾まで、底本で二つの［ ］で括られたブロックのうち、（a）アーレント手稿の対応テーゼIXでは前者（「ロシア革命」に言及したもの）だけが、括弧を付されずに本文に組み込まれている。[51] すると、（b）おそらくはこの原稿（あるいはそれに準じたもの）をもとにタイプ稿1を作成したあとに、この箇所は削除するつもりで手書きで括弧に入れ、後半のブロック（「わたしたちの世代」に言及したもの）をあらたに手書きで加筆したようだ。じっさいフランス語手稿はそのように、後者だけを残している。つまり「ロシア革命」のくだりは飛ばして前後をつなげる、というのがそのときのベンヤミンの考えであったろう。（c）そのうえでタイプ稿1ではさらに後半のブロックも括弧に入れており、これも削除するつもりであった可能性が高い。じっさいタイプ稿2と4にはどちらのブロックも存在せず、もちろん既成の翻訳にも存在しない。

フランス語手稿は、ここでもいくつかの異同を見せており、たとえば冒頭の「主体」が“L'artisan”つまりは「職人」、転じて「生み出す者」となっているなど、興味ぶかい点がいくつかある。末尾においては、最後の文章の内容を次のように表現している。「わたしたちの世代はといえば、高い犠牲を払ってこのことを知るにいたった。わたしたちの世代が残そうとしているイメージはただひとつ、敗北した世代というイメージだからだ。そのイメージは来たるべき世代に贈られる遺品となることだ

（51）ここにロシア革命のスローガンとされているものは、新全集版編者注に指摘されているように（248）、小篇「ブレヒト・コメンタールから」（『ベンヤミン・コレクション4』所収）にも見られるもので、そこではつづけて「ソヴィエトロシアの木製の皿にほどこされた焼き絵に刻まれた文字」との説明がある（cf. GS II・2, 507）。

ろう」。

タイプ稿3には本テーゼは存在せず、XIIは欠番となってXIからXIIIへと飛んでいる。スパルタクス団やブランキへの言及をはばかって、社会研究所に呈示するのを控えたものだろうか。じっさい「イントロダクション」でも触れたように「もう一度、わずかな期間ではあるが強く働いたのは〈スパルタクス団〉においてであった」という副文章は、アドルノらの政治的配慮によるものだろう、タイプ稿4を底本として『社会研究誌』ベンヤミン追悼号および『ノイエ・ルントシャウ』誌一九五〇年第四号で発表されたときには、省略された。

「歴史の概念について」関連断章には、本テーゼの草案ないし草稿と見られるものがいくつかある（120／五九〇～二；137／六一〇～一）。そのうちのひとつ（120／五九〇～二）で目につくのは、本テーゼ前半でいわれる「自覚」が社会民主党においては「はじめから放棄されていた」（傍点引用者）と明確に言われていることである。とともに後段の「ロシア革命はそのことをよく承知していた」が、「ロシア革命の最初期（Anfänge）においてはこの点についての自覚が生き生きと存在していた」となって、時期的な限定がなされている。（他の関連断章〔134／六〇八〕でも、「英雄時代のボリシェヴィキたち」という表現が用いられている。）

右に引用した『パサージュ論』J61a,3のブランキ評価に対応するところのブランキ自身の文章からの引用が、『パサージュ論』a20a,5に見られる。「否、だれも未来の秘密を手にしてはいない。〔中略〕革命だけが地ならしをし、地平線を明らかにしながら、徐々に覆いを取り除き、新しい秩序へ向かう道を、というよりさまざまな隘路を切り拓くであろう。この未知の土地の完璧な地図をポケットに入れてもっていると称する者どもは、常軌を逸した者どもなのだ」。さらに「歴史の概念について」関連断章に「のちの世代の人びと（die Nachgebornen）の忘恩についてのブランキ（かれが同時代人においてなさざるをえなかった経験）」(122) とあり、本テーゼの内容と通じるところがある。[52]

なおアドルノは先に触れた一九四一年六月十二日付ホルクハイマー宛書簡で、「神話に逆戻りしようとするのでなければ、ユートピアにおいて未来のイメージを根絶することはできない。このことが〔ベンヤミンの〕諸テーゼにおいては、少なく見積もっても究明されないままにとどまっている」(314f.) と述べている。いってみればベンヤミンの〈過去志向〉への不満を表明しているわけだ。このアドルノの評言は、しかし「歴史の概念について」の根本思想を逆に照らし出しているのではないだろうか。

●テーゼXIII

このテーゼをもって「歴史の概念について」の議論は、「歴史の時間」という問題次元へと踏み込んでゆく。「歴史の概念について」に独特の歴史的時間の概念を展開する出発点が、ここに据えられる。

（1）本文で「社会民主党の人びとが思い描いていたたぐいの進歩」の特徴として挙げられる三点のうち、第二と第三の点がディーツゲンの主張を念頭に置いたものであることは、「歴史の概念につい

（52）ブランキのこうした姿は、同時代的証言と史料にもとづくギュスターヴ・ジェフロワ『幽閉者——ブランキ伝』（野沢協・加藤節子訳、現代思潮新社、二〇一二年）に活写されている（とくに「復讐」との関係では同書二三六頁参照）。

て」関連断章のひとつ（144）を参照すれば明らかだ。そこでは第二点である「無限の進歩」にかかわるものとして、ディーツゲン「社会主義の宗教」の「無制約の進歩だけがつねに良いものである」という言葉が挙げられている。第三の「自動的な進歩」に関しては「社会民主主義の哲学」から、土地私有の廃棄がいつどこでどのように始まるのかは現在の段階では語りえず、「わたしたちはわたしたちの時代が到来するのを待つのだ」とする言葉が引用されている。（本テーゼ題辞と同文がその次に引かれている。）待機していれば自動的に進歩がなされ、あるべき状況にやがて到達するというわけなのだろう。

それではこれら二つの点の前提ともいうべき、第一の「人類そのものの進歩」という観念についてはどうであろうか。その代表的思想家であるテュルゴー、およびそれに懐疑的なロッツェについてのベンヤミンの評価は先に概観した。ここではもう一回り大きな枠組みで考えてみよう。

そもそも「人類の歴史」なるものを集合単数で表現するという発想自体が、西欧近代に成立したものである。ドイツ語にかぎっても「人類の歴史（人類史［Geschichte der Menschheit］）」という言葉は、十八世紀のなかばからイーゼリン（Isaak Iselin　一七二八〜八二）などによって用いられはじめ、ヘルダーの大著『人類史の哲学についての諸理念（人間史論）』（*Ideen zur Philosophie der Geschichte der Menschheit*, 1784-91）をもって一般化し、カントなどをまきこむ議論の主題にもなった。さらにその人類史の「進歩」という発想にかんしていうなら、そもそも「進歩（Fortschritt）」というドイツ語そのものが成立したのは、十八世紀も終わりごろのことである。ラインハルト・コゼレクによれば、それはしばしば指摘されるような、ユダヤ＝キリスト教的終末論の世俗化によるというよりも、先行する三世紀にわたるヨーロッパ社会の経験を背景としている。科学の発展、さまざまな発展段階上にある諸民族との出会い、身分制社会の解体。こうした経験にインパクトを受けて、歴史の全体が人間により計画され実行されるところの、持続的な完成の過程ととらえられるにいたった。そのことから、従来の「都市の歴史」「民族の歴史」とは次元のことなった「歴史それ自体」（フリードリヒ・シュレーゲル）が語られはじめられ、「歴史一般」の「進歩」という観念が成立したという。[53]

本テーゼに見られる「完全化能力（Perfektibilität）」という言葉のもとになるフランス語“perfectibilité”は、人類史という問題レベルにおいてはテュルゴーにより一七五〇年にはじめて使われ、ただちにディドロ、ヴォルテールなど、当時の主だった思想家に使われていったといわれる。とくにコンドルセは遺著『人間精神進歩史』（一七九四年）において、「人間の完全化能力は真に無限」であり、この完全化能力にもとづく「進歩」の継続は、地球が存続するかぎり限界をもたないと論じている。[54] 際限のない「人類の進歩」には、より良いものを不断に実現してゆく「完全化能力」が人類に備わっていることが、同時に前提となっているわけだ。

十九世紀に入ってヘーゲルが一連のベルリン大学講義「世界史の哲学」において、世界史を「自由の意識における進展」ととらえたことはよく知られるが、ごく最近にいたるまで強い影響力を行使したのはマルクス主義の唯物史観である。マルクス『経済学批判』（一八五九年）「序言」における、「経済的社会構成が進歩してゆく諸段階」を「アジア的・古代的・封建的および近代ブルジョア的生産様

（53） Cf. Reinhart Koselleck, “›Erfahrungsraum‹ und ›Erwartungshorizont‹ – Zwei historische Kategorien”, in, Koselleck, *Vergangene Zukunft. Zur Semantik geschichtlicher Zeiten*, Frankfurt a. M.: Suhrkamp 1979. stw 757, 1989, S. 362f., 349.

（54） Cf. Condorcet, *Esquisse d'un tableau historique des progrès de l'esprit humain*, 4ᵉ édition, Paris: Agasse 1798, p. 4; コンドルセ『人間精神進歩史』渡辺誠訳（岩波文庫、一九五一年）第一部、二三頁参照。

式」ととらえ、ブルジョア的生産様式をもって「人類社会の前史」の終わりとみなす、いわゆる「唯物史観の公式」は、スターリン一九三八年論文にも受け継がれて、二十世紀の歴史理論と政治とに甚大な影響を行使した。「ゴータ綱領批判」における共産主義社会の段階的発展についての言明をこれに加えるなら、終わりなき進歩の過程として全人類史が描き出されていることになる。こうしたマルクスの「進歩の理論」へのベンヤミンの批判的留保については、すでに触れた。

（2）以上のように見るなら、直接には社会民主党の「進歩信仰」を取り上げて批判を加えようとするこのテーゼは、公式マルクス主義のみならず近代的歴史観そのものに、正面から挑戦しようとするものにほかならない。その挑戦が進歩史観の根底にあるものとして狙いを定めるのは、時間とは「均質かつ空虚」なものであり、出来事の進行はこれを媒体として生起すると見なす歴史的時間の理解である。

「進歩」とは本性上、過程的なもの、継起的なものであるにほかならず、直線状にせよ螺旋状にせよ自律的に進行するものと考えられている。これに対応して、当の継起の媒体となる時間は、自然現象の媒体としてニュートン力学が前提とする均質・空虚な絶対時間と類比的なものとされる。これにたいしてベンヤミンは、すでにテーゼVおよびVIにおいて歴史主義批判の文脈で、「過去の真のイメージ」は危機の瞬間にひらめく想起をわがものにすることによってのみ得られると語っていた。〈均質で空虚な時間とそのうちで進行する歴史の進歩〉という表象と対決しつつ、「歴史の概念について」後半の議論は、同時代の歴史主義と進歩史観の双方を批判的に乗り越える時間概念と歴史の新しい叙述方法を呈示してゆこうとする。

【訳語・訳文解説】

「現に生じている事態に意を払わず」　原文の“sich nicht an die Wirklichkeit hielt”は「現実に支えられない」（野村訳）、「現実を拠り所とするのではない」（浅井訳）などと直訳されるものだが、とくにテーゼXIに〈技術的進歩がじつは社会の退歩を招来している〉といった具体的な状況の指摘がなされていたことを念頭に、このように訳そう。

「批判を加えることもまたできよう」　新全集版テクストおよび編者解説によれば、「できよう（できるかもしれない［könnte］）」なのか「できた（konnte）」であるのか、不分明なようである（cf. 258）。アーレント手稿では後者、タイプ稿2以下のタイプ原稿ではすべて前者である。続く文章との関連を考え、ここでは前者ととる。

【補足】

エピグラフのディーツゲンからの引用は、アーレント手稿には見られない。底本に手書きで挿入されたものであるが、その名前および標題に誤りがあることは新全集版編者注（258）に指摘がある。

テーゼ本文の末尾に「XII」と手書きで記されている（新全集版編者注によれば「XIII」とも読めるという――cf. ibid.）。これはテーゼX末尾がそうだったように、アーレント手稿の対応テーゼを次に置くというしるしだろう。

●テーゼXIV

「歴史の概念について」に特有の歴史的時間が端的に示されているテーゼである。端的なだけに、その言おうとしている事柄を的確にとらえるのは容易ではない。テクストの他の箇所や関連断章、そして本テーゼに示されている例を手がかりに読み進めてゆく必要がある。

あらかじめ確認しておくなら、前テーゼで批判対象として見定めた時間のありかたを、これからベンヤミンは「歴史の連続体」と呼んでゆく。（a）空虚で均質な時間を媒体とし、（b）そのことによって出来事が因果連関にしたがって過去から将来へと切れ目なく進行してゆき、（c）進歩史観によって〈よりよきものへの進展〉ととらえられた歴史的時間である。過去の出来事を因果連関から解き放ち、アクチュアルなものとして現在に呼び戻すためには、当然にもこれとはことなった時間理解に立脚するのでなければならない。

それを語りだすキーワードとなるのが、冒頭に用いられる「構成」と「今の時」である。

（1）まず「歴史とは構成の対象である」という場合の「構成（Konstruktion）」とはなにか。これにはいくつかの段階のあることがテーゼXVIIにいたって明らかになるが、ここではまず遠く離れた過去の事象と現在との意想外の結びつき、そのテーゼで「星座的布置（Konstellation）」と呼ばれるものを成立させる作用である。

「構成」という語は一般的にいって、たとえば素材のようなものを一定の秩序にしたがって、まとまりのあるかたちに配置する作用のことを意味する。ラテン語語源に立ち戻って“con-”（取り集めて）

とができる。これを時間の次元のことととらえ返し、フランス革命とファッションの例を参照するなら、ここでいう「構成」とは時代も状況もことなるものが結びつく作用であることがわかる。テーゼVIの言葉を用いるなら、それは「史的探究の主体に思いがけず立ち現われる」過去の事象との出会いにおいて生じるもののことだ。けっして現在の側からの一方的な過去像の組み立てでもなければ、逆に過去が無意志的に想起されて現在に到来することでもない。二つの例から明らかなように、過去と現在とから双方向的に生じるもののことをいう。ただし、構成という〈作用〉として、現在を軸足に生じる事柄であることは確かだろう。本テーゼの「歴史の連続体を爆砕して〔中略〕取りだす」、「虎の跳躍」といった表現が、そのことを示している。

この「構成」の対極にあるものを、『パサージュ論』N10a,1は、歴史の連続的過程において対象をたんに無原則に「つかみ出し」、ふたたび歴史の連続体のうちへと埋め込んで「感情移入」に供する態度であるとしている。いいかえるなら、時間を「連続体」ととらえる立場においても、時間を逆行して過去の事象を現在にもたらすことは可能ではあるが、しかしそのさいの過去の事象との結びつきは、現在の側からの任意のものにすぎず、しかもその出来事はふたたび歴史過程の因果連鎖のうちへと位置づけなおされて終わるということであるだろう。それこそが「歴史主義」の歴史研究においてなされている営みなのだ。

（2）この「構成」における過去と現在との出会いは、過去の出来事が「連続体」としての因果連鎖から解き放たれて「今（Jetzt）」に甦り、その今の自己変容をうながすという事態を意味している。そのような事態がいつでも可能となるようなポテンシャルをもつものとして、ベンヤミンは歴史的時間をとらえ、それを「今の時に充ちている」と表現する。

「今の時」の原語“Jetztzeit”は、さほど見かけることの多くはない言葉で「現代・現今」を意味するものだが、ベンヤミンが特有の意味をこめて使っていることは、参考テーゼおよびアーレント手稿において引用符をつけていることからも明らかである。これをアドルノは、パウル・ティリッヒの「カイロス」概念と類縁的なものと理解し(cf. 314)、アガンベンはパウロ「ローマ人への手紙」の“ὁ νῦν καιρός”(日本聖書協会口語訳では「今の時」)ととらえ、[55]ゾーン旧訳の注は「神秘的な「立ちとどまる今(nunc stans)」」のことであるとしている。だが思想史的背景をどのように推定したとしても、本文の文脈から考えて、〈歴史の連続体の爆砕によって過去の出来事が直線的因果連関を跳び越え、いつでも現在に回帰するポテンシャルそのもの〉のことを意味しているのは、まちがいないだろう。ポテンシャルであるというのも、ここでは「均質で空虚な時間」に対置される歴史的時間が、「今の時」そのものではなく「今の時に充ちている時間」とされていることに注意してのことだ。ベンヤミンにとって歴史的時間とはこの意味での「今の時」に「充ちて」いるものとして「空虚」な均質的時間とは異なっており、いつでも過去と現在の不意の出会いが可能となる時間なのである。

ここで注意すべきなのは、つづく二つの例を見るなら、古代ローマにしても特定のファッションにしても、過去がたんにイメージにおいて呼び戻されたにとどまらず、そのままそのつどの現在になっていることである。もちろんそれは変容をこうむって、かつてとは異なったすがたで「今」にある。しかしそれは当のものに含まれていた未実現の可能性が実現されたすがたというべきだろう。テーゼⅤ・Ⅵで語られたのが「過去のイメージの確保」であったのにたいし、ここでいう「今の時」においてはその過去がまさに現在となる「革命」的な事態を意味しているのだ。[56]

以上ようするに、この「今の時」に充ちた時間を媒体として、「構成」の作用により現在が歴史的連続体を突破して過去の出来事と結びつくとき、そこに生じるのは、（a）特定の「今の時」において、（b）現在が過去をそのありえた可能性において呼び戻し、（c）その過去が未実現の可能性のすがたにおいて現在そのものとなる、ということにほかならない。

（3）このようにベンヤミン時間論の核心を理解するなら、同様に解釈の困難な本テーゼ最終文もまた、見通しのきくものとなる。商業資本の利潤獲得に奉仕するファッションなどとはことなる「歴史という広々とした場」における跳躍を「弁証法的」なものと語り、しかもマルクスはそれを「革命」と見なした、という一文である。

ここで「弁証法的」という言葉が用いられるが、もとより「正（テーゼ）－反（アンチテーゼ）－合（ジンテーゼ）」という、フィヒテが定式化してその後に一般的となった図式が念頭におかれているわけではない。ある関連断章（128／六〇三）において、「現在への過去の関係は弁証法的なもの、跳躍的な（sprunghaft）ものである」といわれているところに注目したい。この断章は『パサージュ論』のN2a,3を参照しており、その一部を引用するものになっているので、『パサージュ論』のその断章、さらにはそれに対応する内容をもつN3,1を見てみよう。これらの箇所では「静止状態にある弁証法

（55）ジョルジョ・アガンベン『残りの時――パウロ講義』上村忠男訳（岩波書店、二〇〇五年）二三一～二頁参照。

（56）このことを的確に表現しているのは、ブロッホの次の発言かもしれない。「今の時とは、長いこと忘れられていたものがそこにおいて突如として今（ein Jetzt）であるところの時間を意味している。〔中略〕フランス革命において都市国家《ポリス》は今だったのだ」（Ernst Bloch, “Erinnerung”, in, *Über Walter Benjamin*, Frankfurt a. M.: Suhrkamp 1968, S. 10; エルンスト・ブロッホ「ヴァルター・ベンヤミンの想い出」好村前掲監訳書五九頁）。

(Dialektik im Stillstand)」という、ベンヤミン独特の用語のなかでもきわだった特異性をもって知られる言葉が用いられている。この表現もまたかれのテクスト群のなかでつねに同じ意味で用いられているとは思えないが、当該の箇所においては、過去と現在の出会いは「星座的布置」へと結集する双方向的なものであり、その場とは「イメージ」であるとされたうえで、そのイメージがそのまま「静止状態にある弁証法」と呼ばれている。事柄は明確だろう。時間的な連続体を「突破する力をもった」もの、継起とはことなり星座的布置という関係において異質な両項を同時に提示するものとして、イメージは「静止状態にある弁証法」と呼ばれるべきものになるのだ(57)。

以上を参照するなら、継起的過程としての時間関係(「連続体」)を突破したところで、異質な過去と現在が星座的布置において結合されていること、それがこのテーゼでいわれる「弁証法的」という言葉の意味であり、「弁証法的跳躍」とはそのような過去と現在との出会いが——ここでは「イメージ」においてと同時に現実の「いま」において——成立する動きのことであるにちがいない。

これを「革命」と呼ぶのは、すでにフランス革命という例が出されていることから自明ともいえるが、さらに別の関連断章にもう少し踏みこんだ説明がある。そこでは、「革命的階級」が行動するにあたっては、(a)一方では歴史の「断絶」の意識、すなわち現在の支配・抑圧の廃絶という意識が働く。とともに、(b)他方では、過去の歴史についての理解がともに働いている。これは一見したところ「矛盾」に見えるが、その矛盾はあくまで表面上のものにすぎないとし、実例として「フランス革命は二千年の深淵を飛び越えてローマ共和国へと立ちもどり、これを拠りどころにした」と語られている(cf. 124/五九〇)。フランス革命はこのような〈過去との断絶と結びつき〉においてこそ、「革命」だったのである(58)。

【訳語・訳文解説】

「根源こそが目標だ」　すでにアーレント手稿にもエピグラフとして置かれていたカール・クラウス（Karl Kraus 一八七四〜一九三六）のこの言葉は、『詩となった言葉 I』（*Worte in Versen I*, Leipzig 1916）六九頁からのもので、「死にゆく人間（Der sterbende Mensch）」と題する詩からとられたものである。この詩は、臨終にある人間が擬人化された「良心」「想起」「世界」などとそれぞれ短い対話をしたのち、最後に「神」が現われて「汝は暗闇のなかを歩きながらも、光〔がどこにあるのか〕について知っていた」と語りかけたうえで、「汝は根源にとどまっていた。根源こそが目標〔至りつくところ〕なのだ」と述べて終わる。この詩の文脈をひとまず離れて「根源（Ursprung）こそが目標だ」という言葉を、「虎の跳躍（Tigersprung）」「跳躍（Sprung）」という言葉を用いるテーゼ本文と結びつけることができる。そのときに

（57）参考までに、イメージとかかわる「静止状態にある弁証法」の別の用法を挙げておこう。『パサージュ論』一九三五年ドイツ語概要では、それは「両義性（Zweideutigkeit）」を法則とするものとされる。たとえば「商品」が同時に「呪物」であり、「娼婦」が同時に「売り手と商品」であるといったように、ひとつのイメージが両義的なものとしてあるのが「弁証法的なイメージ」である（cf. GS V・1, 55）。ここに働いているのは「目覚めること」という独特の認識方法である。一方では資本主義社会の物象化された現象、人びとの目を奪い文字どおり夢中にさせる現象をそのまま描写しながら、他方では覚めた批判的視点に立ってそれを即物的にとらえかえし、この両側面を同時にイメージにおいて呈示する。このことは単に夢遊状態と批判的態度とのいずれか一方に立つことではない。その前者から後者へとまたぎ越す「目覚めること」という作用がなされる「敷居（Schwelle）」に立つことによって可能になる認識作用である（cf. K1,1; N1,3; N3a,3; N4,1; N18,4; O2a,1）。

（58）ここで「革命（Revolution）」のラテン語語源“revolvere”は「回転する・転回する」を意味すると同時に、「過去に言及する・思い返す」の意味をあわせもつことを想起するのは、はたして的外れなことだろうか。

は、“Ursprung”の“ur-”（始源の）を活かし「根源的跳躍」ととって、歴史において生起する過去への現在のかかわりの根源的次元がそこに示唆されていると解釈することが可能になる。

「構成の対象」 “Gegenstand einer Konstruktion”の訳で、日本語既訳もほぼこのように訳しているが、野村訳はこの句を含む冒頭部分を「歴史という構造物の場を形成するのは」と訳している。いかにも近代主観性哲学の影響を残しているかのような「対象」という言葉を避けるためなのかもしれない。しかしたとえばハイデガーなどとは異なりベンヤミンは、テーゼVIの「主体（Subjekt）」のような旧来の哲学的・理論的用語をそのまま使うことをはばからない。それらに特異なしかたで託された意味を見きわめることが重要であろう。「対象」とはまさに「対して－あるもの（Gegen-stand）」であるとすれば、のちのテーゼXVIIにおいて「史的唯物論者が歴史的対象に取り組むのは、ほかでもない、対象がモナドとして自分に向きあってくる場面においてのみのことなのだ」（傍点引用者）とあるのが参考になるだろう。「歴史的対象」が「モナド」であるとはどのようなことであるかなどは、テーゼXVIIの評注で考察することにして、ここではそのまま「対象」と訳しておくことにする。

「今の時」 “Jetztzeit”は「現在時」以外にも「〈いま〉」（野村訳）、「いまこのとき」（山口訳）、「いま－こそ－その－とき」（今村前掲書一四二頁）などと訳されてきた。本書では文字どおり今（Jetzt）の時（Zeit）として「今の時」と訳す。この訳語はアガンベン前掲翻訳書、および仲正昌樹前掲書に用いられている。ベンヤミンがなぜこのあまり使われない言葉を用いたのかについては、いくつか推測が可能だが、[59] たんに「イメージ」における過去と現在との出会いにとどまらない事柄に関して用いられている点に注意が必要だろう。

「爆砕して取りだした」 原語は“heraussprengte”であり、先行日本語訳は「叩きだしてみせた」（野村訳)、「打ち砕いて取りだした」(浅井訳)、「打ち壊して取り出した」(山口訳)と、さまざまであるが、問題は"sprengen"という語をどのようにとるかである。本テーゼに対応するアーレント手稿テーゼⅫのひとつに、先行して成立したと思われる異文があり、そこでは「過去にはこの〔今の時という〕爆薬が装塡されているのだから、唯物論的探究は歴史の均質で空虚な連続体に導火線をしかけることになる」と述べられている。つまりベンヤミンの少なくとも当初のイメージでは、「今の時」が過去にはらまれている(装塡されている)とは「爆薬」としてであり、それにより「歴史の連続体」が爆破されるというものであった。そこで「爆砕する」という訳語をとることにする。

---

(59)(a)この語はショーペンハウアーが批判的に用いたことでも知られるが、なによりもベンヤミンの時代において思想用語としてただちに連想されたであろうのは、ハイデガー『存在と時間』第八十一節の「今時間(Jetzt-Zeit)」だろう。この「今時間」とは、到来しては過ぎ去る個々の「今」の継起として生起するものであるから、全体として「均質で空虚な時間」をなすものである。「非常事態(例外状態)」がそうであったように、自分の強く意識する論客の用語に着想をえながら、まったく別の意味を盛り込んでゆく手法がなされたのかもしれない。(b)他方、ブレヒトの論考「異化効果を生み出す演劇芸術の新しい技術の簡略な叙述(Kurze Beschreibung einer neuen Technik der Schauspielkunst, die einen Verfremdungseffekt hervorbringt)」に、この語が見られるという指摘がある(cf. Wizisla, *Benjamin und Brecht*, S. 270f.)。「演技者は出来事や行動様式にたいして歴史家がとっている距離を、今の時の出来事や行動様式にたいして取らなければならない」という一文である(Bertolt Brecht, *Werke. Große kommentierte Berliner und Frankfurter Ausgabe*, Bd. 22, Teil 2, Berlin/Weimar/Frankfurt a. M.: Aufbau-Verlag/Suhrkamp 1993, S. 646)。これは「現在」「現代」の意味であるように思われるが、それ以上明確なことはいえそうにない。ただ公刊が一九四〇年春(cf. *op. cit.*, 1098)とのことなので、ベンヤミンとの会話で使われ、相互に影響されあったという推測は可能である。(c)カイロスなどでなく、あえて「現代」という響きをもつ言葉をベンヤミンが選んだのは、「現在における歴史的認識と政治的行為の合致という要請」が、より強く示されるという理由からではないかと、ガニュバンが指摘している(cf. Gagnebin, *op. cit.*, S. 299)。

「ファッション」　日本語既訳は「流行」（野村訳）と「モード」（浅井・山口訳）とにわかれていて、そのいずれでも差し支えはないが、この文中では明らかに「最新流行の服装」を意味しているため、それに少しでも近い語感を含むと思われる「ファッション」と訳そう。

「虎の跳躍」　虎が獲物に狙いを定め、両脚に力を溜めて、一瞬のうちに飛びかかるさまを意味しており、野村訳の「狙いをさだめた跳躍」もまた適訳のひとつであろう。原語の"Tigersprung"はベンヤミンの造語のようだが、含意されている内容がただちにイメージされる言葉である。

【補足】

アーレント手稿の対応テーゼはテーゼXIIであるが、しかしその手稿にはXIIと振られた文章が二つあり、（1）そのうち最初のものは、加筆修正の跡が見られはするものの、エピグラフをも含め本文がほぼ底本のタイプ稿1のとおりに確定されている。（2）二番目のものにはエピグラフがなく、最初の文で「場」のかわりに「媒体（Medium）」とされ、「今の時」に引用符がついているため、こちらが先に成立したものであることを窺わせる。ただしそれに続く文章は大きくことなり、右に見た「過去にはこの〔今の時という〕爆薬が装塡されている」以下の文章が書かれたあと、のちのテーゼXVIIの末尾三文とほぼ同じ文章が続いている。アーレント手稿がなお構想の途上にあることをよく示す箇所である。

なおテクストの微細な差異として、「支配階級がそのように命令をくだす」の「そのように」は「虎の跳躍」を指すが、タイプ稿2と4にはそれにあたる"ihn"が欠けており、アーレント手稿では"ihn"、底本では"ihm"となっている。本書の訳文ではアーレント手稿に従っている。

●テーゼXV

過去との結びつきのための「歴史の連続体の爆砕」が、革命的な階級によってどのように自覚的に遂行されるのかを例示している。いずれも時間に直接かかわる事例である。

（1）第一の例として、革命階級はその勝利にさいし、新しい暦を採用することにより「歴史の連続体」を爆砕する。新たな暦の導入とは、たんに元日を別の日にもってくる、といったことにとどまらないだろう。たとえばフランス革命暦は、一七九二年九月二十二日を元日とし、その最初の月を葡萄月（Vendémiaire）とするなど月名を一新したことで知られるが、それだけではない。一年を十二か月、一か月を三十日とし、残りの日は年末に置いたうえで、時間の単位に十進法を導入し、一週間は十日、一日は十時間、一時間は百分、一分は百秒とするラディカルなものであった。

ただしベンヤミンが同時に注目しているのは、「回想の日」としての祝日の制定である。七月十四日は一八九〇年にすでに革命記念日として祝日に指定されたが、のちに制定された右の革命暦においては、年末の果実月（Fructidor）と葡萄月のあいだに置かれた五日間（閏年は六日間）が、「サンキュロットの日（les sans-culotrides）」と命名された。サンキュロットとは言うまでもなく市民階級のことであり、これらの日を祝日とすることによって、市民革命としてのフランス革命を回想する日々としたのである。この暦は一八〇五年に廃止されたが、注目すべきことにパリコミューンにおいて一時的に復活したといわれる。

なお「祝日」を「回想の日」と規定するところから、この「祝日」には祝賀だけでなく追悼の日をも含む「記念日（Gedenktag）」一般が含まれていると考えていいかもしれない。たとえばそれが過去の人びとの虐殺を追悼する日であるとするなら、テーゼXIIでいう「復讐」が年ごとに誓われる機会でありうることになろう。

（2）こうした新しい暦の元日と祝日が、「歴史の低速度撮影機《クイックモーションカメラ》」として機能するという。

クイックモーションとはいわゆるコマ落とし撮影を考えればいい。低速度で撮影してそれを通常の速度で再生することによって、たとえば植物の成長などの様子を短時間で観察可能にする技術のことであって、原文の“Zeitraffer”という語が意味するのはこの技術、およびそれを可能にする撮影機のことである。この比喩を用いることによってベンヤミンが考えているのは、つぎのようなことだろう。植物成長の撮影においては一コマ撮ったのちたとえば一日空けて次のコマを撮るといったことをするが、暦の元日は一年という時をへだてて、新しい暦を創始した革命の一連の事績を人びとに思い起こさせる。その意味で暦の時間は均質で空虚な連続体のように一方向に不可逆に流れず、むしろ年ごとに回帰して過去を想起させる。元日だけでなく、祝日として制定された日もまた、同じように作用するだろう。このように時計の時間にさからって過去が現在と結びつき、「歴史の連続体」の爆砕が遂行されるのだ。

（3）もうひとつの例は、七月革命の初日に見られた塔の時計への銃撃である。

時計とはいうまでもなく均質で空虚な時間を表示する。しかも社会生活をいとなむ人びとに、それに従うことを強制する。その強制は権力支配の基礎をなすものであって、とりわけて人びとを睥睨《へいげい》する塔の上部に据えられた文字盤は、その支配の強固な連続性を象徴するものであるだろう。ほかならぬそれらへの銃撃が各所で自発的に行われたことをベンヤミンは、歴史の連続性の打破の意識を革命的勢力がいだいていたことの証左と見るのだ。

この出来事の証人の記録として末尾に挙げられている詩句は、新全集版編集者注で指摘されているように、オーギュスト・マルセイユ・バルテルミー（Auguste Marseille Barthélemy 一七九六〜一八六七）とジョゼフ・メリ（Joseph Méry 一七九七〜一八六六）共作の詩「蜂起（L'insurrection）」から取られたもので、『パサージュ論』草稿群aのa21a,2にも引用されている（cf. 250）。「ヨシュアたち」といわれているのは、イスラエル人のギベオン侵攻にさいして指導者ヨシュアが太陽と月の運行を止めたとされる旧約聖書の記事（ヨシュア記一〇・一二〜一三）によるものだろう。

＊

ガニュバンによれば、右の時計塔への銃撃とよく似たことが、二十世紀のブラジルにおいても生じたという。今日「アメリカ」と呼ばれる大陸へのヨーロッパ文明による侵略の開始にほかならない「新大陸発見」の五百周年の式典において、テレビ局がカウントダウン用にステージに据えつけた大きな時計に向かって、ブラジル先住民が矢を射たというのである。[60]

【訳語・訳文解説】

「回想」　「哀悼的想起」とも訳される“Eingedenken”の訳である。この原語は二格支配の述語的形容詞“**eingedenk**”（「記憶している」「心に銘記している」「忘れない」）という言葉から派生したもので、

(60) Cf. Gagnebin, *op. cit.*, S. 293.

通常のドイツ語辞典には立項されていない。（a）古川千家《こがわせんや》によれば、この語はもともとはエルンスト・ブロッホ『ユートピアの精神』（初版一九一八年）に用いられたもので、『パサージュ論』F°,7にブロッホの名が見えることから、ベンヤミンもブロッホ経由で受容したと考えられる。この語の由来をブロッホは後年『哲学史の中間世界』（一九七七年）において説明して、マイスター・エックハルトの“synteresis”を説明するための言葉として用いたものだと述べているという。[61] 古川千家の指摘にもとづいて好村冨士彦は、この語がブロッホにおいては“Erinnerung”（想起）との対立において、「既成のものの中からそこにひそむ「未完結なもの」の知を救出し、まだ存在しない一者、つまりメシアにむかう知として機能する心の働き」を指すと述べている。[62]（b）じっさいベンヤミンもこの意味で同語を用いていると思われる箇所がある。たとえば『パサージュ論』N8,1で、ホルクハイマーの一九三七年三月十六日付書簡を引用しながら、次のように語っている有名な箇所である。「〔前略〕歴史はたんに学問なのではなく、それにおとらず“Eingedenken”の一形式である。学問が「確定」したものを“Eingedenken”は変容させることができる。“Eingedenken”は完結していないもの（しあわせ）を完結したものに、完結したもの（苦しみ）を完結していないものにすることができる」。さらに「歴史の概念について」関連断章を見ると、「今の時という概念は、歴史叙述と政治とのあいだに、“Eingedenken”と解き放ち（Erlösung）とのあいだにある神学的連関と同一であるところの連関を打ち立てる」という章句が見られる（110f.）。（c）とはいえこの語もまた、ベンヤミンによって一定の用語として用いられているわけではない。たとえば、テーゼⅫの評注で取り上げた関連断章（113／五九八）においては、「哀悼的想起」という訳語がふさわしい。ところが一九三六年の論考「物語作者」第XIII節では、出来事の叙述一般が“Erinnerung”（想起）に基づくのにたいし、そこから分化して物語は

“Gedächtnis”（記憶）、長篇小説は“Eingedenken”に基づくとされている (cf. GS II·2, 454f.)。ひるがえって「祝日」を「“Eingedenken”の日」といいかえている当面の箇所を考えるならば、文脈に鑑みて「過去を思い返すこと」を意味する「回想」という訳語がふさわしいように思う。

「洞察する力を押韻に負って」「塔 (tour)」と「日 (jour)」という押韻が「洞察・予見 (Divination)」の力を支えるとは、さまざまに解釈可能な文章である。時計台を銃撃することが現存支配体制の転覆（まさに「新たなコシュアたち」の出現）を象徴する意義をもつと見てとった、ということであろうか。

【補足】

このテーゼは、底本のタイプ稿1に目立った加筆修正箇所が見られる。（a）新全集編者注によれば、最初の文章はいったん削除されたうえで、点線を行下部の余白に引くことによって削除を取り消しているように見えるという (cf. 259)。そのため本書訳文では、この文章をそのまま訳してある。（b）その文の冒頭は定冠詞 (Das) とタイプで打ったあとで、それを抹消して不定冠詞 (Ein) に変えている。ちなみにアーレント手稿では“Das”である。この不定冠詞はタイプ稿3では踏襲されているが、タイプ稿2と4では定冠詞に戻っている。（c）「フランス大革命は」のあとに「みずからを回帰したローマと理解した」と続け（これはアーレント手稿にある）、それをあとで手書きで抹消している。（d）「この意識が真価を発揮するにいた前テーゼにすでにある章句との重複を避けるためであろう。

（61）古川千家「ブロッホとベンヤミン――作用史研究（上）」『愛媛大学教養部紀要』第22・III号（一九八九年）一八〇頁、一八五～六頁参照。

（62）好村前掲書六二頁参照。

った（zu seinem Recht gelangte）」は、タイプライターで「出現した（zum Durchbruch kam）」とアーレント手稿に準じて打ったあと、その“zu”だけ残して手書きで修正されたものである。この修正はタイプ稿2以下のドイツ語原稿で踏襲されている。

フランス語手稿も例によって異同が多いが、ひとつだけ挙げると、七月革命の最初の戦闘の日暮れどきになされたのは、「群衆が（中略）大時計に向かって糾弾をし（s'en prendre）はじめた」ことだとされている。文字盤への銃撃についての言及は、続いて引用される詩に委ねられるわけだ。

●テーゼXVI

テーゼXIVで提示された歴史的時間論は、「歴史の概念について」の最後の山場というべき「歴史叙述」の方法論にたいし、基礎論としての意義を発揮する。そのため本テーゼは、時間の問題をひきつづいて論じ、「歴史主義」への批判に立ち戻りつつ、次テーゼの叙述方法論へと論をみちびいてゆくことになる。

（1）ベンヤミンのいう「歴史主義」とは、過去を「それがじっさいにあったとおりに」認識しようとするものであった（テーゼVI）。さらにいえば、出来事を因果連関においてとらえ、連鎖的に叙述しようとするものである（参考テーゼ）。かくして「あったとおり」の出来事を細部にわたって探索し、因果的叙述を完璧なものにしようとして「精力を使い果たす」。これにたいして史的唯物論は、均質で空虚な時間を媒体とする歴史の連続体を爆砕して、過去の出来事と現在との出会いを可能にするよう力を傾注する。そのことがテーゼの後半で語られている。

（2）このとき史的唯物論に立脚する者は、均質で空虚な時間の進行過程の部分をなす〈過去から未来への移行の点〉ではないような現在、「静止状態にいたっている現在」という概念を必要としている。そのようにテーゼ前半は語っている。これはどのようなことだろうか。この概念を「放棄するわけにはいかない」と表現されているところに注目するなら、ここではなにがしか既存の概念、あるいはそれに類似のものが考えられているはずだ。

まず思い浮かぶのが、「立ちとどまる今（nunc stans）」とアルベルトゥス・マグヌスが定式化した「永遠」概念である。すなわち、さかのぼってはプラトンのティマイオス篇に原型が見られ、アウグスティヌスが「恒常の現在」と表現し、マイスター・エックハルトにおいて「永遠の今」と語りだされた「永遠の現在」である。プラトンにおいては星辰の円運動の根拠とされ、アウグスティヌスにおいては神の創造とともに時間的過程のなかへと流出する諸事物の原像の場とされたこの「永遠の現在」が、しかしそのまま「史的」唯物論者に保持されるわけではないだろう。

そもそも「放棄」しえずに過去から呼び戻されるものとは、この「歴史の概念について」においては、なによりもメシア論的モティーフではなかっただろうか。つまりここで考えられているのは「メシアの到来によって現世の時間がすべて停止するにいたる」という、そのような現在ではないだろうか。すでに言及した文章だが、関連断章のひとつに次のように語られている。

メシアは歴史を打ち切ってしまうのであって、発展の終わりに登場するのではない。（131／六〇五）

このメシアの「歴史の打ち切り」による時間の停止とは、過去の出来事が唯一の現在において現前化される「永遠の現在」と、同様の事柄であるように見える。しかしながらメシア的な「静止状態」においては、過去のすべての出来事が依然として現在との隔たりを保っているはずだ。過去の出来事が現在による「虎の跳躍」に向けて狙い定められるような、そうした隔たりをもったまま時間が停止しているはずなのだ。「停止」しているというと、空間的にイメージされる「歴史の連続体」に近いものが想定されるかもしれないが、「連続体」においては時間は「流れる」もの、そのつどの現在は飛去するものとされている。それにたいしてここでは、時間の各点が過ぎ去ることのないまま、相互の隔たりを失うことなく停止しているはずである。

もちろんメシア的な時間の停止とは、ここでも限界概念として機能するものであるだろう。呼び戻されるべき過去は「それが認識可能となる瞬間にだけひらめ」くものである。そうであるなら、ここにおいてメシア的停止とは、瞬間における〈認識可能性の今〉のわたしたちへの立ち現われの原型となる、仮想的理念としてあるにほかならない。

【訳語・訳文解説】

「充足して」　原語は“einstehen”である。これには「(はかりの針が)静止する」という意味があり、既訳では「立ち止まり」(野村訳)、「停止し」(山口訳)ととるものが多いが(レッドモンド訳は“originates”[生じる]と思いきった訳をつけている)、浅井訳では「時間の衡《さお》が釣り合って」と訳されている。じっさい『パサージュ論』には、この語を使って歴史的認識を「釣り合っている秤《はかり》」のイメージでとらえるという発想が見られる。ただしそのさいに釣り合う秤に比定されているのは歴史的認識であって、歴史的時間ではないため、このテーゼとは事柄が異なっている（cf. N6,5）。そこで“einstehen”の別の語義、「（鳥が）とまる・定まった場所に来る」を参照し、秤の釣り合いというイメージをも念頭に「しかるべき状態にある」という意味で「充足している」と訳そう。そのつど特定の時間が「しかるべきところにいたり」、過去とのかかわりでの「唯一無二の経験」がなされるという、そうしたことが可能になる「時間の停止」が意味されているように思われる。

【娼婦】　原語は“Hure”で春をひさぐ女性への蔑称であり、これまでも触れてきたホルクハイマー宛書簡でアドルノはこの語の使用を問題視しているようだ（cf. 315）。しかしベンヤミンが、今日では「女性」の蔑称である“Weib”という語を普通に使っていることなどからしても（cf. V・1, 55 u.a.）、そこに軽蔑の意味があるとは考えがたい。たとえば『パサージュ論』のドイツ語概要「パリ——十九世紀の首都」で“Hure”が用いられている箇所（GS V・1, 54）でも、ことさらにおとしめる意味があるとは思えない。「淫売婦」といった訳語をとらないゆえんである。

【補足】

アーレント手稿でこのテーゼに対応するテーゼXIVでは、第一文の「史的唯物論者」が最初は「唯物論的弁証法（materialistische Dialektik）」と表現され、それが「史的唯物論」に書き換えられたうえで、最終的に「史的唯物論者」となっている。

だがアーレント手稿で大きく異なっているのは、「ほかのだれでもない、かれみずからが歴史を叙述する（er für seine Person Geschichte schreibt）」が「そこにおいてそのつど歴史がかれによって叙述される（jeweils Geschichte von ihm geschrieben wird）」となっているところである。おそらくこれをいったんタイプ原稿において踏襲したタイプ稿1は、受動形を能動形に変え、さらに「ほかのだれでもない、かれみずから（für seine Person）」という強調句を置いた。現在の側からの能動性に強調をおいた表現になっていると言っていい。

●テーゼXVII

歴史叙述の方法的原理について論じる、「歴史の概念について」後半の核心部である。ところが論が極度に圧縮されているために、なにを言おうとしているのかすら捉えることがむずかしい。加えて従来の刊本には校訂上の問題があり、そのためそれらを底本にした翻訳にも読解に困難をきたすところがあった。（のちに見るように「モナドとして結晶する」のは「星座的布置」ではなく「思考作用」とされてきた。）そのためもあって、「歴史の概念について」において「歴史叙述」の方法論が示されていること自体が、視野のそとに置かれる場合が多かった。そこで本テーゼ評注では、とくに詳細な読解を試みたい。ここでもテーゼXの評注に準じて、テーゼ中段からテクストを引用しながら、論じ進めていく。

「歴史叙述」の方法的原理を呈示するというからには少なくとも、どのようにして過去の事象が「歴史的対象」として同定されるのか、その対象の叙述はどのようにして行なわれるのかが、語られなければならないはずだ。

（1）そもそも「歴史的対象」をそれとして見定めることは、いかにしてなされるのだろうか。たとえばベンヤミンという人物が「歴史的な個体（個人）」であり、ピレネー山脈越えといった出来事が

「歴史的な事件」であり、その山越えの参加者の行動や、かれらを動かす個々の判断といったものもまた「歴史的な出来事」であるとして、それらをそうしたものとして同定するのはどのような手続きに基づいているのだろうか。それらがいずれも「歴史的」なものでありつつ、個人・事件・行動・作戦といった、それぞれ存在論的には異種的なものとして理解し・語り・叙述することができるのは、どのようにして可能なのだろうか。そもそも、いまでは存在しない、しかも一定の時間幅をもつ過去の事柄を、ひとつの歴史的対象として同定するのは、どのような手続きに基づいているのか。

もっとも単純で常識的とも言える答えは、次のようなものである。ベンヤミンという歴史的個体が、「過去全体」と想定される時空間のなかに、なんらかの意味で「実在」している。また、その個体を要素とする行動なり計画立案なりといった事象もまた、出来事という存在論的な位階においてではあるが、同じく歴史的時空間に「実在」している、とする見方である。ようするに、過去の全体を包含する広大な三次元の空間軸と時間軸とからなる四次元的座標系のうちに、いずれの歴史事象も位置を占めていると考えるわけだ。通常の歴史家の営みは、無意識にせよそうした枠組みで歴史の語りを行なっており、その内部に「実在」する個体や出来事との関係で、これまで知られていなかった歴史的個体をあらたに発見したり、要素の新しい組み合わせにより複合的な歴史事象をあらたに確定するなどのことを遂行している。

だがほかでもないこうした立場は、ベンヤミンが「歴史主義」と呼ぶものではないだろうか。人類史大の均質で空虚な歴史的時間を前提とし、そのなかに出来事を可能なかぎり遺漏なく位置づけてゆこうという立場、これを本テーゼ冒頭では「普遍史」と呼んでいる。「歴史主義」とは異なるはずの「進歩」史観に陰に陽に立脚する歴史家も、じっさいの学問的実践においては客観的・科学的な「実証研究」と称して、このような営みに不断に従事しているにちがいない。

これにたいしわたしの理解するところでは、ベンヤミンはこのテーゼにおいて、凝縮した言葉ではあるがまったく異なった発想による問題へのアプローチを行なっている。そこでは、認識主体が歴史的個体や出来事を認識対象としてどのように同定し認識できるのかという、右に示したような静態的・客体的なしかたで論は立てられない。「フックス論」第I節で、「歴史の弁証法的な叙述はいずれも、歴史主義を特徴づける静観的な態度を放棄することと引き換えにはじめて、手に入れることができる」（GS II・2, 468――傍点引用者）と言われているとおりである。ベンヤミンが「歴史的対象」とするのはほかでもない、既成の歴史叙述のなかにとりこまれながらも、現在の「虎の跳躍」によってアクチュアルな事象として取りだされるものなのだ。つねにすでに与えられている歴史叙述のなかで、あるいは平板化され、あるいは隠蔽・忘却されている事柄を、不意の出会いのなかでこれと見定める。そのための方法的原理を示すことが、本テーゼの最初の課題となる。

唯物論的な歴史叙述には、構成〔構造体形成〕という原理が根底にある。

「構成という原理」の原語“ein konstruktives Prinzip”はそのまま「構成的原理」と訳してもいいが、フランス語手稿の表現“un principe de construction”を参照してこう訳そう。テーゼXIVですでに「歴史は構成（Konstruktion）の対象である」と言われていた。本テーゼ後段に「構造体（Struktur）」という言葉が用いられていることに注目して、「構造体を成立させる原理」と訳すこともできる。ベンヤミンはつづける。

というのも思考作用には、思考の動きだけでなく、その停止もまた属している。〔現在と結びついている過去の〕一定の星座的布置がさまざまな緊張をはらんで飽和状態にいたっているときに、思考作用が急に停止すると、その布置は衝撃《ショック》を受け、モナドとして結晶することになる。

「構成という原理」は第一段階において、テーゼXIV評注で見たように、遠く離れた過去の事象と現在との意想外の結びつきをイメージにおいて成立させるものとして働く。「星座的布置（Konstellation）」という言葉がここで使われるが、あらためて「参考テーゼ」での説明を引用すると「自分〔歴史家〕自身の時代が以前の特定の時代との関係で形成するにいたっている星座的布置」のことである。

元来「星座」を意味する“Konstellation”とは、転じて「状況・情勢」という意味になり、ベンヤミンもまたそうした意味で普通に用いてもいる。だがかれにとって歴史に固有の時間とは「今の時に充ちている時間」であり、その「今の時」とは過去の特定の出来事が現在に呼び戻されて、その現在を変容させるポテンシャルのことであった。それにもとづく過去と現在の出会いが、ここで言う「星座的布置」をなすものなのであるが、これは、いつでもどこででも与えられるものではない。既成の歴史叙述・歴史素材が与えられている場に投げ込まれた者に不意に生じる、「過去とのかかわりにおいておこなう唯一無二の経験」（テーゼXVI）としてあるものであり、「認識可能となる瞬間にだけひらめいて、もう二度とすがたを現わすことがない」（テーゼV）過去との現在のかかわりにほかならない。こうした言い方があまりに漠然としているとするなら、過去のある特定の事象に思いがけず訴えかけられて、現在の自分のありかたが根本から問われるという出会いでそれはある、と言い換えよう。

だがこのようにして出会われる事象が、ただちに「歴史的対象」となるわけではない。歴史叙述にとっては、瞬間にだけひらめくものは、対象として見定められるだけの安定性をもたない。そのことを右の一文は「さまざまな緊張をはらんで」いると表現しているが、後段の内容を先取りして次のようにパラフレーズできよう。ひとつの歴史事象にはさまざまな要素、たとえばそれが置かれた時代から受けている規定性、同時代や前後の時代の事象との関係、全体を構成する各部分とそれら同士の関係、現在にいたるまでのその事象の影響作用といった事柄が、重層的に含み込まれている。フランス語手稿で「星座的布置」が「イメージ (image)」を言い換える言葉となっているところに注目しよう。星座的布置はまだ「イメージ」に固有の不定性を帯びているのである。そうした事象は、「歴史主義」の立場に拠る叙述によって、所与の「実在する」ものと見なされて歴史叙述の因果連鎖的時系列のなかに位置づけられるなり、他の事象と結合して集合的事象にとりまとめられたりする。そのことにより、「唯一無二の経験」において現在にたいしてもちうる訴求力を失い、一連の出来事の一コマとして平板化されてしまうだろう。

こうした平板化の危機において、史的唯物論に立脚する歴史家は、「構成という原理」の第二段階として、自覚的に「思考作用」を停止させることになる。

「思考作用 (Denken)」(フランス語手稿で“l'acte de penser”とあるのに従って動詞の名詞化として訳している) には、もとよりさまざまな機能が考えられる。だがここで問題になっているのは、「歴史叙述」に固有の次元である。歴史叙述における「思考作用」とは基本的には、史料から読み取られる出来事と、その前後の出来事とのあいだの因果連関を究明・確定して、一連の叙述を形成する作用のことであるはずだ。つまりは広い意味での因果的な結合の働きである。

この「思考作用」を進んで停止することによって、前段で成立した「星座的布置」という事象は「衝撃《ショック》」、つまりは〈物事を一瞬にも不動の状態においてしまう働き〉を受け、前後の因果連鎖に取り込まれかねない浮動的状態を脱して、「モナドとして結晶する」ことになる。このモナドとしての「構造体」が「歴史的対象」として成立する。これが「構成」の第二段階である。

史的唯物論者が歴史的対象に取り組むのは、ほかでもない、対象がモナドとして自分に向きあってくる場面においてのみのことなのだ。

現在とのかかわりにおいてひらめき、「星座的布置」を形成しながらも、なお浮動的であった過去と現在との結びつきは、ここにおいてその両項がそれぞれ「歴史的対象」と、それを認識・叙述する「史的認識の主体」（テーゼXII）として相互的な関係を確立することになる。「モナド」という語が用いられるのはやや唐突に思えるが、この語はライプニッツのみが用いた用語ではなく、その後もたとえばロッツェなどによって用いられたものである。ようするに、内部で完結した自足体、その意味で鉱物の結晶体のような独立性をもつものであるとともに、世界をそれ特有のしかたで映し出すものをいう。ここでは「単子」として統一体でありながら、それが世界を表象しているという点に着目して、自立的でありながら多面的なアプローチが可能な歴史的対象を意味する言葉として用いられているといえよう。

このようにして成立する構造体のうちに史的唯物論者は、ものごとの生起がメシア的に停止するしるしを見てとる。言い換えるなら、抑圧された過去を解き放つための戦いにおける革命的チャンスのしるしを見てとる。

「衝撃」によって成立するモナド的構造体において、「ものごとの生起がメシア的に停止するしるし」が見てとられるとはどのようなことか。「停止」ということろに力点をおくなら、この構造体が因果連関の他項へと結びつけられて移ろいゆきはしないということが意味されていることになるが、と同時にそもそも「メシア的な停止」とは、すでに前テーゼの評注において見たように、歴史がいきなり中断され、過去のあらゆる時点にアクセスすることが可能になる状態をいう。テーゼIIIの言葉を用いれば「〔人類〕みずからの過去がそのどの瞬間においても呼び戻されうる」状態のことである。このようなものが限界概念として設定されるのは、従来の歴史叙述によっては取りこぼされ、隠蔽されている事象と結びつくためであった。その結びつきがメシア的な停止において生じること、それは「抑圧された過去を解き放つための戦いにおける革命的チャンス」（傍点引用者）、すなわち従来の歴史叙述によって隠蔽・忘却された過去をそこから救い出すチャンスにほかならない。（フランス語手稿で「抑圧された過去の解放のための戦い」と表現されていることに注意しよう。）そのことが以上のモナド的構造体の成立において実現を見るのであり、この意味でそれはひるがえって、仮想されたメシア的停止の「しるし（Zeichen）」としての意味を持つのである。

以上の「歴史的対象」の同定にかかわる論をまとめておこう。（a）ひとはつねにすでに、一定の史料を与えられ、一定の歴史叙述がなされているという状況におかれながらも、勝者の歴史において隠蔽・忘却された過去の事象へと目を向ける、あるいは過去の事象そのものがなんらかのきっかけをえて現在の自分に訴えかけてくる、そうしたことがある。（b）このように現在とのかかわりにいたるとはいえ、しかしその事象はそれだけでは、「歴史主義」の手法によって他の事象に因果結合され、平板に説明されて終わってしまう。あるいは場合によっては、取り立てて歴史叙述に組み込む必要のない有意性を欠いたものとして、語りの外部へとふたたび排除されてしまう。いずれの場合においても、現在とのかかわりへといたった当該事象の特異性が、因果的叙述のなかで失われてしまうのである。（c）そのときに因果的な思考作用を進んで停止することによって、その事象は、取り落とされたり平板化されたりすることのない確固とした「構造体」として形成される。この構造体を歴史的対象とする史的唯物論者の歴史叙述が、これから述べるようなしかたで行なわれるのだ。

（2）構造体として見定められた歴史事象は、そのうちに映し出されている重層的な内容を析出するというしかたで把握され、叙述されてゆく。この叙述を「構成」の第三段階ととらえることにしよう。

> かれはそのチャンスをとらえて、歴史の均質な過程を爆砕して特定の時代を取りだし、その時代のうちから特定の人物の生涯を、さらにはその特定の生涯になされた仕事のうちから、ある特定の仕事を取りだす。史的唯物論者のこの方法が実を結んで得られる成果とは、当の仕事のうちに生涯の仕事が、生涯の仕事のうちにその時代が、その時代のうちに歴史過程の全体が保存され、止揚されているというところにある。

ここでは、右に触れた「ものごとの生起がメシア的に停止するしるし」とこの構造体をとらえることによって、以下の展開が可能になっている点に注意しよう。「歴史の均質な過程」、すなわち歴史主義の因果的叙述の前提となるものを不断に「爆砕」することによってこそ、歴史的対象がその重層的な諸局面において叙述されてゆくことが、ここに意味されているのだ。そのつど「爆砕」が行なわれることなくしては、対象の諸局面はただちに平板な叙述に取り込まれてしまうであろう。フランス語手稿の対応箇所では、「ひとりの個人の生涯を掘り起こす（dégager）ためにひとつの時代の連続体を爆砕する」等々と、そのつど「爆砕する（éclater）」の語を繰り返している。個人の生の掘り起こしのためにひとつのエポックの爆砕がなされ、特定の事実あるいは仕事を掘り起こすためにこの生の爆砕がなされる必要があるわけだ。

この「爆砕」をともなう諸局面の析出と叙述のありかたを、ベンヤミンは一見すると、モナド論的な理論構成にそのまま従うかのようなしかたで語り出している。つまり、〈歴史過程から特定の時代を、特定の時代から特定の人物の生涯を、その生涯から特定の仕事を取りだすという手続きが、ひるがえってその仕事のうちに生涯の仕事が、生涯の仕事のうちにその時代が、その時代のうちに歴史過程が保存されているという成果を生み出すのだ〉、と。だがこのような展開が、はたして歴史叙述の次元でじっさいに成り立つだろうか。対象が文字どおりライプニッツ的「モナド」であるのなら、それはライプニッツの論考「形而上学叙説」にならっていえば完全個体概念である。つまりある対象にかかわるあらゆる述語がその主語概念のうちに含まれており、その概念の論理的分析により当の対象の一次的性質はもちろんのこと、それが他のものと形成する出来事・状況・時代も言語的に析出することができる。当然にもその制作者ないし行為者の生涯、その個々の仕事も、析出することが可能となる。このような完全個体概念の論理分析による析出は、神的知性の「永遠の現在」においてのみなしうることであるはずだ。

しかしここでいう「モナド」を、神的知性と相関的な完全個体概念ととらえる必要はない。そもそもここでモナドとして結晶する「星座的布置」は、当初から現在との「出会い」において成立したものであった。その現在とのかかわりなしに、最初から自存しているものではなかった。それが歴史主義の因果的叙述によって「永遠の像」とされてしまう危機に際会して、思考作用の停止が行なわれ、それによってあくまでも現在と向きあった構造体として立ち現われるのであった。史的唯物論に立脚する者が過去との「唯一無二の経験」をこそ呈示するのであってみれば、歴史的対象と向きあった者の「経験」の内実を明らかにするものとしてこそ、その対象の分析と叙述はなされてゆくはずである。そうであるなら、全歴史過程―時代―生涯―仕事という、一見すると入れ子状の対象分析を語り出すような文章は、叙述を行なうさいの縮尺《スケール》を、さまざまに変化させてゆくべきことを語っていると見るべきであろう。ジャック・ルヴェルのいう「縮尺のヴァリアシオン（variation d'échelle）」、すなわち地域全体・特定の村落・個人、長期持続・変動構造・出来事などの多様な縮尺で視点を設定して、歴史学的対象を考察・記述し、適宜その縮尺を変更させる、そうした方法論を想起すればいい。[63] 多様な縮尺において対象をとらえることが可能かつ必要とされていると見るなら、右の直線的順序をそのままたどってゆく必要はない。

するとここでいわれているのは次のようなことではないだろうか。ひとつの時代を前の時代から次の時代へと連続的に流れ去るものとしてではなく、その連続性を断ち切って焦点化し、その時代を

（63）ルヴェルについては川口茂雄『表象とアルシーヴの解釈学――リクールと『記憶、歴史、忘却』』（京都大学学術出版会、二〇一二年）第3章第2節参照。

生きたある人物の生涯をもっぱら時代全般の状況や他者との関係に結びつけて説明することを放棄してそれとして取り出し、その人物の生涯のたんなる一コマとして特定の仕事をとらえることなく、独立して取り上げる。このような「爆砕」の重層的過程を経ることによってこそ、たとえば特定の仕事そのもののなかに人物の生涯・時代・歴史過程を読みとってゆくことが可能になる。いわば外部から内部へと（つまりは歴史過程から時代、時代から生涯、生涯から仕事という方向で）事柄を説明するのではなく、仕事であればそれ自体において生涯・時代・歴史過程をそこに読みとる。たとえば文芸史のジャンルで考えると、（a）ひとつの作品を作者の生涯や時代状況から説明するか（歴史主義的説明）、（b）あるいは文芸史の自律的な発展過程を想定してその一コマとして当該作品を位置づける（観念論的把握）のが通例であるのにたいし、その作品の分析が同時に当の時代状況や生涯のありようを析出するものになる。それが唯物論的な歴史叙述である。（これについては以下で「フックス論」などを参照しながら再論しよう。）

（3）本テーゼの最後は、これまたわかりにくい文章でしめくくられている。

> 史的探究によって把握されたものの滋養ある果実は、その内部に時間を、貴重であるが風味には欠けている種子として含んでいる。

歴史的時間とは「均質で空虚な時間」のように出来事にとり外在的にあるのではなく、現在との関係において過去が語られる叙述の内部にこそある。言おうとしているポイントがそこにあることはたしかだ。

解釈のてがかりとなるのは「参考テーゼ」に、「今の時」のうちには「メシア的な時間の破片がそのうちに含み込まれて（eingesprengt）いる」と言われていることである。「かすかなメシア的な力」により現在と過去が不意に結びついている、その結びつきこそが「メシア的な時間の破片」であり、モナド的構造体としての歴史的対象はそれにより可能になっている。ひとことでいえばここでいう「種子」とは、特定の「今の時」のことなのだ。

それを語り出すために本テーゼでは「果実」の比喩を用いているわけだが、それは直接には、先行する「成果（Ertrag）」に「収穫」という意味があることからの連想だろう。（フランス語手稿では「認識の樹の滋養ある果実［les fruits nourrissants de l'arbre de la connaissance］」と表現されているので、「知恵の樹の実」という連想も働いているようだ。）「風味には欠けている」と訳した句（des Geschmacks entratend）は、先行日本語訳ではたとえば「趣味的な味はもたない」（野村訳）と訳されているが、テーゼ草案にあたる関連断章（111／六一二～三）を見ると、いったん「味わうことのできない（ungenießbar）」としたうえで削除し、その箇所の上下に「味わいのない（geschmacklos）」と「味のない（nüchtern）」と変更案を書き込んで、そのままにしている（cf. 275）。文字どおり、果実の種子（核）の部分は（特別な場合をのぞけば）味わいがないという当然のことが、まず念頭にあるだろう。

そのうえで、この味気なさに対照されるものとして想定されているのは、「普遍史」において出来事の記述を内部に不断に充塡されつづけている歴史的時間の、壮大華麗さではないだろうか。これに対照される「メシア的時間の破片」としての唯物論的歴史叙述の時間は、この普遍史に慣れた人びとには「趣味に合わない・口に合わない」ものではあっても、このうえなく「貴重」なもの、弁証法的歴史叙述を根底から支えるものである。そのことがここで最後に確認されている。

このテーゼは自分のこれまでの歴史叙述にとって重要な方法論的意義をもっていると、ベンヤミンはグレーテル・アドルノ宛の手紙（一九四〇年四月末／五月初め）で語っている。

これ〔このテーゼ〕は僕のこれまでの仕事の方法について、筋道の通ったしかたで見解を述べている。そのため、これら諸考察〔「歴史の概念について」の諸テーゼ〕がこれまでの仕事にたいしてもっている、秘められてはいるが首尾一貫した連関を認識させるであろうはずのものなのだ。（GB VI, 436――傍点引用者）

＊

そうであるなら、少なくとも「歴史の概念について」に近い時期、つまりは一九三〇年代後半における広義の歴史叙述について、その大要だけでも承知しておくことが、本テーゼの理解の助けとなるはずだ。まずは方法論にかんして「フックス論」の対応箇所を見てみよう。

「フックス論」第I節は、右に（2）として見た点にかかわる文章の原型を含んでいる。ベンヤミンはまず、精神史の領域におけるエンゲルスのイデオロギー批判（フランツ・メーリング宛一八九三年七月十四日付書簡）のポイントを、次の二点にまとめている。エンゲルスの批判の対象は第一に、精神史を前段階から次段階への「発展」なり「反動」なり「克服」なりとして叙述する習慣である。第二にはそのような叙述で作り上げたものを、人間およびその精神的・経済的生産過程にたいする影響から切り離すという習慣である、と。たとえば「ドイツ古典哲学」の展開を「カント―フィヒテ―シェリング―

ヘーゲル」という発展過程ととらえることは、少なくとも近年までの哲学史の常識であった。このように上部構造の各領域がそれぞれ独立の歴史を有すると見るのは幻想であるという、それだけでは公式唯物論的とも言うべきこのイデオロギー批判は、さてしかしさらに歴史主義のみならず俗流マルクス主義の経済決定論・発展段階説にたいしてもラディカルな破壊力をもつものとして、ベンヤミンにより次のように読み替えられてゆく。

(1) 個々の作品はその前史のみならず、後史をうちに統合している。つまり作品はまず、作者の死後もその意図を超えて作用してゆく。その同時代人による受容もまた、作品の今日への影響を規定している。作品との出会いは現在にいたるまでの歴史(後史)との出会いなのである。と同時に、こうした後史のありようは、ひるがえって先行する前史の内容理解にも反映され、それをも不断に変容させるものである。

(2) 過去の断片はほかならぬこの現在と危機的(kritisch)な布置関係にある。すなわちその過去のイメージは、一度逃したら二度と取り戻すことはできない。

(3) 続く三点目は本テーゼXVIIに直接関係するので、そのまま引用しよう。

> 史的唯物論者は歴史の叙事的契機を放棄しなければならない。歴史はかれにとって、構成の対象となる。その構成の場を形成するのは、空虚な時間ではなく特定の時代、特定の生涯、特定の作品である。かれは物のような「歴史的連続性(geschichtliche Kontinuität)」を爆砕して時代を取りだし、同様に生涯を時代から、作品を生涯の仕事から取りだす。ただしこの構成の成果は、作品のうちに生涯の仕事が、生涯の仕事のうちに時代が、時代のうちに歴史過程が保存され、止揚されてい

るということである。(GS II・2, 468――傍点原文)

右の第二・三文は先のテーゼXIVの冒頭に対応しているが、ただし後者では「今の時に充ちている時間」となっていたのが、ここでは「特定の時代、特定の生涯、特定の作品」という、いま問題にしている本テーゼXVIIの言葉で表現されている。本テーゼがテーゼXIVの歴史的時間論との密接な関係で読まれなければならないことがわかる。そのつどの対象は、内部に特定の「今の時」を含んでいるのだ。

「フックス論」のこの文章を、先行箇所も参照して解読してみよう。

(a) エンゲルスの批判がすでに十九世紀末に行なわれていたように、遅くともその当時から「発展」「反動」「克服」といった用語を用いつつ、精神史を諸時代の継起として、多かれ少なかれ単線的に、しかも政治・経済・社会といった他領域との相互関係を度外視して叙述する営みが見られた。そのような既存の精神史を均質で空虚な歴史的時間を前提とした叙述ととらえ、すでに習慣化し一般化しているそうした単線的・孤立化的歴史叙述を解体(「爆砕」)することが必要である。

(b) これは次のように遂行される。特定の時代を前後の時代と因果的な連鎖などなしていない非連続的なものととらえつつ、その経済的・社会的・イデオロギー的要因を視野に入れてゆくこと。その時代を生きた作者の生涯を、これらの要因に規定されつつも独立したものとしてとらえること。そうした生涯と照らし合わせながら、唯一無二のものとしてひとつの作品をとらえること、これである。

(c) そのような作業を遂行しつつ行なわれる歴史叙述は結果として、作品分析において具体的社会状況に置かれた作者の生涯を、まるごとではないにしてもその重要なポイントにおいて(つまりは「止揚された[aufgehoben]」ものとして)語り出してゆき、その生涯への言及にかれの生きた時代を同様のしかたで語り出してゆく。さらにはその時代の前史と後史という意味での「歴史過程」を語り出してゆく。ここでいう「歴史過程」、本テーゼでは「歴史過程の全体」と表現されているものが、ひとつらなりの「世界史」（あるいは四次元的時空）として諸事象を包含しているものでありえないのは、ベンヤミンが「普遍史」を最初から退けていることから明らかだ。ひとつの対象をめぐる「歴史過程の全体」とは、ここではその前史と後史としてとらえられ叙述されるものであるにほかならないだろう。（前史と後史の例は、『パサージュ論』では次のようになる。「たとえばボードレールの前史は〔中略〕アレゴリーにあり、かれの後史はユーゲントシュティールにある。」——N10,3）

たとえばひとつの作品を分析するにあたっては、従来の単線的で一領域限定的な叙述を不断に突破しつつ、その作者の時代の政治的・経済的・社会的状況をも論究の対象とし、さらにはその前史および現在までの影響作用史としての後史をも射程に入れる。こうした統合的な叙述こそ、ベンヤミンのいう「唯物論的な歴史叙述」なのだ。それは当初の〈不意のイメージ〉の内実と射程をあらわにする道となるにちがいない。

具体的にはどうかというと、「フックス論」の論述はやや長く複雑なため、ここではテーゼVIへの評注で取り上げた「カール・グスタフ・ヨッホマン「ポエジーの退歩」」への序論（一九三九年）を取り上げてみよう。

そこでは、忘れられた著述家ヨッホマンについて語るにあたり、その時代・生涯・作品という整然とした叙述がなされるのではない。ヨッホマンのテクストがこれまで埋もれていたということから、まず同様に忘れられた同時代人を一人ひとり紹介してゆき、ヨッホマンが生を享けたバルト諸国の解放運動に言及し、かれをドイツ市民階級の先駆けと位置づける。そのうえでエッセイ「ポエジーの退歩」を取り上げ、ベンヤミンの時代に訴えかけるものとして「過ぎ去ったものを失われ贖われえないものとみなすのは正当なのか」という問いを取り出し、同時代のロマン派との対立関係におきながら、その後史としてはマルクスの「階級なき社会」、前史としてはヴィーコの言語論と関係づけて論じているのである（cf. GS II・2, 572-585）。

さらに本格的な「唯物論的な歴史叙述」になるはずだったのは、未完に終わった「ボードレール――高度資本主義の抒情詩人」だったろう。これは本来は『パサージュ論』の一部を「細密モデル」（GB VI, 64）として独立させ、『社会研究誌』寄稿論文として一九三七年四月に着手されたものが、やがて一冊の書物として構想され、まず第二部が翌年九月にニューヨークのホルクハイマーに「ボードレールにおける第二帝政期のパリ」と題して送られた。ホルクハイマーへの同封の書簡（一九三八年九月二十八日付）によれば、全三部のそれぞれの標題は次のようになる予定なのだという。

第一部　アレゴリー詩人としてのボードレール
第二部　ボードレールにおける第二帝政期のパリ
第三部　詩的対象としての商品

このうち第一部は「芸術理論上の問題提起」、第二部は「詩人の社会批判的解釈」、第三部は「ボードレールの業績の解釈」にあてるつもりだと語っている（GB VI, 162f.）。残念なことにこの計画は、アドルノの壊滅的な批判を受けて中止を余儀なくされ、草稿「セントラルパーク」などが遺されているだけで、翌一九三九年の二月から七月の終わりにかけてアドルノの意を汲んだ「ボードレールにおけるいくつかのモティーフについて」を執筆して、『社会研究誌』に掲載するにとどまった。

【訳語・訳文解説】

「普遍史」 "Universalgeschichte" の訳語である。「世界史」と訳したほうが通りがいいかもしれないが、学校教育で永らく「日本史―東洋史―世界史」という区分がなされてきたこと、さらには「世界史」の通常の原語にあたる "Weltgeschichte" から区別するためにも、「普遍史」という訳語をとる。（a）このドイツ語には、フランス語の "l'histoire universelle" が先行しており、なかでも影響力をもったのはボシュエ（Jacques-Bénigne Bossuet　一六二七～一七〇四）の『普遍史論』（*Discours sur l'histoire universelle*, 1681）であろう。ちなみに、ボシュエのこの書を主要な論敵として念頭において執筆した一七六五年刊の論考のタイトルに、ヴォルテールは「歴史哲学」という語を史上はじめて用いた。[64] 初期進歩論者のテュルゴーやコンドルセもこのフランス語表現を用いており、ドイツ語圏ではシラーの一七八九年の論考タイトルに "Universalgeschichte" の語が用いられている。（b）だが、本テーゼで「普遍史」を頂点とするといわれている「歴史主義」とは、十九世紀後半以降の動向であるのだから、「普遍史」もその時期のものとして理解しなければならないだろう。注目すべきことに、新全集版に採録された関連断章に、古代史家エドゥアルト・マイヤーの著作からの次のような抜き書きがある。「あらゆる歴史研究と史

（64）「歴史哲学」とはヘーゲルの「世界史の哲学」に代表されるような世界史の法則にかんする思弁的考察ではなく、同時代に支配的な歴史観（ヴォルテールにとっては聖書の記述に基づくキリスト教的救済史観）への批判としてまず登場したことは、繰り返し想起されるべきことであろう。ベンヤミンの「歴史の概念について」もまた、歴史主義と進歩史観という同時代の支配的な歴史理解にたいする批判（「批判的歴史理論」）として書かれたのである。

学的な仕事の基礎および目標は、そのもっとも限定的な細部においても、つねに普遍史にほかならない」[65]（145）。古代史をギリシア民族史に限定せず、諸民族の交流において描くことを目指した、マイヤーの志が語られていると見るべきであろうが、それを受けるかのように別の断章でベンヤミンは「普遍史」を、「人類の歴史がさまざまな民族の歴史から合成されるという考え」と見なして、批判的にコメントしている（cf. 114／五九九）。（c）だが本テーゼでいう「普遍史」は、さらにスケールの大きい、人類史大の包括的なものとして考えられているようだ。歴史主義が真理を永遠不変のものとし（テーゼV）、「過去の「永遠」の像」の呈示を志向するとき（テーゼXVI）、歴史的時間が均質かつ空虚なものと想定されるなら、その歴史叙述の課題は〈空虚な歴史的時間の全体を史実によって徐々に埋めてゆく〉ものであることになる。それが本テーゼ冒頭で語られているのである。[66]

「基礎」　“Armatur”の訳であり、先行日本語訳は「武装」「装備」と訳している。なるほどドイツ語としてはそのとおりだが、しかしここでベンヤミンはフランス語手稿でも用いられているフランス語の“armature”（骨組み・支え・基盤）を念頭においていると考えられるため、文脈に照らしてこのように訳そう。

「対象がモナドとして自分に向きあってくる」　原文は“er ihm als Monade entgegentritt”であり、ふたつの人称代名詞のどちらを、先行する主文の主語である「史的唯物論者」ととるかによって、諸訳は見解が分かれている。フランス語手稿は「対象」を主語にとっている。内容的にも「史的唯物論者」と「歴史的対象」の相互関係を示す文ととり、このように訳す。

「そのチャンスをとらえて」　「とらえる」にあたる“wahrnehmen”は、これまでの日本語訳では「認める」と訳されてきたが（英訳もいずれも同様である）、「チャンスを逃さない」という意味でこう訳した。フランス語手稿も同じく“en se saisissant de cette chance”とあり、二つの仏訳もこれに準じて訳している。

「保存され、止揚されている」　“aufbewahrt ist und aufgehoben”の訳である。ドイツ語としては“aufgehoben”を追記ないし強調するかたちになっており、その点も含めどう訳すかが問題となる。フランス語手稿では一語でたんに「含まれる（tient）」とされているため、“aufgehoben”をヘーゲル哲学的な「止揚」と訳す必要はないかもしれない。しかしこの箇所の出典ともいえる「フックス論」の箇所で、すでに同じ表現・同じ行文になっていることもあり（cf. CS II·2, 468）、追記的ないしは強調的な位置に置かれた“aufgehoben”にそれなりの意味が込められていると考えるべきだろう。ここでは右に示した、すべてが保存されているわけではないとの解釈に基づいて、重要ポイントが保持されるという意味で「止揚されている」と訳す。

【補足】

アーレント手稿の対応テーゼはXVであるが、やや厄介な事情がある。「XV」と番号が振られたテーゼが二つあるのである。本テーゼに対応するのは、そのうちの最初のものである。（二番目について

（65）新全集版編者によればこれは、エドゥアルト・マイヤーの *Kleine Schriften*, Erster Band. 2. Aufl., Halle: Max Niemeyer 1924 からの抜き書きである（301f.）。

（66）ただしベンヤミンは、「普遍史」という理念を全面的に否定しているわけではない。『パサージュ論』では「普遍史の真正な概念はメシア的なものである」（N18,3）という。あらゆるものが顕在的となるメシア的世界においてこそ、あらゆる過去の出来事にアクセスしうるという意味での真の普遍史が可能になるのである（cf. 109／五九六〜七；140／五八七）。

は「参考テーゼ」を扱うさいに触れる。）字句の異同が若干見られるが、推敲により本文をほぼ確定している。なかでも重視すべきなのは、本書訳文の「その布置は〔中略〕モナドとして結晶することになる」の主語が女性代名詞“sie”となっており、底本のタイプ稿1でもいったん“es”とタイプしてから手書きで“sie”と直していることである（cf. 27）。ところが従来の流布本の底本となったタイプ稿2および4においては、最初にタイプされたもののカーボン写しから転写したためなのか、“es”となっており、これに従ってこれまでの翻訳はすべて主語を“Denken”つまり「思考作用」ととってきた。しかしアーレント手稿とタイプ稿1だけでなくタイプ稿3もまた“sie”となっており、さらにはフランス語手稿で内容的にそれにあたるのも「イメージ（l'image）、星座的布置（constellation）」である。事柄的には「モナドとして結晶するもの」は、“sie”すなわち「星座的布置」と理解したほうが「思考作用」よりもはるかに分かりやすい。これまでタイプ稿2ないし4を底本にすることにより、ただでさえ難解なテクストがより理解困難なものになってしまったように思う。

右に「参考テーゼ」から引用した「歴史主義は、歴史のさまざまな契機の因果関係を確定して満足する」という文章、および「今の時」のうちには「メシア的時間の破片が含み込まれている」という表現は、アーレント手稿の二つあるXVのうち、後者に同文が見られる（cf. 27f.）。「フックス論」や「歴史の概念について」関連断章では、これを「叙事的（episch）契機」とベンヤミンが呼んでいることに注意しておこう。“episch”とは“Epos”すなわち「叙事詩」の形容詞形であるが、そこでは「英雄譚」という意味で用いられているのではない。叙述形式から見てたとえば『オデュッセイア』がそうであるように、叙事詩は一連の出来事を発端から結末までひとつの時間軸に沿って語るものである。その意味で因果結合の叙述をストレートに行なったものと見ることができ、その点に着目して「叙事的」

という言葉は用いられるのである。もっともこれも「物語る」という言葉とともに、原稿に取り入れられることのなかった言葉ではあるのだが。

ところでアーレント手稿にこれまた二つあるテーゼXIIのうち二番目のものを見ると、第一文が底本のテーゼXIVの冒頭と同文であるのを除いては、本テーゼ後半の内容に対応し、途中からは字句も同じとなって、「爆破して取りだした(heraussprengen)」に関する部分から最後まではまったくの同文である(cf. 25)。このテーゼは全体として「歴史の概念について」関連断章のひとつ(111/六一二〜三)を直接の草案として成立したもののようだが、その断章では、最終文の前に「この方法の根底にある法則(図式〔あとから挿入〕)は、静止状態にある弁証法の法則である」との一文が入っているところが注目される。「静止状態にある弁証法」とは、テーゼXIVの評注で触れたように『パサージュ論』の方法論上のキーワードだが、これを見るかぎり「歴史の概念について」では使用を控えられたと見るべきだろう[67]。「星座的布置」においては過去と現在とが双方向的に結びついている点が重要であることをあらためて確認するために、「歴史の概念について」関連断章(『パサージュ論』N2a,3からの抜き書き)の一つを挙げておこう。「過ぎ去ったものがその光を現にあるものへと投げかけたり、現にあるものがその光を過ぎ去ったものに投げかける、というのではない。イメージというものは、そのうちにおいて過去が現在と一つに出会って星座的布置を形成する場なのだ」(128/六〇三——傍点引用者)。ベンヤミンにおいて

(67) 一九三九年五月二十九日付ショーレム宛書簡で、アーレントはベンヤミンの書くものが文体の細部にいたるまで変化し、なにごともより明確に、躊躇なく表現するようになった、と述べている(cf. Hannah Arendt, Gershom Scholem, *Der Briefwechsel*, hrsg. von Marie Luise Knott, Berlin: Jüdischer Verlag 2010, S. 8)。「静止状態にある弁証法」といった用語を控えたのも、そうしたことと関係があるかもしれない。

歴史認識に特有の意味で用いられる“Konstellation”とは、ときに誤解されているように、認識の対象面で複数の事象が結びつけられて現在の側から文字どおり星座のように眺められるといった事態を意味するのではないことが、ここに明らかである。

●テーゼXVIII（本訳書底本のみにあるテーゼ）

このテーゼは底本であるタイプ稿1以外の原稿には見られない。とはいえ最終的に割愛を決めたわけではなさそうだ。ここを欠番にしているフランス語手稿では、先に見た冒頭の欠番テーゼ一覧に「XVIII　無限の課題としての無階級社会」と小見出しつきで挙げられている。タイプ稿3では、もちろん政治色の強いこのテーゼが取り入れられようもなかっただろうけれども、それでもテーゼXVIIとXIXとのあいだが欠番となって、このテーゼが本来そこに存在すべきことを示している。

タイプ稿4は本テーゼを欠いているが、失われた底本の原型がわからないため、結局のところこれを欠いているのが確かなのはタイプ稿2だけであることになる。「手択本」としてのタイプ稿1が、新全集版編者の推測するようにタイプ稿2成立後も手を入れられていったのだとすれば、そこに含まれつづけたこのテーゼもまた、他のテーゼに準じた扱いがなされてしかるべきだろう。

＊

これまで批判対象としてきた「歴史主義」と進歩史観とが、おなじ歴史的時間論の前提に立っていることを明らかにする。と同時に、過去との出会いと「政治的な行動」とが直接に結びついていることを語りだすテーゼである。

ベンヤミンがタイプ稿2でこのテーゼを取り入れなかったのは、これが「政治的行動」という言葉を含むラディカルなものだからだと考えられるかもしれない。しかしそうしたテーゼがこの位置におかれることは、「歴史の概念について」の全体編成を見ると、じつはバランスのとれたものというべきなのだ。じっさいこれまでの諸テーゼを思いかえしてみるなら、テーゼⅣ以降はほぼ二テーゼおきに階級闘争や革命などについての発言がなされていたことがわかる。他方、本テーゼの直前にあるテーゼXVIとXVIIでは歴史叙述論が展開されていた。後続する諸テーゼでは、もっぱらメシア的問題系に触れられている。そうであるなら、本テーゼがここにおかれることは、「歴史の概念について」全体の政治的モティーフが、最終段階にいたってもう一度明らかにされるという意義をもつことになるはずだ。

（1）テーゼ中段で社会民主主義的思想を取り上げることを視野にいれながら、冒頭においてマルクスの「無階級社会」思想とメシア論的時間思想とのつながりを指摘するとき、そこで考えられているのは次のようなことだ。

「メシア的な時間」とは、テーゼIIIで言われるように「〔人類〕みずからの過去がそのどの瞬間においても呼び戻されうる」時間である。しかもその各瞬間における出来事はいずれも、「大小の区別」がつけられ選別されることはない。いずれの出来事も失われることなく、しかも同等のものとして扱われる時間。マルクスの「無階級社会（上下優劣の区別なき間柄〔klassenlose Gesellschaft〕）」とは、このメシア的時間における諸契機の関係を、社会関係のありように投映したものであり、その意味で「世俗化」したものとの意義をもつ。

(2)だがマルクスの死後、この無階級社会という思想形象は、「無限の課題」を示すものと捉えられていった。つまり、果てしない進歩のなかで最終的に完成することはなく、それゆえ現実に到達することなく最後まで接近してゆかなければならないものとされた。「無限の課題」とは、とくに新カント主義のマールブルク学派(コーエン、ナートルプら)において用いられた言葉である。このマールブルク学派の哲学者の多くは社会主義に賛同していたことで知られる。たとえばカントの著作の校訂者として知られ、ここにも名前が挙げられているカール・フォアレンダーには、『カントと社会主義』(*Kant und der Sozialismus*, 1900)、『カントとマルクス』(*Kant und Marx*, 1911)といった著作がある。カントのとりわけ「理性的存在者はすべて、自分自身ならびに他のすべての理性的存在者をけっして単に手段としてではなく、つねに同時に目的自体そのものとして扱うべきである」(『道徳形而上学の基礎づけ』)といった定言命法に社会主義の原理を見いだしたかれらは、「理想」というものを「わたしたちの行為の尺度」すなわち「当為」と見なすカントの思想をも援用して、社会民主党の「俗流マルクス主義的」思想に理論的基礎を与えたことになる。

それは由々しき理論的前提、および実践的帰結を含んでいた。「無限の課題」論は、歴史をひとつの方向へ進んでゆく均質で空虚な時間ととらえる「歴史主義」と、同じ歴史的時間論に拠っているのだ。と同時に実践的には、革命情勢は歴史の進歩が漸進的にして必然的な帰結として到来することを確信し、「いまはまだそのときではない」という待機の姿勢を、安んじてとることができてしまう。

(3)これにたいしてベンヤミンは、「それみずからの革命的なチャンスをたずさえていない瞬間などない」という。

この強烈な言葉は、それだけでは、たんなる政治的ラディカリズムの表現にすぎないように思われるかもしれない。じっさいテーゼⅫで言及されたブランキの思想と行動が、ここにベンヤミン自身によって呼び戻されているのかもしれない。

だがベンヤミンは、これまでの諸テーゼで示した内容を踏まえながら、この「革命的なチャンス」とは、新しい課題への新しい解決のチャンスであると語っている。そこで考えられているのは、過去の特定の出来事と現在との、特定の瞬間における出会い——ここでの比喩によれば閉ざされていた過去という居室への瞬間を鍵とした侵入——が、現状変革と同時的だということにほかならないだろう。「居室」において出会うのは、現在に呼び戻されてその現在を変容する、特定の出来事であるはずだ。すでに見たように「フランス革命は二千年もの深淵を飛び越えてローマ共和国へと立ち戻り、これを拠りどころにした」(124／五九〇)。ここにはイメージの次元における過去の呼び戻しと、未実現の可能性において過去が現実に呼び戻されることとが、同時に考えられているといえよう。それゆえベンヤミンのいう「革命的チャンス」とは、過去がそのポテンシャル、ありえた姿において現在に呼び戻され、その現在が「政治的な行動」により変容するという、そのような「新しい課題」に応えるチャンスなのであり、それはどの瞬間においても可能であるわけなのだ。この政治的行動はそれ自体として、現在のありようを変革するために過去を因果的叙述や隠蔽・忘却から解き放つという意味で、「メシア的な行動」なのである。

ちなみに歴史認識と革命的行動が同時性をもちうるのかどうかについて、ガニュバンが問題を提起している。史的唯物論に立脚する「知識人」としての歴史家の歴史叙述的構成とプロレタリアートの行動がどう密接に連関するのかは、「歴史の概念について」においては明確ではなく、そもそもこれはマルクス主義理論では解かれていない問題なのではないか、と。[68] しかしながらここから逆にいえるのは、ベンヤミンが知識人を主要な担い手とする前衛とそれに指導される大衆という革命論を受け入れていたわけではない、という簡明な事実である。いつでも可能だといわれる革命的チャンスは、同時にだれによってでも可能なチャンスのことであるはずだ。

【訳語・訳文解説】

「シュミット〔Conrad Schmidt 一八六三〜一九三二〕」 原文では“Schmidt”とのみある人物を、新全集版編者注ではローベルト・シュミット（Robert Schmidt 一八六四〜一九四三）のことであるとするのにたいし（cf. 261）、本テーゼ草稿英訳（本書「イントロダクション」末尾参照）の訳注ではこのようにコンラート・シュミットのこととしている。前者は社民党機関紙“Vorwärts”の編集部を経て一九三〇年まで帝国議会議員を務めた政治史的に重要な人物だが（cf. ibid.）、新カント派哲学との直接の関係が確認できないのにたいし、後者はさまざまに立場を変えつつも世紀の変わり目には新カント派の立場に立って「カント歴史哲学の史的唯物論への近さ」を指摘した人物として知られている。そのためここでは後者のこととととる。

「とびらを開く権能」 原語である“Schlüsselgewalt”とは、カトリックの用語で「鍵の権能・教導権」、一般の用語としては「主婦の家政権」を意味するとのことである。ベンヤミンはこの既成の言葉を部屋の比喩の文脈に適用して、文字どおり「とびらを開く力・権能」として用いている。

【補足】

テーゼの番号づけはタイプで迷わず「XVIII」とされて、その後修正されていない。次のテーゼの番号が「XVIII」とタイプされたのちに、手書きで「XIX」と修正されているところを見ると（cf. 261）、テーゼ

「VII」と同じようにあとから迷わずここへの挿入を決めたものかもしれない。

●テーゼXIX

前半の「生物学者」の言葉は、新全集版編者にも出典が明らかではないという(cf. 261)。「生命史カレンダー」とでもいうべきもので、当時は斬新な発想だったのかもしれない。いずれにせよ、現在ではその算定の基礎数値が大きく修正される体のものだろう。解釈の課題は、ベンヤミンがこの生物学的知見を参照しながら、どのようなメッセージを発信しようとしたかにある。もし「今の時」をテーゼXVIIで言われたモナドと考え、「メシア的な時間」を全歴史時間のことと考えるなら、前者が後者をモナドに特有の表象によってすべてみずからのうちに映し出しているところに、全宇宙の時間からすれば人類史が一瞬にすぎないという凝縮性を見ることができる。一見するとそういったことが語られているように見える。

だがこれは「歴史の概念について」の現存原稿のすべてにおいて、ローマ数字の番号で最後となるテーゼである。とくに補足テーゼのあるタイプ稿1と4以外では、原稿全体の末尾に置かれているのである。ベンヤミンの歴史的時間論にそくして、もう少し掘りさげて解釈する必要がありそうだ。

(1)まず、「メシア的な時間」とは前テーゼ評注でも確認したように、過去のいずれの出来事も同等なものとして呼び戻しうるところの時間であり、その呼び戻しを生起の停止によって可能とするも

(68) Cf. Gagnebin, *op. cit.*, S. 294.

のである。他方「今の時」とは、この出来事の総体の中断が現実に生じるわけではない場にあって、過去の特定の出来事が特定の現在に呼び戻される、そのつど一回かぎりの瞬間のポテンシャルを意味している。

（2）ところで、「今の時」がメシア的な時間の「モデル」、すなわち「縮尺模型 (Modell)」であるとされるとき、それがとりまとめている「全人類の歴史」とは、けっして連続体として考えられた客観的な過程ではないはずだ。つまり自然科学者（「生物学者」）が歴史主義の歴史家と同様に想定している均質で空虚な時間を媒体に、出来事が時系列的に配置されているその総体ではないだろう。むしろ〈すべての過去とそれらを呼び戻す現在との結びつきの可能的総体〉こそが、ここでいわれる「全人類の歴史」のことではないだろうか。

（3）これにたいして「宇宙における人類の歴史のすがた」といわれる場合の「宇宙 (Universum)」とは、明らかに自然科学的次元のことであり、そこに位置を占めている「人類史」もまたここでは、均質で空虚な時間を尺度にした特定の長さをもったものであろう。もちろんその場合には、前者にたいして後者は物理的な意味でほとんど一瞬にすぎないことになる。そのことを前提としたうえで、さてこの物理的な事態とのアナロジーを導入するなら、そのつどの時間の場における過去と現在の可能的結びつきの総体を一点においてとりまとめている「今の時」もまた、「一瞬」という意味をもつことになる。ただし「今の時」の右の性格を考えに入れるなら、それは時間的に短いという意味での一瞬というよりも、この結びつきをそのつど可能にする「瞬間」の場であるという積極的な意味で、それは理解されるべきものであるだろう。

このように読解したとき本テーゼは、「歴史の概念について」独自の時間論の核心を、これまでとはやや異なった角度から語り出したものと言えるのではないか。新しい「歴史の概念」を構築するために理論的に仮設されるべき「メシア的時間」と、それに基づいてあらゆる瞬間に可能であるはずの過去と現在との出会いの時を意味する「今の時」との関係が、後者の「瞬間」的性格に強調を置くしかたで語られているのだ、と。

【補足】

アーレント手稿では最後に置かれたテーゼXVIIが本テーゼに対応しているが、一箇所「今の時（Jetztzeit）」に引用符が付されている点が注目される。これはすでに指摘したように同手稿の二番目のテーゼXIでも同様であった。

フランス語手稿でもテーゼ番号はXIXだが、これが最終テーゼとなっている。「今の時」は引用符入りの“présent”（今・現在）と表現されている。

●テーゼXI（底本末尾に置かれたテーゼ）

底本であるタイプ稿1の末尾に置かれているが、全体が赤字の括弧でくくられている。没後に成立したタイプ稿4において、ローマ数字を振られた諸テーゼとは別枠に、末尾に「B」として置かれたものと同内容である。

いうまでもなくタイプ稿1には、すでにテーゼXIがある。それと同じ番号を振られて原稿の末尾に置かれているこのテーゼは、どこに位置をもつはずだったのだろうか。あるいはそもそもどこかに位置をもちうるものなのだろうか。結論を先にいえば、このテーゼはおそらくアーレント手稿もしくはそれに準じる原稿の同番号のテーゼをタイプライターで清書したあと、全体のなかに配置される箇所が検討されながらも、結局タイプ稿1ではしかるべき場所を与えられることができず、逡巡しながらも割愛する方向へと向かっていたものと思われる。結果的に全体が赤字の［ ］でくくられていることも、そのことを示唆している。

＊

歴史主義にも進歩史観にも共通する「均質で空虚な時間」という時間観念とはことなった、別の時間経験を指摘する趣旨のテーゼである。その時間経験は、一方では占い師、他方では回想（Eingedenken）、とりわけユダヤ人のもとにおける回想に見られるという。いずれの立場もそのまま肯定されるものではないにしても、そこから示唆をえることのできるものとして挙げられているのだろう。

（1）占い師は、現在において未来の出来事を予見する。「均質で空虚な歴史的時間」においては、過去にかんしては、すでに生じた出来事が加算的に累積して充塡されるが、未来はまったくの空虚でしかない。もちろん進歩史観であれば歴史の最終目標とそこにいたる諸段階を理論的に想定してはいるが、占い師が依頼人の求めに応じて予言するような、具体的で個人的な出来事まで予見できるわけではない。これにたいして占い師にとって未来とは、現在との結びつきをもった具体的内容に充ちた時間として経験されていることになる。

こうした占い師の時間経験から、反転して過去の回想のありかたについての示唆をえることができるというのが、ここでのポイントである。過去の出来事が回想されるときには、時系列上の以前の地点に位置づけられた「過ぎ去ったこと」へと、現在から一歩一歩さかのぼって接近するといったことがなされるわけではない。現在と過去との結びつきは、空虚な時間の単位でいえば数千年も離れた時点へと一瞬にして跳躍するしかたで行われる。歴史的時間はその意味で質的なものとして経験されるものなのだ。

（2）ところで、ユダヤ人には未来の予測が禁じられ、代わって回想することが教えられた。そのときには、占い師が行なっている未来時間の経験は無効とされている。にもかかわらず未来が、一次元からなる時間を一方向へと延びてゆく空虚な過程と捉えられたわけではない。「いつでも」メシアが到来する、そうしたものととらえられていたのだという。この「メシア」の到来とはベンヤミンにおいて、時間の停止、歴史の打ち切りを意味することを忘れてはならない。これを「歴史の概念について」全体のメッセージに結びつけるなら、革命的チャンスは「いつでも」立ち現われるということがここに語られているといわなければならない。

【訳語・訳文解説】

「小さな門」　原文の“die kleine Pforte”には、マタイ伝七・一三〜一四における「狭き門」のルター訳“die enge Pforte”という表現の影響があるかもしれないと、ゾーン新訳訳注は指摘する。もっともその門を通るのは福音書では人間であるのにたいし、ここではメシアであるわけなのだが。

【補足】

煩瑣な考察になるが、このテーゼが置かれるべき位置について、いくつかの可能性を考えてみよう。原稿の状態を見ると、全体が手書きの赤字により括弧にくくられている。テーゼ番号を示す「XI」

の横には「XIIa」と赤字で番号が打たれており、これは他テーゼへの同様の書き込みに比べ明確で、消去も黒インクによる確定も行なわれていないという。タイプ稿1には別のテーゼXIがあるため、位置が決まらないままここに暫定的に置かれたものであることはたしかだ（cf. 261f.）。（a）もし仮に「XIIa」がタイプ稿1のXIIの次に置かれる可能性を示唆していると想定するなら、このXIIは、テーゼXIIIにおいて社会民主党の理論と実践を批判しつつ「均質で空虚な時間」という歴史時間の理解をはじめて俎上に載せ、以下続くテーゼでその批判を行なう、その直前の箇所である。そこにこのテーゼがある種の序論として位置を与えられたとしても、不思議ではないかもしれない。もっとも、テーゼXIからつづく社会民主党批判が中断されることになるので、しっくりはこない。それ以前になによりも、「均質で空虚な時間」を先取りしてしまうかたちになることが問題だ。（b）ところでこのテーゼの本文は、アーレント手稿の「XI」（あるいはそれに準じる紛失した原稿のなんらかの箇所）を浄書したものと推定することが可能である。じっさいアーレント手稿で推敲が行なわれて、異同がなお残りはするものの、ほぼ本文が確定しているのである。「XI」というテーゼ番号も対応している。ただし「XI」と、括弧にくくられているので、そこでも位置は未確定のようである。そのアーレント手稿でとりあえずテーゼXと、二つあるテーゼXIIのうち最初のものとのあいだに位置していると考えた場合、前者は社会民主党批判から歴史時間論へ向かうテーゼ（タイプ稿1ではXIIIに対応）、後者は「歴史とは構成の対象である」としてロベスピエールに言及するテーゼ（XIVに対応）であるから、この配置もまた不自然とはいえない。社会民主党批判が終了したところであること、先行テーゼXに言及が開始される「均質で空虚な時間」への言及を受けていると考えられることから、右のタイプ稿1における想定箇所より自然といえる。ただし「ユダヤ人」について表だって、しかもその伝統の具体的なありようについてそこで語るのは、唐突の感を否めない。（c）するとアーレント手稿のテーゼをもとに（他の素材もあったかもしれない）一テーゼ一枚の用紙という方式でタイプ清書したのち、新たなテーゼも書き足しながら順序を組み替えていったベンヤミンは、このテーゼにうまく位置を与えることができず、最終的に削除を考えて赤字の括弧にくくったと推測するのが妥当ではないだろうか。

ちなみに、新全集版編者注がこのテーゼの関連断章としているものがある（142）。かなり表現が異なっており、加筆修正の箇所も多いが、アーレント手稿の「[XI]」の原型と見なしても差し支えないものである。（好村冨士彦は「この文のほうがテーゼBでベンヤミンの言いたかったことがより分かりやすい表現をとっている」とする。[69]）そこでは「回想（Eingedenken）」について、「わたしたちはそのうちにユダヤ人の神学的な歴史のとらえ方の精髄（Quintessenz）を見るのでなければならない」とされているのが注目される。“Eingedenken”という語は、「歴史の概念について」の本文ではこの箇所以外にはテーゼXVに見られるが、そこには特段の神学的な意味は含まれていなかった（その評注参照）。他方、『パサージュ論』や「歴史の概念について」関連断章では、神学的な概念として言及されている。そのことからショーレムは本テーゼに着目して、この概念が「メシアの理念」とならぶベンヤミンのユダヤ教的カテゴリーのひとつであるとし、このテーゼに現われるユダヤ教こそ「ヴァルター・ベンヤミンが最終的には到達することがなかったとはいえ、その生涯を通じて漸近線的に近づいていった目標であった」と述べている。[70] 本テーゼはショーレムが重視している「歴史の概念について」全体の末

（69）好村前掲書一四六頁参照。
（70）ショーレム「ヴァルター・ベンヤミン」好村前掲監訳書四五～六頁参照。

尾という位置を占めるかどうかは明らかではないのだが、いずれにせよ、これがどの位置にせよ「歴史の概念について」に組み込まれた場合には、「メシア的時間」とその停止に加えてユダヤ教的“Eingedenken”概念をも表だって取り入れることになる。そのことへの躊躇もまた、本テーゼの削除をベンヤミンが考えた理由かもしれない。

ところでこのテーゼはすでに触れたように、没後成立のタイプ稿4において、ローマ数字を付せられたテーゼとは別枠のものとして、以下に見る参考テーゼを「A」とした、その次の「B」として末尾におかれている。それを底本とする一九五五年刊二巻本『著作集』までの版によって流布したばかりでなく、これらを欠くタイプ稿2を底本とする旧全集版もこの処理を踏襲したばかりか、それらに〈 〉入りで「補遺（Anhang）」と標題づけまでしている（ちなみにタイプ稿4ではアーレント草稿・タイプ稿1の「禁じられていた［unterwiesen］」が「禁じられている［unterwiesen］」となっており、旧全集版もこれを踏襲している――cf. 262）。新全集版編者解説によれば、この二つは底本となるタイプ稿4ではそれ以前のテーゼから大きくスペースをとり、しかも破線で区切られているが、それにもかかわらずその後のエディションではこうした区別がないために、両者が他の諸テーゼと一体のものであるとの「誤った仮定」に読者を導くものになってしまっているという（cf. 203）。内容的には、これらが「A」「B」として末尾に置かれることによって、「歴史の概念について」全体が読者にとり、メシア論的色彩のきわめて強いものと受け取られる結果になったことは否定できないだろう。

●参考テーゼ（底本にはなくタイプ稿4にのみ見られるテーゼ）

底本には存在せず、タイプ稿4で末尾に「A」として置かれ、その後も旧全集版にいたるまで踏襲されてきたものである。本書ではタイプ稿4を底本に、アーレント手稿の対応箇所を参照しながら訳している。

底本には欠けているため、あらかじめこのテーゼの位置づけについて確認しておくと、「イントロダクション」で述べたように、これを前テーゼとともに末尾に置いたタイプ稿4は米国においてタイプ原稿化されたものであるが、その底本になった原稿は失われたとされており、そのためベンヤミン自身が末尾に「A」「B」として置いた原稿を遺していたかどうかは、確認のしようがない。ただ、ひとつ注目されるのは、アーレント手稿のふたつあるテーゼXVの二番目のものの、冒頭三文を除いた後半に、このテーゼ全文がほぼそのまま含まれていることである。ということは、ベンヤミンが少なくともある時点までは、このテーゼの内容を原稿に取り入れることを考えていたことになる。「歴史の概念について」全体の理解に不可欠ともいえる重要な言明を含んでいることもあり、本書では底本を補完する「参考テーゼ」という位置を与えている。

＊

従来の歴史の見方と、ベンヤミンの新しい「歴史の概念」の核心とが、鮮やかに対照されている。これまでも評注でしばしば言及してきた思想内容だが、最後の締めくくりとして確認をしておこう。

（1）まず「歴史主義」とは、過去の出来事のあいだに因果的な関係を確定しようとするものであること、それゆえ歴史を因果連鎖として叙述するものであることが、ここに明言されている。このことは「歴史の概念について」関連断章では、たとえば「歴史はさまざまな連関、任意に案出された因果連鎖とかかわっている」（141／五八三）といったように語られているが、原稿ではここ以外で明示されることはなかった。

テーゼXVII冒頭を参照して言えば、「均質で空虚な時間」をさまざまな史実によって充塡してゆくにあたって、「歴史主義」はそれらを原因‐結果の関係で結びつけてゆくことになる。前に見たようにこれは物語り行為として行なわれるのであり、因果連鎖のうちには位置づかないもの、想定された因果関係にとり重要でないとされるものは、歴史叙述から排除される。このように排除されるものはおのずと歴史認識において後景化され、さらには隠蔽され、忘却されることになる。[71] 他方、叙述されるものもまた、原因‐結果関係の一項として連鎖的叙述のなかに取り込まれ、それがもっているかもしれない現在への訴求力を奪われて平板化される。以上のことは、未来の理想状態へと向かう発展系列上に出来事を配置する進歩史観についてもあてはまるだろう。

（2）この因果的叙述とその根底にある歴史観との対照で、ベンヤミンの立場の基軸となるものが語り出されている。

すなわち、出来事の因果連鎖への位置づけではなく、時をへだてた現在との出会いこそが、過去の事実を「史的事実」にする。この「史的事実（historischer Tatbestand）」という言葉の含意をどう理解するかはむずかしいが、「史的探究によって（historisch）求められ捉えられるに値する事実」という意味と考えよう。

このような特定の過去と特定の現在との出会いが「星座的布置」と呼ばれるものなのであり、その出会いの核心にあるのが「今の時」なのだ。「今の時」とは、過去の特定の出来事が現在に呼び戻される、そのつど一回かぎりの瞬間として現われてくる時間のポテンシャルのことであるが、それは生起の中断によっていずれの過去をも呼び戻しうる「メシア的な時間」という限界概念を背景に明示される概念である。「歴史の概念について」の歴史的時間論が、端的に表現されているといえよう。

【訳語・訳文解説】

「史的事実になるのは」　タイプ稿4および旧全集版では過去形（ward）であるが、アーレント手稿および関連断章（110, 155）の対応文に見られる現在形（wird）を採用して訳した。

「ロザリオのように指で繰る」　山口訳注に「ロザリオは玉を順番に指でたどっていくことによって、祈りの順番と回数を正しく把握するための道具である」と説明されており、たしかにそうした動作を念頭に置いたものと思われる。

（71）「忘却」の語は「歴史の概念について」では用いられていないが、すでに何度か参照した一九四〇年春のグレーテル・アドルノ宛書簡で、ベンヤミンが自分の課題を「想起（および忘却）の問題」と表現していることが注目される（cf. GB VI, 436）。

3　評注への結語

以上では、ベンヤミンのテクストを、わたしの理解するところに基づいて解読することに重きを置いてきた。そのつど「歴史の概念について」全体を視野に入れるよう試みたが、それでもそもそも新しい「歴史の概念」とはどのようなものか、それが二十一世紀の今日にどのような思想的な意味をもつのか、それについては多くを語るところがなかった。

そこでここでは、まずテーゼの順番は考慮に入れずに「歴史の概念について」全体の思想内容を整理する。そのうえで現在の状況にその思想がもつ意味を、わたしの視点から語ってみたい。

A　新しい「歴史の概念＝理解」とはなにか

ベンヤミンのいう「歴史の概念」は、ただひとつの命題・定義によって定式化されるようなものではない。あえて言えば、テーゼXIIの評注で述べたように、過去にたいし探究的な姿勢をとるわれわれに、過去の特定の事象が不意に立ち現われ、現在にその未実現の可能性において取り戻されて、その現在を変容させる、そうした双方向的なかかわりが、従来とはことなった「歴史」のありようとして示されていると言えるかもしれない。だがそれにとどまらず、このテクストの全体において新しい「歴史の理解」、つまりは従来とは別様のしかたで史的唯物論と呼ばれるべきものが語られていると捉える必要があるように思う。そこで事柄を少しでも明瞭にするために、このテクストの思想像を全体として示すよう試みよう。

一　問題提起

「歴史は進歩する（理想状態へと向けて進んでゆく）」という考えが通用しないことが明らかとなった現在の状況においては、これまでと異なった「歴史の概念＝理解」を手にすることがなによりも必要である

―ファシズムの台頭を「非常事態」と見なして驚愕する者も、「例外状態」と見なしてそれと妥協する者も、いずれも前提として「歴史は進歩する」と考えている

―だが抑圧・野蛮・残虐の支配は、むしろ歴史の常態であった。そのことの認識に立脚した新しい「歴史の概念＝理解」を手にして、真の「例外状態」を現出させることが現在の急務である

（テーゼⅧ・Ⅹ参照）

一・一　進歩史観とともに「歴史主義」の歴史観をも退ける必要がある

―進歩史観は技術を「自然の支配による社会の進歩」を可能にするものと見るだけで、資本主義社会においては労働者の搾取という「社会の退歩」につながることを見ない

（テーゼⅪ参照）

―歴史主義は歴史的出来事を重要度の大小に応じて取捨選択することにより、現在の支配者にまでいたる歴史の勝者の立場に感情移入して歴史を叙述し、現在の支配の正統性を強化している

（テーゼⅦ参照）

二　新しい「歴史の概念」の基軸となる思想

―過去の特定のものごとが隠蔽・忘却から解き放たれて現在に呼び戻され、その未実現の可能性によって現在を変容させる「今の時」

（テーゼⅩⅣ参照）

―そうした過去のイメージが危機において思いがけず立ち現われる「認識可能性の瞬間」

（テーゼⅤ・Ⅵ参照）

―政治的行動は将来の理想状態の実現ではなく、過去の抑圧された人びとのための復讐であるとする「抑圧された人びとの伝統」

（テーゼⅧ・Ⅻ参照）

二・一　それを現実化するために必要なメシア論的思想形象

―〈歴史の流れを不意に断ち切って過去のいずれの出来事にもアクセスすることのできるメシア〉という形象を過去（神学的伝統）から呼び戻して参照軸にし、過去のいずれの出来事も失われたものとして諦められてはならないという立場を堅持する（テーゼIII・XVI参照）

―隠蔽・忘却された過去を呼び戻す「かすかな」メシア的な力は、「ありえた過去」について日常的にひとがいだく「もしそうだったらよかったのに」という感覚を研ぎ澄ますことにより準備される（テーゼII参照）

三　既成の歴史的時間の理解をつねに退けながら行なわれる「歴史的対象の構成＝叙述」

三・〇一　中断も完結もない全人類の進歩を想定する進歩史観は、歴史的時間を「均質で空虚な時間」ととらえている（テーゼXIII参照）

三・〇二　「歴史主義」も、同様の歴史的時間を史実の累積により埋めつくす歴史叙述をめざしている（テーゼXVII参照）

―過去の出来事を前後の出来事との因果連関においてとらえ叙述することにより、その出来事の独自性を平板化する。あるいは一定の出来事を、歴史の因果的展開にとり重要ではないものとして叙述から取り落とし、隠蔽・忘却する（参考テーゼ参照）

―この歴史的時間論は、「今の時」における特定の過去と特定の現在との出会いを阻害する（テーゼXVII参照）

三・一　歴史的対象の構成の原理

―所与の歴史叙述・史料のなかで、現在に訴えかける特定の過去の出来事のイメージと出会ったとき、それを因果連関や進歩過程に組み込んでとらえようとする思考を停止し、その出来事を歴史的対象として同定する

——それを叙述するにあたっては、均質で空虚な歴史的時間に因果論的・進歩論的に組み込もうとする圧力に不断に抗しながら、その個的な次元（行為や作品）・その行為者ないし制作者の生涯・かれの時代・その時代の前後の時代の全体にわたって、重層的に分析を行ない、現在への訴えかけの内実と射程を明らかにする　（テーゼXVII参照）

三・二　政治的行動との対応

——瞬間において過去をとらえ呼び戻すことによって現在を変容させる営みは、政治的行動として遂行される　（テーゼXVIII参照）

以上を手短に表現すると、次のようになる。均質で空虚な歴史的時間を前提とする歴史主義と進歩史観の因果的歴史叙述を突破して、そこに隠蔽・忘却・平板化されていた特定の出来事を、現在に語りかけ現在を変容させる不意のイメージとして呼び戻す。それは敗北した過去の人びとが顕彰され、その生のありようが重層的に叙述される道であるというだけでなく、その過去が未実現の可能性をアクチュアルなものにして現在そのものとなる道、そのための政治的活動が遂行されてゆく道でもある。それにはいずれの過去の出来事をも現在に呼び戻す「メシア」という思想形象を、神学的伝統の過去から現在に呼び戻して、「かつて生じたことは歴史にとりなにひとつとして失われたものと諦められることはない」という立場を堅持することが必要なのだ、と。

B　二十一世紀の「歴史の概念について」

ベンヤミンの自死から七十数年をへて、政治的状況も歴史研究の状況も大きく変貌を遂げた。「歴史の概念について」が書かれた時代は過去のものになり、それが論敵とした思想も、少なくとも一見するところ過ぎ去った時代のものとなった。このテクストはそれ自体が「文化財」となり、専門研究の対象とされ、さらには正統マルクス主義の伝統のうちに位置づけられるなどしながら、その批判的ポテンシャルを失いつつあるようにも見える。

もちろんこのテクストの問題提起そのものに、すでに「古い」ところがあるのは否定できない。彼の死から四分の三世紀が経った二〇一〇年代なかばの現在、進歩史観はもう「過去」のものになったように見える。一九七〇年代後半の「大きな物語の終焉」論、さらにそれから十年ほどで生じたソ連・東欧社会主義体制の崩壊は、ベンヤミンが問題視したスターリン的唯物史観の思想的・政治的影響力を、一挙に減殺してしまった。

専門歴史学研究の領野においても、ベンヤミンの同時代人マルク・ブロック、リュシアン・フェーブルがすでに一九二九年に『社会・経済史年報（アナール）』を創刊し、事件史としての政治史、物語り的叙述による支配体制の歴史を偏重する主流派歴史学への批判を開始していた。そこに創始されたアナール学派はその後、長期持続・心性・表象などにつぎつぎと焦点を当ててゆき、「歴史主義」には思いも付かなかった次元にまで歴史学の可能性を広げている。カルロ・ギンズブルグの「ミクロストリア」に顕著に見られるように、「無名の者」の生の軌跡を掘り起こす試みもなされ、日本社会でもまた、名もなき人びとの生活をその襞にいたるまで掘り起こし、現存支配体制のありようを根本から問い直す歴史研究が、阿部謹也や網野善彦などを先駆者として進められて久しい。

それ自体が「過去」に属するというべきこのテクストが、そもそも二十一世紀のいまになにかを語りかける思想的な意義をもっているのか。そう問われることだろう。

だが、「過去」をそのポテンシャルにおいて呼び戻すこと。それこそ何よりもこのテクストにおいてベンヤミンが呼びかけていることではなかったか。そうであるなら、「危機の瞬間」に意想外の星座的布置をもって「過去」のこのテクストと出会うことへと、わたしたちはテクストそのものによって促されているのではないだろうか。以下、発想が「古い」と言われることを承知で、わたしの考えるところを述べよう。

（1）具体例から入ろう。「王朝文学」の嚆矢ともされる紀貫之の『土佐日記』を読み進めると、巻末にも近い、船が難波から淀川に入り京へと向かって遡行する二月九日の段に、「わだのとまりのあかれのところといふところあり。よね・いをなどこへば、おこなひつ」とある。注釈を見ると「米《よね》・魚《いを》など乞へば、行ひつ」とは、だれの・だれに向かっての・どのような行為なのかが、諸説あって明確ではない。日記といっても虚構性の高い『土佐日記』のことだから、そもそも史実に対応しているのかどうかもわからない。

読みまどうなか、萩谷朴《はぎたにぼく》『土佐日記全注釈』（角川書店、一九六七年）をひもとくと、ここにいう「曲《わだ》の泊まりの分かれ」とは、淀川の神崎川への分流点、江口の対岸のことであるという。江口といえば、人や物資が行きかう交通の要衝のつねとして、多くの遊女を擁して京からも「貴人」が遊興に来る歓楽地のあったところである。そのことから萩谷朴は、そこには「乞食浮浪の徒が蝟集《いしゅう》」しており、右のくだりはそのかれらが「米・魚などを乞う」物乞いをしたため、主人公らが施しをなしたさまと解く。これに想をえて、引きつづき林屋辰三郎『歴史に於ける隷属民の生活』（筑摩書房、一九八七年）を開くと、当時の律令制解体期においては、身分的に「賤民」とは規定されない新しい被差別民が登場していた。そのうちの「うかれひと」は、班田農民の重い課役に耐えかねて逃散し、乞食をしながら浮浪する人びとであり、その多く集まったのは市場に加えて津や浦であったといわれている。旅商人・物売り・買春貴族・濫僧・遊女に加えて「乞食」が集まるその地の光景が目に浮かぶ。

王朝文学のテクストのなかから忽然と現われる「乞食」たち。かれらは右の文章では明示的な主語としても客語としても語り出されていない。このくだりはそもそも諧謔のためのフィクションなのかもしれない。とはいえ、そのような光景が「わだのとまりのあかれ」に日常的に繰り広げられていたからこそ、虚構もまた受け話の効果をもつと考えられただろう。このように二重三重に隠蔽されたかれらの存在の痕跡に重なるのは、はたして「いま」のわたしたちの生活圏の周縁部に、行政により分断管理され隔離隠蔽されている人びと、すなわちある時期から「ホームレス」と呼ばれるようになった人びとの、おぼろげなすがたではないだろうか。

「乞食浮浪の徒」は「進歩」に寄与せず「伝統」にも関与しないものとして、歴史叙述のなかに位置を与えられずにとどまっている。だがそのように過去においても現在においても忘却されている「歴史の敗残者」に目を向けてこそ、現在の「歴史の勝者」の「手先」(テーゼVI)たることを免れうるかもしれない。たとえ「うかれひと」が、やがて散所に定住して特殊な隷属状態に置かれてゆくと歴史学的に説明されるとしても、テクストのなかで不意に出会うかれらの「イメージ」(テーゼV)は、因果的説明を脱してわたしたちの「いま」に語りかけるだけの力を保ちつづけているかもしれない。もちろんその語りかけは、だれにたいしても可能なことでありながら、しかしいつでもどこでも生じるというわけではないのだが[72]。

(2)「歴史は進歩する」とは、十八世紀西欧に成立したローカルな、しかしその後の世界のヨーロッパ化のなかで普遍的となった思想である。その進歩思想が影響力を失ったとして、さて現在の日本社会のわたしたちは「進歩」について、両義的な立場におかれているように思われる。

一方では一九八〇年前後に各国に導入された新自由主義的経済政策は、第二次世界大戦後のケインズ主義的政策のもとに相対的に安定していた社会を、大きく動揺させている。日本社会ではとりわけ二十一世紀のゼロ年代なかごろに「格差」の名のもと、大きな社会問題として浮上した状況である。さらに、一九九〇年代にはじまった情報技術革命は、労働・金融・コミュニケーションのありかたをドラスティックに変容させ、その影響はごく身近な日常の生活にも及んでいる。うたがいなくわたしたちは、「世界史」においてごくまれな急変の時代を生きている。これを「進歩」ととらえる向きもあるだろう。

他方ではしかし、「歴史は進歩する」とは本来「歴史は理想状態へと不断に近づいてゆく」ことを意味していたのではなかったか。ところが、現在の加速度的変化をそのような「進歩」として受け止めるには、あまりにも「先が見えない」状態にわたしたちはおかれている。もちろん、社会システムの変化を巧みに先どりし、それに順応してあたらしい権益・ビジネスチャンスを手にしようとする人びとにとっては、この不断の変化こそ、望ましいものにちがいないだろう。しかしこれを「人類全体が理想状態へと近づきつつある」とまで考えるひとは、ごく少ないにちがいない。自由化の名のもとに進行するこうした急速な変化は、個々の局面の当事者でない人びとにとっても「不気味」なものに映る。

ベンヤミンが一九三〇年代にいちはやく「進歩」という歴史観が無効であることを見てとったとす

(72) 以上は拙稿「過去の痕跡との出会い——ベンヤミンと『土左日記』」『アナホリッシュ國文學』創刊号（響文社、二〇一二年十二月）などですでに論じた。

るなら、わたしたちはその無効が普遍的なものとなった時代をこそ生きているのではないだろうか。ベンヤミンのかつての「進歩」批判は、現在の急激な「変化」への批判として読み替える必要性／可能性があるのではないか。

ベンヤミンはいち早く技術の発達により人びとが豊かになるという「技術万能主義《テクノクラシー》」（テーゼXI）への批判をおこなっていた。かつて労働者自身により肯定され推進された技術の進展は、市場原理主義の社会にビルトインされ、非正規雇用の拡大とあいまって労働者をかぎりなく自分に従属させるものとなり、自然は核反応によるエネルギーの源泉として搾取の極限というべき状態におかれた結果、人間的な時間尺度ではもはや二度と回復しようもない惨状を生み出すにいたった。こうしたテクノロジーの不断の「進歩」を問題とするには、二世紀前にさかのぼる思想的基礎としての歴史観・労働観・自然観・経済体制をも視野に入れ、その変容および帰結として現状をとらえる必要がある。「歴史の概念について」はそのことを示唆している。

ところで「変化」を肯定し推進する市場原理主義の、その合言葉が「それはもう古い」であるとするなら、まさに古いもの・過去のものを、その可能性において呼び戻すことが、それに対抗する道だといえるかもしれない。

たとえばベンヤミンがマルクスを引用するとき、マルクスは進歩の思想家としてではなく、技術万能主義への批判者としてとりあげられた。と同時に、革命を未来の理想状態を生み出すものではなく、過去への「虎の跳躍」（テーゼXIV）による現在の変貌ととらえる思想家として、いまに呼び戻されようとした。さらには、同時代に忘却されていたブランキの抵抗と復讐のエートスをよみがえらせることが、「歴史の概念について」におけるひとつの「過去との出会い」のありかたであった。もちろんマルクスについても、ブランキについても、歴史研究者は豊富な知識を提供してくれるだろうし、思想史の流れに正確に位置づけてくれもするだろう。こうした「歴史主義」的な客観化作用による平板化は、しかし対象のもつアクチュアリティから人びとの目をそらすことになるかもしれないのだ。だがそうしたかれらの思想が、不意に語りかけ、現在を変容させる生き生きとしたイメージとして呼び戻される、そうした出会いの瞬間の可能性を、「歴史の概念について」は「今の時」をキーワードに指し示している。

（3）「危機の瞬間にひらめく想起をわがものにする」とは、「歴史の概念について」のなかでもよく知られ、引用されるフレーズである。だが当該箇所（テーゼVI）でいわれる「危機」とは、「伝統」がその管財人ともども「支配階級」の手に渡りかねないという危機だった。このことに着目するなら、右に見たような急激な変化のもとで不安をいだかざるをえない人びとを、たとえば一九九〇年代からゼロ年代にかけて日本社会に台頭した排外主義的ナショナリズムがそうであるように、国家という共同幻想によって統合しようとする、そうした試みにたいする批判として、「歴史の概念について」はあらたに意味を与え直される可能性／必要性があるように思う。

現在の排外主義的ナショナリズムは、思想的には現存支配体制に正統性を調達する「国家の正史」の影響力に基礎をもっている。これは、ほかでもない、伝統とその受け取り手が「支配階級に身をゆだねて」その「道具」になっているさまだろう。そこに物語られる「国家の来歴」は、歴史を特定支配体制の変容／連続においてとらえ、さまざまな「文化財」を称揚してその背後にある過去の被支配層の苦役には目を向けることなく、現在における「抑圧された人びと」にひたすら自己肯定的な集合的アイデンティティを付与することによって、政治的・経済的諸矛盾を糊塗しつつ「国民」として統合するという、そうした装置としていまふたたび機能しようとしている。ベンヤミンの「歴史主義」批判が政治的次元の問題に直結していることを考えるとき、その批判の根本にあるものを「国家の正史」批判として再活性化してみよう。この「危機の瞬間」において不意に現われるであろう、抑圧され隠蔽された過去の人びとの事績を、そのイメージにおいて確保し、現在の変容をもたらすポテンシャルともどもいまに呼び戻す、そのような排外主義的ナショナリズム批判の態度を、「歴史の概念について」は含意している。

そのさいには、「国家の正史」とは対極にあるはずの、高度に専門分化した歴史学研究の多くが、依然として「歴史主義」の諸前提に立つものであることを、同時に指摘しないわけにはいかない。それはしばしば「進歩」史観とその政治的枠組みを「人目につかない」前提にしながら、直接には専門実証研究の名のもとに任意の歴史事象を取りあげ、仔細な検討ののちに因果的歴史叙述のなかへと（ふたたび）取り入れる、そのような営みを再生産しているのではないだろうか。通常科学としての「進歩」の固有法則性に従い、制度的自己保存・権益拡大追求の道を歩むすがたは、現下の大学改革といった「変化」に妥協し順応するすがたでもあるだろう。特定の過去との生き生きとした出会いを阻むものとしておおかたが機能している専門研究の「歴史主義」的なありようを問い直すことをも、「歴史の概念について」は促しているのだ。

歴史学の方法論についていえば、いわゆる「言語論的転回」の影響のもと、一九七〇年代以降にさまざまな議論がなされた。にもかかわらず、日本社会ではゼロ年代もなかばにいたって下火となり、その議論の成果を汲むことなく、細分化された実証的専門研究がふたたび展開されているように思われる。「歴史理論」の名のもとに営まれる議論も、歴史とはわたしたちの生そのものが営まれる場であるという視点をいままでは問題の外部におき、狭義の「歴史学研究の論理」に論究の対象を絞りつつある。そのときに呼び戻されるべきなのは、「歴史の概念について」という主題の構えそのもの、つまりは「歴史とはいかなるものか」という問いであるにほかならない。

スペイン国境のポルトボウにあるホテルの一室で、過剰摂取したモルヒネの作用により朦朧としてゆくなか、夢見るようにベンヤミンの脳裏を駆けめぐったのは、どのような想いだったのだろうか。「慰めへの希望」をもつことなどできないベンヤミンに、もし最期にそれでもなお慰めが与えられていたとするなら、それは「敗北したわたしたちへの追憶」（テーゼXII）を次の世代がはぐくむことへの、かすかな「期待」だったのではないか。追憶とは実現されずに終わった過去の可能性を呼び戻す。そうであるなら、かれにとって最後の「慰め」とは、やがて過去のものになるであろう自分のテクストが、まったく異なった状況でアクチュアルなものとして呼び戻されること、そのことだったのかもしれないのである。

訳・評注者あとがき

本書の底本となるベンヤミンの新全集第十九巻を入手したのは、刊行の翌年にあたる二〇一一年の秋、場所はサンフランシスコ郊外の大学町バークリーにおいてであった。

いうまでもなく東日本大震災とそれにつづく福島第一原子力発電所事故の生じた半年後のことである。米国でも大惨事として報じられたはずの一連の出来事――ちなみにわたしの母方の祖父の出身地は福島県相馬郡小高町（現・南相馬市小高区）である――については、はやくもニュースヴァリューがなくなったためなのか、それとも事態があまりに深刻であるために憚られたのか、ほとんどだれからも状況を尋ねられることのなかったのが、いまでも印象に残っている。

それとは対照的に、というべきなのかどうか、同じ年の九月にニューヨークではじまったオキュパイ・ウォールストリート・ムーヴメント、米国の極端なまでの貧富の差に抗議する運動は、またたくまに大陸を横断して西海岸にも波及した。隣町のオークランドでは市庁舎前に五十を超えるテントが張られて、連日のようにデモがおこなわれ、わたしが籍をおいていたカリフォルニア大学バークリー校でも、抗議に賛同して構内にとどまる学生が機動隊によって暴力的に排除されるなどのことがおこった。これに連動する学費大幅値上げ反対の集会にあつまった学生は、千人とも二千人ともいわれた。

このムーヴメントが数か月ほどで収束したのち、二〇一二年四月に東京に戻ったわたしは、それまで西海岸で毎日のようにインターネットのニュースサイトを見て憂慮の度合いを深めていた者としてはあまりにも意外なことに、「三・一一」の衝撃の痕跡が都内ではほとんど見られないことに愕然とすることになる。街の様子だけではなく、勤務校の学部演習で「技術」の問題を取り上げても、さしたる反応を参加者から得ることができなかった。さらにいえば、その五年ほど前には大きな社会問題とされていた「格差社会」についても語る人が少なくなり、代わって消費増税論議が政局の焦点になっていた。

時代のひとつの「敷居」にあたる時期を、わたしは外国生活という真空状態において過ごしたということなのかもしれない。歴史の問題を「隠蔽・忘却」と「抑圧」とを突破する観点から扱った「歴史の概念について」に、この時期にふたたび強く関心を抱いたのは、偶然ではなかったのかもしれない。

このテクストを野村修氏の訳ではじめて読んだのは、一九九〇年代なかばにさかのぼる。いわゆる「従軍慰安婦」問題が大きく取り上げられ、その反動として歴史観修正論が台頭した時期のことである。学部演習のテクストに取り上げるなどのこともしたのだが、率直にいってテクストが言わんとするところを、わたしは理解することができなかった。「メシア」といった言葉やフーリエの奇想などにつまずいて、前に進まずほとんど立ちすくむばかりというのが実情だった。

その後、『パサージュ論』草稿群Nをひもとき、関連断章を通読することによって、なんとか自分なりに理解したところだけは、小著『可能性としての歴史——越境する物語り理論』(岩波書店、二〇〇六年)の第二章と第五章に盛り込みもした。二〇〇五年末にはノース・カロライナに研究滞在中のマーティン・ジェイ氏を訪ねて、解釈のための示唆を得るなどのこともした。しかしその手探りの状態を脱して、本書にかたちを得る読解の方向を見いだしたのは、新全集版テクストを一読してはじめてのことである。これまでどうしても理解できなかった箇所に、校訂上の問題がひそんでいることを知ったのが手はじめだったのだが、しかしそれだけではない。

この十年ほどのあいだには、右に挙げた出来事に加えて、日本の大学が市場原理主義の方向へ急速に変貌するという事態が生じた。大学という狭い世界にいる者にとっては、これが新自由主義的経済政策と、それに伴走する「グローバリゼーション」の動向の、身近に感じる最初の具体的な現われだったというべきだろうか。学内研究費の削減と外部研究資金の獲得圧力、諸手当のカットと年俸制の導入、学部改組と新学部設置といった「改革」が、いともたやすく進められてゆくのはなぜなのか。そうした問題を考えるいとぐちを、「進歩」史観と大勢順応主義への分析と批判をゆるぎなく行なうこのテクストに見いだしたわたしは、ほとんど青ざめるほどだったといってもいい。

もちろん「歴史の概念について」は、それ自体としてたいへんに魅力的なといっていいテクストである。冒頭テーゼに象徴される巧みなレトリック、あれこれの箇所に見受けられるユーモア、そしてなによりも現実の政治的状況に触れるときの慎重な手つき。帰国後三年間にわたり沈潜したのも、文学・歴史・哲学にわたると言うべきこのテクストの魅力にひかれてのことであった。

本書に集約される解釈を得るにあたっては、早稲田大学大学院文学研究科二〇一二年度前期哲学演習、同二〇一四年度前期哲学研究講義、早稲田大学文学部二〇一三年度後期哲学演習で原書講読を行ない、さらに二〇一二年夏には物語研究会の大会シンポジウムで、二〇一三・二〇一四年度には慶應義塾大学文学部哲学・倫理学専攻特殊講義で、そのつど徐々に固まりつつある解釈を話す機会をえた。その成果は以下の学内紀要に公けにしてゆき、本書「評注」にも多くを取り入れているが、その後、いくつか重要な点で解釈を変更するにいたっている。

「ベンヤミン「歴史の概念について」再読──新全集版に基づいて（一）」『早稲田大学大学院文学研究科紀要』第五八輯、二〇一三年二月

「ベンヤミン「歴史の概念について」再読──新全集版に基づいて（二）」『早稲田大学大学院文学研究科紀要』第五九輯、二〇一四年二月

「ベンヤミン「歴史の概念について」再読──新全集版に基づいて（三）」早稲田大学大学院文学研究科哲学コース『哲学世界』第36号、二〇一四年三月

「ベンヤミン「歴史の概念について」解釈の諸問題」『早稲田大学大学院文学研究科紀要』第六〇輯、二〇一五年二月

私にとりベンヤミンは、「独学」の対象であった。そのこともあって、本書の成立にあたっては、右の演習参加者との討論に負うところが大きい。独文テクストの不明な箇所について、そのつど思想内容にまで立ち入った教示を惜しまなかったのは、関西学院大学のハンス・ペーター・リーダーバッハさんである。最終段階においては、わたしの若い友人・大友哲郎さんに、原稿全体にわたるまことに入念な校閲を行なっていただいた。さらに未來社編集部の長谷川大和さんは、早稲田大学大学院文学研究科東洋史コースに在籍されていたときからの仲であり、わたしにとり歴史・歴史学の理論的攻究における、厳しいお目付け役ともいうべき存在である。今回の企画をともに実現するにあたっては、じつに細かい検討と有益な提案をしていただいた。編集者なくして書物なしとは、つねづねわたしの

思うところであるが、今回もまさにそのようになった。この場を借りて、これらの方々に厚く御礼申し上げる次第である。

最後に、かつて二十代のころ、当時高田馬場にあった「寺小屋」教室で、フランクフルト学派をともに学び、加えて二人だけで毎週のように、ハーバーマス、ルーマン、ガダマーの勉強会を行ないもした、いまは亡き木前利秋さんに、本書を捧げる私情をお許し願いたいと思う。

二〇一五年五月

鹿島　徹

歴史／思想史／伝記関連参考文献（注に取り上げたものを除く）

Howard Eiland and Michael W. Jennings, *Walter Benjamin: A Critical Life*, Cambridge/London: The Belknap Press of Harvard UP 2014.

David Ferris, *The Cambridge Introduction to Walter Benjamin*, NYC: Cambridge UP 2008.

Klaus Michael, "Vor dem Café. Walter Benjamin und Siegfried Kracauer in Marseille", in, *Aber ein Sturm weht vom Paradiese her. Texte zu Walter Benjamin*, hrsg. von M. Opitz und E. Wizisla, Leipzig: Reclam 1992.

Willem van Reijen und Herman van Doorn, *Aufenthalte und Passagen. Leben und Werk Walter Benjamins. Eine Chronik*, Frankfurt a. M.: Suhrkamp 2001.

Nadine Werner, "Zeit und Person", in, *Benjamin-Handbuch. Leben-Werk-Wirkung*, hrsg. von B. Lindner, Stuttgart/Weimar: J. B. Metzler 2011.

Historisches Wörterbuch der Philosophie, hrsg. von J. Ritter, Basel: Scwabe 1971-2007.

Wörterbuch der philosophischen Begriffe, neu hrsg. von A. Regenbogen und U. Meyer, Hamburg: Felix Meyner 1998.

ヴォルフガング・アーベントロート『ドイツ社会民主党小史——その変質過程』広田司郎・山口和男訳、ミネルヴァ書房、一九六九年

リーザ・フィトコ『ベンヤミンの黒い鞄——亡命の記録』野村美紀子訳、晶文社、一九九三年

ケヴィン・マクダーマット／ジェレミ・アグニュー『コミンテルン史——レーニンからスターリンへ』萩原直訳、大月書店、一九九八年

ザヴィエル・レオン＝デュフール編『聖書思想事典』三省堂、新版一九九九年

栗原優『ナチズム体制の成立』ミネルヴァ書房、新装版、一九九七年

高橋順一『ヴァルター・ベンヤミン解読——希望なき時代の希望の根源』社会評論社、二〇一〇年

富永幸生・鹿毛達雄・下村由一・西川正雄『ファシズムとコミンテルン』東京大学出版会、一九七八年

成瀬治・山田欣吾・木村靖二編『ドイツ史３——１８９８年から現在』山川出版社、一九九七年

南利明『ナチス・ドイツの社会と国家——民族共同体の形成と展開』勁草書房、一九九八年

山本左門『ドイツ社会民主党とカウツキー』北海道大学図書刊行会、一九八一年

他にも『改訂新版　世界大百科事典』（平凡社、二〇〇七年）、歴史学研究会編『世界史年表　第二版』（岩波書店、二〇〇一年）をはじめとした各種歴史年表・事典・辞書類を参照している

マ行・ヤ行・ラ行

マイヤー、エドゥアルト（Eduard Meyer, 1855-1930）　123, 209-211
マルクス（Karl Marx, 1818-1883）　14, **48**, **57**, **59**, **63**, **66**, 96, 106, 147, 148, 152-54, 158, 161, 162, 171, 177, 208, 238
三島憲一　88, 89
モルゲンシュテルン、ゾーマ（Soma Morgenstern, 1890-1976）　13, 25
ヨッホマン、カール・グスタフ（Carl Gustav Jochmann, 1789-1830）　119, 207
ラックナー、シュテファン（Stephan Lackner, 1910-2000）　14, 24
ランケ（Leopold von Ranke, 1795-1886）　82, 111, 116, 123
リープクネヒト、カール（Karl Liebknecht, 1871-1919）　161
リクール（Paul Ricœur, 1913-2005）　89
ルクセンブルク、ローザ（Rosa Luxemburg, 1870-1919）　161
レーニン（Vladimir Lenin, 1870-1924）　16, 152
ロッツェ（Rudolf Hermann Lotze, 1817-1881）　**45**, 93, 94, 96, 150, 170, 197
ロベスピエール（Maximilien-François Robespierre, 1758-1794）　**62**, 224

サ行・タ行・ナ行

シュミット、カール（Carl Schmitt, 1888-1985）　132, 133
ショーレム（Gershom[Gerhard] Scholem, 1897-1982）　13, 19, 22, 27, 35, 37, 38, **54**, 91, 96, 137, 148, 213, 225
スターリン（Joseph Stalin, 1879-1953）　12, 13, 16, 17, 78, 80, 81, 136, 143, 144, 172
ディーツゲン（Joseph Dietzgen, 1828-1888）　**57**, **58**, **61**, 153, 170, 173
テュルゴー（Anne-Robert-Jacques Turgot, 1727-1781）　149, 150, 170, 171, 209
トロツキー（Lev Trotsky, 1879-1940）　16, 140
仲正昌樹　133, 139, 180

ハ行

ハイデガー（Martin Heidegger, 1889-1976）　89, 133, 180, 181
バタイユ（Georges Bataille, 1897-1962）　21, 25, 29, 32, 137
ヒトラー（Adolf Hitler, 1889-1945）　12, 15, 16, 81, 159
フーリエ（Charles Fourier, 1772-1837）　**58**, 155, 156
フィトコ、リーザ（Lisa Fittko, 1909-2005）　26, 27
フュステル＝ド＝クーランジュ（Numa-Denis Fustel de Coulanges, 1830-1889）　**51**, 82, 108, 123, 124
ブランキ（Louis-Auguste Blanqui, 1805-1881）　**59**, 162-64, 168, 169, 217, 239
ブリュッヒャー、ハインリヒ（Heinrich Blücher, 1899-1970）　22, 25, 26, 143, 161
ブレヒト（Bertolt Brecht, 1898-1956）　20, 35, 37, 38, **51**, 89, 128, 129, 131, 181
ブロッホ（Ernst Bloch, 1885-1977）　19, 177, 186
ヘーゲル（Georg Wilhelm Friedrich Hegel, 1770-1831）　**47**, 92, 103, 104, 125, 133, 171, 205, 209, 211
ベンヤミン、ドーラ〔妹〕（Dora Benjamin, 1901-1946）　24, 25, 29, 30, 32
ベンヤミン、ドーラ・ゾフィー〔元妻〕（Dora Sophie Benjamin, 1890-1964）　19, 20, 23
ホルクハイマー（Max Horkheimer, 1895-1973）　20, 24-26, 29, 34, 35, 38, 155, 158, 169, 186, 191, 208

主要人名索引

＊テーゼ本文内の該当箇所は**太字**で表示している。

ア行

アーレント（Hannah Arendt, 1906-1975）　22, 24-28, 30-32, 34, 38, 101, 143, 213
アガンベン（Giorgio Agamben, 1942- ）　29, 32, 176, 177, 180
アドルノ、グレーテル（Gretel Adorno, 1902-1993）　16, 24, 30-32, 34, 35, 132, 204, 229
アドルノ、テオドア・W（Theodor W. Adorno, 1903-1969）　19, 21, 22, 24, 25, 31, 34, 35, 37-39, 138, 155, 168, 169, 176, 191, 208
今村仁司　133, 164, 165, 180
ヴォルテール（Voltaire, 1699-1778）　171, 209
エンゲルス（Friedrich Engels, 1820-1895）　14, 79, 81, 153, 155, 204, 206

カ行

柿木伸之　116, 117
ガニュバン、ジャンヌ・マリー（Janne Marie Gagnebin）　96, 97, 116, 117, 181, 185, 217, 219
ガンドラー、シュテファン（Stefan Gandler）　96, 97, 113, 126, 127, 149, 163
クラウス、カール（Karl Kraus, 1874-1936）　**62**, 179
クラカウアー（Siegfried Kracauer, 1889-1966）　19, 25
クラフト、ヴェルナー（Werner Kraft, 1896-1991）　119
クレー（Paul Klee, 1879-1940）　19, 22, **54**, 92, 137
好村冨士彦　85, 91, 186, 187, 225
古川千家　186, 187
コンドルセ（Marquis de Condorcet, 1743-1794）　150, 171, 209

訳・評注者略歴

鹿島 徹（かしま とおる）

1955年生まれ。テュービンゲン大学哲学部博士学位取得。

現在、早稲田大学文学部教員。哲学。

著書に、『可能性としての歴史——越境する物語り理論』（岩波書店、2006年）、『ハイデガー『哲学への寄与』解読』（共著、平凡社、2006年）、『埴谷雄高と存在論——自同律の不快・虚体・存在の革命』（平凡社、2000年）。

訳書に、ロルフ・ヴィガースハウス『アドルノ入門』（共訳、平凡社、1998年）ほか。

写真出典
カバー表：アーレント手稿（テーゼIV、V、VI）
カバー裏：アーレント手稿（テーゼIX、X、[XI]）
写真提供＝The Hannah Arendt Bluecher Literary Trust。手稿はワシントンの議会図書館に所蔵。
23頁：「歴史の概念について」執筆の住居があったドンバール通り
（Licence）CC BY 3.0;（Title）P1050148 Paris XV rue Dombasle rwk.JPG;（Author）Mbzt;（Source）http://commons.wikimedia.org/wiki/File:P1050148_Paris_XV_rue_Dombasle_rwk.JPG
27頁：フランス国境側から見たポルトボウ（1930年）
（Licence）CC BY 3.0;（Title）1930-Port-Bou-Spain-vista-general-fot-J-Novell.jpg;（Author）Albertomos;（Source）http://commons.wikimedia.org/wiki/File:1930-Port-Bou-Spain-vista-general-fot-J-Novell.jpg

［新訳・評注］歴史の概念について

2015年7月10日　初版第1刷発行
2022年2月15日　第3刷発行
定価（本体2600円＋税）

著　者　ヴァルター・ベンヤミン

訳・評注者　鹿島 徹

発行者　西谷能英

発行所　株式会社 未來社
〒156-0055 東京都世田谷区船橋 1-18-9
tel. 03-6432-6281（代表）　Email: info@miraisha.co.jp
http://www.miraisha.co.jp/
振替　00170-3-87385

印刷・製本　萩原印刷

ISBN 978-4-624-01193-2 C0010

（消費税別）

マーガレット・カノヴァン著／寺島俊穂訳
ハンナ・アレントの政治思想〔新装版〕
アレントの思想形成・体系内容を主著に則して簡潔にときあかす。波瀾の実践的、哲学的生涯の根底にある古典素養、ドイツ哲学的知識、ユダヤ主義等にも切り込んだ優れた入門書。　二四〇〇円

テオドール・W・アドルノ著／笠原賢介訳
本来性という隠語
〔ドイツ的なイデオロギーについて〕ハイデガー哲学の徹底的批判をつうじてナチ以後のドイツ思想の非合理なからくりを暴く、アドルノ批判哲学の真骨頂。　二五〇〇円

カール・シュミット著／田中浩・原田武雄訳
政治神学
「主権者とは、例外状況にかんして決定をくだす者をいう」。国家と法と主権の問題を踏査するコアな思考の展開。カール・レヴィットによる決定的なシュミット批判なども併録。　一八〇〇円

ジョルジョ・アガンベン著／上村忠男・中村勝己訳
例外状態
政治的行為とは何か？「世界的内戦」下の現代にあって統治のパラダイムと化した「例外状態」＝法の空白をめぐる、シュミットとベンヤミンの戦いの意味を批判的に検討する。　二〇〇〇円

グラーフ、クリストファーセン編／茂牧人・深井智朗・宮崎直美訳
精神の自己主張
〔ティリヒ＝クローナー往復書簡 1942-1964〕パウル・ティリヒとリヒャルト・クローナー、およびその妻たちの往復書簡33通を翻訳。ナチスから亡命した知識人たちの対話集。　二二〇〇円

インゲ・ショル著／内垣啓一訳
〔改訳版〕白バラは散らず
〔ドイツの良心　ショル兄妹〕ナチズムの嵐の吹き荒れる四〇年代のドイツで戦争と権力への必死の抵抗を試み、そして処刑されていった学生・教授グループの英雄的闘いの記録。　一二〇〇円

ミルトン・マイヤー著／田中浩・金井和子訳

彼らは自由だと思っていた

〔元ナチ党員十人の思想と行動〕普通の人間が異常状況によって平然と異常行動を是認し、自らも行動に加わっていく姿をドイツの一小村の村人たちのナチ経験から描いたレポート。二五〇〇円

ジュリアン・バンダ著／宇京頼三訳

知識人の裏切り

ドレフュス事件において〈知識人〉と呼ばれる階層の果たした役割の犯罪性を歴史的・思想的に明らかにする、第一次大戦後の初版刊行以来、版を重ねた不朽の今日性をもつ名著。三二〇〇円

カール・ポパー著／内田詔夫・小河原誠訳

開かれた社会とその敵（1・2）

文明を打倒し部族的生活へもどそうとする全体主義的反動を歴史決定論への信仰と厳しく批判し、呪術的な「閉ざされた社会」の根を文明の誕生の時からとらえなおす野心作。各四二〇〇円

カトリーヌ・マラブー著／西山雄二訳

ヘーゲルの未来

〔可塑性・時間性・弁証法〕「歴史の終わり」を超えて、真新しい未来が到来する。ヘーゲルとハイデガーの対話をつむぎつつ、自ら形を与える－受け取る時間的塑造過程を見定める。四五〇〇円

ソール・フリードランダー編／上村忠男・小沢弘明・岩崎稔訳

アウシュヴィッツと表象の限界

アウシュヴィッツに象徴されるユダヤ人虐殺の本質とは何か。歴史学における〈表象〉の問題をテーマに、ギンズブルグ、ホワイトらの議論を中心に展開されたシンポジウムの成果。三二〇〇円

木前利秋著

理性の行方　ハーバーマスと批判理論

亡くなる直前まで徹底的な改稿を加えた長篇のハーバーマス論を書籍化。ハーバーマスの思想の全体像を明快に描き出した渾身の力作。付録論文三篇、追悼文四篇も収録。三八〇〇円